WUNDERLICH

ANONYMUS

Venezianischer Reigen

Roman

Deutsch von Adriana Wolkenstein

WUNDERLICH
TASCHENBUCH

Die Originalausgabe erschien 1992 unter dem Titel
«Rapture Italian Style» bei Headline Book Publishing, London

Neuausgabe März 2001
Veröffentlicht im Rowohlt Taschenbuch Verlag GmbH,
Reinbek bei Hamburg, September 1995

Umschlaggestaltung Barbara Hanke / Cordula Schmidt
(Foto: The Image Bank / Yuri Dojc)
Satz Bembo (Linotronic 500)
Gesamtherstellung Clausen & Bosse, Leck
Printed in Germany
ISBN 3 499 26312 2

1. KAPITEL

Genau hier, an dieser Stelle, wurde ich an einem wundervollen Abend auf die erstaunlichste Weise beglückt», sagte die Contessa Marina mit vibrierender Stimme und leuchtenden Augen. «Es war so romantisch, Mr. Jervis – eine der wunderbarsten Nächte meines Lebens.»

Toby Jervis, neben ihr, auf der Rialto-Brücke im Herzen Venedigs, sah sie höflich-amüsiert an. Der weiße Steinbuckel der Brücke, auf der sie standen, spannte sich in einem einzigen Bogen über den Canal Grande. Tief unten glitzerte, von vorüberziehenden Booten gekräuselt, das Wasser in der Sonne. Da waren knatternde Wasserbusse, die mit ihrer Ladung Touristen auf Sightseeing-Tour wie rudernde Enten im Wasser lagen. Da waren Gondeln mit langen, dünnen Hälsen wie schwarze Schwäne. Da waren dickwanstige, geräuschvolle Motorbarken, die Lastwagen Venedigs, voller Wein- und Gemüsekisten, und scharfnasige Barkassen, die Taxis der Stadt. Als Szenerie für ein romantisches Intermezzo schien Toby die Rialto-Brücke kaum geeigneter als der Trafalgar Square, wenn man sich an den Sockel eines der steinernen Löwen lehnte. Noch dazu für eine Dame von Adel.

Der obere Rand der Balustrade war mehr als hüfthoch; Contessa Marina legte eine weiß behandschuhte Hand auf das Maßwerk. Sie betrachtete Toby mit ernstem Blick, während sie ihr unwahrscheinliches Geheimnis preisgab. Ihre Kleidung war Haute Couture und kostspielig, das konnte jeder sehen. Sie trug ein elegantes, knielanges Futteralkleid aus Schantungseide in einem zarten Magnolienton. Ihren breitkrempigen weißen Strohhut schmückte ein scharlachrot gestreiftes Band.

«Schockiere ich Sie?» fragte sie mit einem hoffnungsvollen Schimmer in den Augen. «Engländer sind in Liebesdingen doch so konventionell.»

Sie war selbst eine geborene Engländerin und Contessa nur durch Heirat. Doch sie hatte lange genug in Italien gelebt, um sich eine entfernt fremdländische Sprechweise anzueignen. Es war nicht wirklich ein Akzent, eher ein heiterer Schwung – ein unbritischer Rhythmus in ihren Sätzen.

«Aber nein», sagte Toby und spielte den Mann von Welt. «Sie haben mich entzückt mit diesem kleinen Einblick in Ihr Intimleben. War es ein guter Freund, von dem Sie sich so hinreißen ließen, oder jemand, den Sie nur flüchtig kannten?»

«Es war ein Gast, der bei uns im Palast wohnte, genau wie Sie», sagte Marina, und ihre dunkelbraunen Augen studierten Tobys Gesicht, um herauszufinden, ob er hatte unhöflich sein wollen, indem er andeutete, sie könnte einen Fremden aufgelesen haben, um sich von ihm auf einem Brückengeländer nehmen zu lassen. Er bemerkte den Ausrutscher und korrigierte sich rasch.

«Natürlich war es jemand, den Sie kannten und mochten», sagte er mit einem gewinnenden Lächeln, «aber es kommt ja gelegentlich vor, daß sich zwei Menschen begegnen und sich so stark zueinander hingezogen fühlen, daß sie einander sofort in die Arme fallen. So habe ich etwa auf einem Tanzabend in London im vorigen Sommer eine sehr hübsche junge Holländerin getroffen – die Tochter von jemandem aus der Botschaft dort –, und es war, als schlügen Blitz und Donner bei uns ein, während wir einen Tango tanzten. Es blieb uns gar nichts anderes übrig, als ins Mondlicht auf der Terrasse hinauszustürzen – glücklicherweise war das Sommerhaus leer, und da haben wir es gemacht.»

«Ach, das heiße Blut der Jugend!» sagte Contessa Marina mit einem leisen Seufzer. «Wie hieß sie denn?»

«Margriet.»

Die Contessa lächelte und neigte in einer graziösen kleinen Geste des Wohlwollens den Kopf.

Sie mußte über vierzig sein, schätzte Toby, zwanzig Jahre älter als er, aber sie hatte sich eine gute Figur und einen guten Teint bewahrt. Natürlich war ihr Stil der ihrer edwardianischen Jugend – die rundliche Stundenglas-Figur samt üppigem Busen und Po. In Tobys Augen war sie zu vollbusig und füllig im Vergleich zu den geschmeidigen jungen Damen, die er in London kannte – schlanke Schönheiten von 1929 mit zerbrechlichen Körpern und schmalen Hand- und Fußgelenken. Durch irgendein Wunder der Natur hatten sie elegante kleine Pobacken, die unter ihren Röcken kaum zu sehen waren. Wenn man sie auszog, enthüllten sie lange, schlanke Oberschenkel, die sich einem um die Hüften legten und einen umklammerten, während man auf ihrem flachen, schmalen Bauch lag.

«Diese Brücke ist ein sehr belebter Verkehrsknotenpunkt», sagte er. «Wie um alles in der Welt haben Sie es fertiggebracht, hier Liebe zu machen, ohne festgenommen zu werden?»

«Es war gegen drei Uhr morgens», sagte die Contessa und belohnte sein Interesse an ihrer Eskapade mit einem Lächeln. «Zwischen Partygästen auf dem Heimweg und den ersten Arbeitern, die ihren Tag beginnen, senkt sich eine Stunde des Schweigens und der Stille über Venedig.»

«Sie waren vermutlich selbst auf einer Party, und es geschah aus einer plötzlichen Eingebung, nehme ich an?» sagte

Toby und ließ einen vorsichtigen Blick über den Körper seiner Begleiterin wandern, von ihren vorgewölbten Brüsten bis zur ausgeprägten Kurve von Bauch und Hüften unter der magnolienfarbenen Seide. Er fragte sich, was für Unterwäsche sie wohl trug und ob sie sie nur über die Hüften heruntergezogen oder ganz abgestreift hatte, während ihr namenloser Freund sie hier nahm. Sie mußten gestanden haben, anders ging es nicht.

«Nein, es war keine Eingebung», antwortete sie, während sie seinen Blick registrierte, «mein lieber Freund hatte es im voraus geplant – er ist ein sehr idealistischer Mensch und sehnte sich danach, mich einmal hier auf der berühmten Rialto-Brücke zu lieben.»

«Gegen die Brüstung gelehnt?» sagte Toby mit einem durchtriebenen Lächeln und zog die Augenbrauen hoch, um anzudeuten, daß er eine Frage stellte und keine Feststellung traf.

«Ich stand genau hier, wo ich jetzt stehe», sagte die Contessa Marina und wandte ihr Gesicht auf den Kanal hinaus. «Orlando stand dicht hinter mir. Er ließ die Hände unter meinen Rock gleiten und hob ihn hoch bis über den Po, um mich streicheln zu können. Wir waren nur hier auf der Brücke, um Liebe zu machen, deshalb trug ich an jenem Abend keine Unterwäsche. Mein Po war ganz nackt für ihn.»

«Orlando – so hieß er doch?»

«Nein, so nenne *ich* ihn. Es scheint mir so gut zu seiner feurigen und poetischen Natur zu passen. Nur die so außerordentlich romantische Seele eines Dichters konnte die Eingebung haben, mich hier nehmen zu wollen, des Nachts auf der Rialto-Brücke.»

«Ah, Orlando ist ein Dichter», sagte Toby, ein wenig irritiert. Er war nur ein einziges Mal einem Dichter begegnet, William Butler Yeats. Und der war Ire und sah nicht aus wie ein Mann, der des Nachts auf einer Brücke über eine adelige Dame herfallen würde. Aber bei diesen Künstlern konnte man nie wissen.

«Er ist Professor für Bildende Künste», erwiderte die Contessa mit einer gewissen Schärfe, denn die ständigen Unterbrechungen der Geschichte von ihrer nächtlichen Liebe unter Sternen mißfielen ihr. Der zarte Hinweis entging Toby nicht, denn er wechselte sogleich den Ton und schaltete auf Sympathie und Verständnis, damit sie fortfuhr.

«Und da standen Sie also im Mondlicht», sagte er und berührte kurz ihren Handrücken unter dem weißen Handschuh, um seine Verbundenheit zu signalisieren, «das legendäre Postkartenpanorama des Canal Grande bei Nacht vor Augen, Ihr Herz in Flammen und der Sie umarmende Orlando dicht hinter Ihnen.»

«Sie schildern das so schön, Mr. Jervis – tief in Ihnen scheint sich auch eine poetische Ader zu verbergen. Ja, da standen wir, dicht an dicht, so dicht, daß ich fühlen konnte, wie hart er war. Er öffnete seine Hose, damit sich sein *cazzo* zwischen meine nackten Hinterbacken drängen konnte.»

Großer Gott, warum erzählt sie mir das alles, fragte sich Toby, der kaum seinen Ohren traute. Noch nie hatte sich ihm eine Frau so offen anvertraut. Die Mädchen, die er – wie intim auch immer – kannte, sprachen nicht über das, was sie mit anderen Männern taten oder getan hatten: das wäre rundum peinlich gewesen. Vor allem hätte es die Frage nach dem Leistungsvergleich aufgeworfen – und ob nun ausgesprochen oder nicht, sie hätte stets in den Köpfen gelauert.

Tatsache war, er hatte noch nie zuvor eine Frau wie die Contessa Marina kennengelernt. Da sie zu alt war, um sexuelles Interesse an ihm zu haben, fand er ihre Vertraulichkeiten amüsant und ein wenig ungehörig – fast so, als begänne eine Tante ihre Jungmädchenstreiche aus grauer Vorzeit zu erzählen.

«Damit ich nicht erkannt würde, falls wir jemandem begegneten, der mich kennt, borgte ich mir Kleider von meinem Hausmädchen», fuhr die Contessa fort. «Stellen Sie sich vor, ich war gekleidet wie eine einfache venezianische Arbeiterin mit ärmelloser Bluse und langem schwarzem Rock, dazu ein Tuch um die Schultern. O ja, und das Haar hatte ich oben auf dem Kopf zu einem Knoten gerafft.»

«Faszinierend», sagte Toby. «Wenn jemand vorbeigekommen wäre, der Sie kennt, hätte man Sie glatt für die Frau eines Gondoliere gehalten und nicht für die schöne Contessa Marina di Torrenegra. Aber bitte, fahren Sie doch fort. Sie sagten, Orlandos Hände lagen auf Ihrem bezaubernden *derrière* ...»

«Nein, sein *cazzo* preßte sich gegen meinen Po», korrigierte sie ihn, «seine Arme umschlangen meine Taille, und er hatte beide Hände unter meinem Schultertuch. Ich hatte meine Bluse für ihn aufgeknöpft. Natürlich trug ich nichts darunter ...»

«So was!» murmelte Toby und legte Bewunderung in seine Stimme.

«Ja», sagte die Contessa. Ihre dunklen Augen leuchteten, und ihre Stimme senkte sich fast zu einem Flüstern. «Es war einer jener Augenblicke im Leben, die man nie vergißt – dieses kleine Zwischenspiel voll heftiger, atemloser Erwartung, bevor ich fühlte, wie er in mich eindrang.»

Toby fragte sich, wann das wohl gewesen war. Adelige Damen mittleren Alters beugten sich nicht über das Geländer öffentlicher Brücken, um sich von hinten beglücken zu lassen – es mußte eine Eskapade aus ihrer Jugend sein, vor zwanzig oder fünfundzwanzig Jahren. Aber sie hatte einen bleibenden Eindruck bei ihr hinterlassen, soviel war klar.

«Was soll ich noch sagen?» fuhr sie fort und ihre Stimme bebte vor Erregung. «Dann haben wir uns hier unter dem nächtlichen Himmel leidenschaftlich geliebt. Orlando flüsterte immer wieder meinen Namen und sagte, er bete mich an. In meinen Augen leuchteten die Sterne – ich war im siebten Himmel.»

Toby versuchte sich die Szene vorzustellen, die Contessa über die Balustrade der Brücke gebeugt, den üppigen, nackten Hintern nach rückwärts ausgestreckt, und ihr Freund dicht dahinter, wie er seinen steifen *cazzo* – wie nützlich, dieses Wort zu kennen – in sie hineinstieß und seine Hände ihre Brüste umklammerten, während er weiterrammelte. Jeder nächtliche Passant auf der Brücke wäre sofort stehen geblieben, um diese komische Szene zu beobachten – und hätte vielleicht sogar am Ende heftig Applaus gespendet.

Nach den Worten der Contessa und ihren zarten Hinweisen auf ihre feurige Jugend zu urteilen, hatte der Höhepunkt von Orlandos *al fresco*-Vorstellung sie sicher zu lautem, ekstatischem Stöhnen inspiriert, nicht unähnlich den verwilderten Katzen Venedigs, die den ganzen Tag schliefen und des Nachts auf die Straße kamen, um zu einem Klagechor des Verlangens ihren Liebeshändeln zu frönen.

«Ich fühle mich wirklich geehrt, daß Sie mir erlaubt haben, an diesen Erinnerungen an vergangene Wonnen teilzuhaben», sagte er so ernst er nur konnte. «Wie lebhaft Sie das alles heraufbeschworen haben, als wäre es erst gestern gewesen, obwohl es bestimmt lange her ist, noch vor dem Weltkrieg.»

«Aber nein», sagte sie und funkelte ihn überrascht an, «es war erst vor zwei Jahren – nein, vor drei. Wie schnell doch die Zeit verfliegt. Wie kommen Sie denn darauf, daß es länger her ist?»

Toby suchte verzweifelt nach einem Ausweg aus dem Dilemma, in das er sich da geritten hatte. Wenn die Contessa herausfand, daß er glaubte, sie sei zu alt für nächtliche Lustbarkeiten auf der Rialto-Brücke – oder wo auch immer –, wäre sie so verletzt, daß er sich womöglich von der Aussicht auf den Profit verabschieden könnte, die ihn nach Venedig geführt hatte.

«Aber wie wunderbar!» sagte er, nahm ihre Rechte in dem weißen Glacéhandschuh und hob sie an die Lippen, während er sich in gespielter Ehrerbietung verneigte. «Ich vergehe vor Bewunderung, Contessa! Ich war der irrigen Annahme, daß diese wunderbaren Ereignisse einfach nicht kürzlich geschehen sein könnten, weil Romanzen der Vergangenheit anzugehören scheinen – zumindest in England. Aber angesichts einer Lady von Ihrer ausgesuchten Empfindsamkeit und Ihrem Charme und einem so heißblütigen italienischen Gentleman wie Orlando als Begleiter sehe ich, daß das Romantische hier in Venedig noch blüht und gedeiht. Und ich bin entzückt, das zu hören.»

«Orlando ist Engländer», sagte die Contessa und starrte ihn voller Befremdung an, «er lehrt an der Universität London.»

Diese Mitteilung verblüffte Toby, aber er verbarg seine Verwirrung hinter einem liebenswürdigen Lächeln und schüttelte wie vor Verwunderung den Kopf. In der Tat, er *war* erstaunt – noch nie war ihm der Gedanke gekommen, daß so ernsthafte Langweiler wie Hochschullehrer zu dergleichen öffentlichen Lustbarkeiten um drei Uhr morgens zu überreden wären. Je mehr er darüber nachdachte, desto sicherer war er sich, daß Orlando nicht der Initiator dieser Komödie war, sondern daß ihn Contessa Marina dazu überredet hatte, sie hier zu beglücken.

Es war für Toby wie für alle Besucher schwer einzusehen, daß der Canal Grande nicht einfach nur eine Touristenattraktion ist, sondern die Hauptstraße Venedigs, und daß ein Großteil des Verkehrs an Menschen und Gütern über ihn verläuft. Er windet sich über mehr als zwei Kilometer in Form einer Zwei durch die Stadt, vom Bahnhof in Richtung Südosten bis zum Markusplatz. An seinen Ufern stehen zweihundert alte Paläste. In einem von ihnen wohnten die Contessa Marina und ihre Schwester – im Palazzo Malvolio.

Von der Rialto-Brücke aus war der Palazzo Malvolio gerade noch am äußersten Ende des linken Ufers zu sehen, wo der Canal Grande seine letzte große Biegung nach Osten zum offenen Meer hin macht. Auf diese Entfernung und im Dunst der Hitze waren Details nicht auszumachen, aber es war ein großes und schönes Gebäude aus dem 18. Jahrhundert, im palladianischen Stil. Toby war dort in den letzten beiden Tagen nach seiner Ankunft in Venedig zu Gast gewesen, eingeladen nicht von der Contessa, sondern von ihrer Schwester, der der Palast gehörte.

Heute nun, als sie auf der Rialto-Brücke stand und ihm von ihrem Abenteuer erzählte, hatte ihn die Contessa zu einer ihrer Freundinnen zum Lunch mitnehmen wollen. Unter normalen Umständen hätte sie den kürzesten und traditionellen Weg mit einer Gondel genommen, denn zwei dieser schwankenden Schiffe lagen am schwimmenden Anlegeplatz des Palazzos Malvolio, mit muskulösen, in den Familienfarben gekleideten Gondolieri. Aber Toby hatte sie überredet, zu Fuß zu gehen, damit sie ihm einige der Sehenswürdigkeiten am Wege zeigen konnte. Zu Fuß zu gehen war, so schien es, nicht gerade Contessa Marinas bevorzugte Form körperlicher Ertüchtigung, aber Toby Jervis war groß und sah mit seinem britischen Gesichtsschnitt und seinem blonden Haar ebenso vorzeigbar wie verführerisch aus. Also geleitete sie ihn mit festen Schritten durch die engen Gassen und über die kleinen Plätze und zeigte ihm so bedeutende Sehenswürdigkeiten wie die schiefstehende Kirche San Stefano und den Laden, in dem sie ihre Handschuhe zu kaufen pflegte, und dann, etwas weiter, die Kirche San Salvatore, in der, wie die Contessa meinte, eine Königin von Cypern begraben lag.

Dahinter lag der Campo San Bartolomeo, ein offenes Rechteck, eingefaßt von Cafés und Bars, wo Geschäftsleute in dunklen Anzügen und schicken Hüten miteinander diskutierten und feilschten, wobei sie gestikulierten und kleine Tassen rabenschwarzen Kaffees tranken. Toby konnte sich gar nicht vorstellen, welche Art von Geschäften man in Venedig außer im Hotelgewerbe oder mit Pizzabäckereien tätigen konnte. Er fragte die Contessa, aber die gestand ihre völlige Unwissenheit in Sachen «Handel und Gewerbe», wie sie es nannte, und auch völliges Desinteresse daran.

Ihre Geringschätzung des Geldverdienens ließ Toby etwas in Sorge über seinen eigenen Rang in ihrer Wertschätzung geraten. Andererseits hätte sie ihm sicher niemals von ihrer Lustbarkeit auf der Brücke erzählt, wenn sie ihn nur als simplen «Händler» betrachtet hätte. Vielleicht sah sie im Antiquitätenhandel einen wirklichen Beruf, vielleicht sogar einen Zweig der Bildenden Künste und nicht ein Gewerbe. Man hatte ihn gelehrt, in all seinen Verhandlungen mit reichen und von sich eingenommenen Eignern begehrenswerter alter Stücke genau diesen Eindruck zu erwecken.

Direkt hinter dem Platz wandten sie sich nun nach links, und da waren der Canal Grande und die Stufen der Rialto-Brücke mit ihrer Doppelreihe kleiner Juweliergeschäfte und Schnick-Schnackläden für Touristen. Ganz oben auf dem Buckel legte Marina dann ihre Hand auf Tobys Arm und blieb stehen, um ihm von ihren nächtlichen Freuden zu erzählen, als machte dieses Erlebnis den Ort zu einer wirklichen Touristenattraktion! Und als sie weitergingen, die andere Hälfte der Brücke wieder hinab, blieb ihre Hand leicht auf seinem Arm liegen – nicht so aufdringlich wie beim Arm-in-Arm-Gehen, sondern wie in einer Geste aus einer früheren, förmlicheren Epoche.

Dennoch veranlaßte diese Berührung Toby, sich zu fragen, ob die Contessa Marina vielleicht einen ersten zarten Annäherungsversuch machte. War es möglich, daß sie erwartete, er sei nun so entflammt von ihrer Liebesgeschichte, daß er sie in die nächste geeignete Toreinfahrt drängen würde, um sie an die Wand gelehnt zu nehmen? Der Gedanke erschien ihm lächerlich. Sie war alt genug, seine Mutter zu sein! Und doch lag da, als er den Kopf wandte, um ihr höflich zuzulächeln, ein Glanz in ihren Augen, der ihm einen kleinen Schauer über den Rücken jagte. Als sie die grandiose Brücke zum rechten Ufer hin verließen, sah Toby überrascht, daß sie auf dem Obstmarkt waren – einer engen Straße mit Ständen zu beiden Seiten, die kaum Raum zum Vorübergehen freiließen. Die Farben und Formen der hoch aufgetürmten Früchte waren herrlich anzusehen: es gab gelbschalige Melonen, leuchtendrote Kirschen, glänzende Orangen, grüne Feigen und pastellfarbene Pfirsiche mit einem zarten Spalt wie der eines jungen Mädchens – aber Toby wußte das italienische Wort dafür nicht, weshalb er den Gedanken nicht aussprach.

Die Contessa nahm ihr Fremdenführer-Geplauder wieder auf, als sie ihn nach links und rechts durch die kopfsteingepflasterten kleinen Straßen führte. Im Vorübergehen zeigte sie ihm die Kirche San Aponal, aber dann schien sie mit einem Thema schwanger zu gehen, das sehr viel weniger heilig war. Unter Zögern und mit einem glucksenden Lachen, das köstliche Verderbtheit andeutete, erzählte sie Toby, daß ihre gute Freundin Zita, mit der sie den Lunch einnehmen würden, eine gewisse Reputation habe, wobei sie ihn in den Arm kniff, um anzudeuten, was das heißen sollte.

«Sie ist eine Dame, die die Gesellschaft von Männern sucht?» fragte Toby, der sich insgeheim Sorgen über Contessa Marinas Erwartungen an ihn zu machen begann. Ihm wurde langsam ein wenig heiß unter dem Kragen, denn Mittag war vorbei und die Sonne hatte ihren höchsten Stand erreicht. Toby trug einen dem Anlaß gemäßen leichten Sommeranzug aus crèmefarbenem Leinen, den er sich für diese Reise gekauft hatte, dazu ein reinweißes Hemd aus der Jermyn Street, eine gestreifte Krawatte und einen flotten Panamahut – aber vielleicht war es doch eher die Wärme der Konversation der Contessa, die ihm das Blut aufheizte.

«Zitas Ehemänner haben sie schwer enttäuscht, wissen Sie», fuhr diese jetzt fort. «Der erste war viel zu alt, um ein junges Mädchen zu erfreuen, und der zweite hat sich erschossen. Der dritte war Prinz Iwan von Bulgarien. Er war jung und stark genug, erwies sich aber als grausames Monster und schlug sie mit der Peitsche. Er wurde während des Kriegs von einer Schar wütender Bauern getötet, woraufhin sie nach Venedig zurückkam, um sich für die verlorene Zeit zu entschädigen.»

«Er schlug sie mit der Peitsche? Aber doch das nicht!» sagte Toby.

«Ich versichere Ihnen, daß es so war. Jeden Abend riß er ihr die Kleider vom Leib, band sie stehend an den Bettpfosten, die Arme über dem Kopf, und schlug sie mit einer Reitgerte.»

«Großer Gott!»

«Sie zu schlagen erregte ihn, wissen Sie, und wenn sie lange genug geschrien und geschluchzt hatte, war er so in Erregung geraten, daß er die Peitsche fortwarf und sie vergewaltigte. Und das auf ganz unnatürliche Weise, wenn Sie mich recht verstehen.»

«Und er war ein Prinz, sagten Sie?»

«Von blauestem Geblüt, mit Vorfahren, die bis auf Todor den Schinder zurückgehen, jenem Heerführer, der im 13. Jahrhundert im Kampf gegen die Türken fiel. Sie müßten in Ihren Geschichtsbüchern in der Schule über ihn gelesen haben.»

«Nicht, daß ich wüßte, aber es klingt, als wäre die ganze Familie unerfreulich gewesen.»

«Ich bin noch nie mit der Peitsche geschlagen worden», sagte die Contessa ernst, und ihre Hand drückte Tobys Arm. «Orlando hat mich einmal ans Bett gebunden und auf den Po geschlagen – das gefiel mir, obwohl es nicht lange dauerte. Wir wurden beide so schnell erregt, daß er sich nicht zurückhalten konnte, sondern auf mich sprang und mich glücklich machte. Haben Sie jemals eine Frau mit der Peitsche geschlagen, Mr. Jervis – nein, ich kann Sie nicht länger so anreden, während wir uns unsere größten Geheimnisse erzählen, nicht wahr? Darf ich Sie Toby nennen?»

«Natürlich», sagte er sofort, erfreut über dieses Zeichen wachsenden Vertrauens, das sicher zu gegebener Zeit seinen Plänen förderlich sein würde.

«Und Sie müssen mich Marina nennen», sagte sie und schenkte ihm ein gnädiges Lächeln. «Ich lag, mit dem Gesicht nach unten, auf dem Bett, und Orlando hat mir mit den Fesseln die Beine gespreizt – meine eigenen Strümpfe hat er dazu benutzt und sie völlig ruiniert!»

«Eine faszinierende Szene muß das gewesen sein!» sagte Toby.

«Eine liebe Erinnerung», stimmte sie sofort zu, «aber Sie haben meine Frage noch nicht beantwortet, Toby. Haben Sie jemals eine nackte Frau mit der Peitsche geschlagen?»

«Aber nein – ich schätze, nur wenige Männer haben das, jedenfalls in den zivilisierten Ländern.»

«Man kann auch *zu* zivilisiert sein, mein lieber Toby. Was

als Rücksicht und Zurückhaltung beginnt, kann zu Schwäche und Fadheit werden, und diesen Zug finde ich an Männern verabscheuungswürdig.»

Ihre Entschiedenheit ließ Toby keinen Zweifel darüber, daß sich die Contessa Marina mit ihren vierzig Jahren nach wie vor Hoffnungen machte, eines Tages von einem wagemutigen Helden erobert zu werden. Bei aller Fairness betrachtete Toby sich keinen Augenblick lang als Kandidaten für eine solche Szene, obwohl es ihm andererseits schmeichelte, daß Marina seine Phantasie in diese Richtung lenkte.

Es war ihm wichtig, daß sie ihm wohlgesonnen blieb. Nicht daß er jemals die Möglichkeit erwogen hätte, ihr zu Gefallen zu sein, um sich ihres Wohlwollens zu versichern. Aber ihre freimütige Erzählung von *Orlandos* Heldentaten war gewiß ein Hinweis darauf, was erwartet wurde.

Gott sei Dank brauchte er sich im Moment keine weiteren Gedanken darüber zu machen, denn sie hatte ihn durch ein Gewirr enger Gassen und alter Häuser geführt, bis sie den kleinen Platz erreicht hatten, an dem das Haus ihrer Freundin lag.

2. KAPITEL

Der Bedienstete an der Tür verneigte sich tief vor der Contessa Marina. Nichts von alldem, was diese erzählt hatte, hatte Toby auf das vorbereitet, was er nun sah – die ganze eine Seite des Platzes wurde von einem vierstöckigen Palast aus Ziegeln beherrscht, welche die Jahrhunderte zu einem staubigen Rosa hatten verwittern lassen. Die Fenster waren hoch und schmal und liefen wie in englischen Kirchen nach oben spitz zu, und die Balkone bestanden aus verschlungenem Mauerzierwerk. Unter einem in Stein gemeißelten Wappen an der Wand befand sich eine riesige doppelflügelige Tür aus dunklem Holz, deren eine Hälfte einladend geöffnet war.

«Buon giorno, Tonino», sagte die Contessa anerkennend, als sie und Toby an dem sich verbeugenden Diener vorüber in die steingepflasterte Eingangshalle schritten. Ein weiterer Diener in schwarzem Gehrock erwartete sie, um sie eine breite Marmortreppe hinauf und in einen großen, luftigen Salon zu geleiten, wo neun oder zehn Personen, einen Drink in der Hand, mit lauter Stimme plauderten.

«Marina, carissima!» kreischte eine Stimme.

«Ciao, Zita cara!» rief die Contessa zurück, und die Gastgeberin löste sich aus der Gruppe und kam herbei, um die Neuankömmlinge zu begrüßen. Sie und die Contessa küßten einander ausgiebig auf beide Wangen und wechselten passende Worte auf italienisch, bevor die Contessa Toby der

Prinzessin vorstellte. Er hielt es für vernünftig und der Situation angemessen, die juwelengeschmückte Hand zu küssen, die sie ihm entgegenstreckte. Man lunchte nicht jeden Tag mit einer Prinzessin, selbst wenn sie eine alte Vettel war.

Sie war älter als Marina – Mitte Fünfzig, schätzte er –, aber gut geschnürt und gewappnet gegen die Verfallsspuren der Zeit. Ihr Busen ragte unter ihrem modischen kirschroten Kleid hervor wie ein Balkon; Po und Bauch waren stramm verpackt. Ihre Fingernägel und ihr Mund leuchteten blutrot, und die Augenbrauen waren zu einer so feinen Linie gezupft, daß sie kaum vorhanden zu sein schienen. Aber der Blickfang war ihr Haar – sie trug es hoch aufgetürmt und hatte es in einem leuchtenden venezianischen Rot gefärbt.

Ihr Englisch war passabel, fand Toby, und sie plauderte über nichts Bestimmtes, während ein Bediensteter ihm ein Glas kühlen, perlenden Weins brachte. Es dauerte nicht lange, bis sich ein sehr junger, gutaussehender Mann im weißen Seidenanzug und mit einer schweren goldenen Armbanduhr zu ihnen gesellte. Prinzessin Zita sagte in besitzergreifendem Ton, sein Name sei Marcello, und Toby versuchte, ihm die Hand zu geben, aber ihm wurde nur ein Nicken zuteil, seine ausgestreckte Hand wurde ignoriert. Nach einer peinlichen Pause ließ er sie sinken und fragte sich, ob Marcello vielleicht eine so gehobene Stellung innehatte, daß es ungebührlich war, ihn zu berühren.

In Wahrheit war Marcello ein mürrisch aussehender junger Bursche, ein oder zwei Jahre jünger als Toby, etwa einundzwanzig oder zweiundzwanzig. Eine gewisse Sinnlichkeit umgab ihn wie ein Parfum, aber trotz seiner Erscheinung und Präsenz hatte er nicht die Ausstrahlung eines Mannes von fürstlichem Geblüt. Seine dunkelblauen Augen hatten schwere Lider – das, was man gemeinhin Schlafzimmeraugen nennt –, und seine Lippen waren ein bißchen zu voll und ein bißchen zu rot. Toby kam der Gedanke, daß Marcello vielleicht ein wenig *seltsam* war.

Wenn Marcello überhaupt Englisch verstand, so verbarg er das sehr gut; er stand da und sah gelangweilt drein, während Zita sich mit Toby unterhielt. Sie bemerkte seine Stimmung, worauf sie ihn in die Wange kniff und sich in einem gurrenden Italienisch an ihn wandte. Marina lächelte zu diesen Worten, und Marcello bedachte sie mit einem finsteren Blick, was Toby vermuten ließ, daß die Prinzessin ihren hübschen jungen Freund gerüffelt hatte. Bald darauf hakte Zita Marcello unter und führte ihn fort ins Gewühl der Gäste.

«Ihr Enkel?» fragte Toby Marina, die umgehend in schrilles Gelächter ausbrach und ihm erklärte, daß Marcello Zitas *ragazzo* war.

«Ihr was?» fragte er und wollte wissen, ob das bedeutete, was er dachte.

«Wissen Sie, man könnte sagen, er ist ihr *boyfriend.* Sie hält ihn aus und gibt ihm Geld und Geschenke, und er entlohnt sie für ihre Freundlichkeit im Bett. Darin ist er sehr gut, sagt sie. Aber er ist sehr eifersüchtig und wachsam, wenn er sie mit jemandem sprechen sieht, der so gut aussieht wie Sie. Er will seinen Platz an ihrer Seite nicht verlieren.»

«Und wenn das geschähe, wovon würde er leben? Was war er, als die Prinzessin ihn entdeckte?»

«Ich glaube, er war ein relegierter Student der Rechte. Irgendeine Art kleinerer Skandal hing ihm an. Wenn Zita ihm jemals sagt, er soll seine Koffer packen, dann weiß ich nicht, was er machen wird – er könnte im Hotel *Danieli* herumhängen oder im *Gritti*, nehme ich an, um reiche amerikanische Witwen aufzulesen, die sich amüsieren wollen. Aber das tun schon genug andere gutaussehende Jungs; die Konkurrenz wäre hart.»

In den nächsten zwanzig Minuten führte Marina Toby im

Raum umher, um ihn den anderen vorzustellen. Es waren vierzehn Gäste zum Lunch da, mehr Damen als Herren. Erstere waren mit ein oder zwei Ausnahmen in Zitas Alter, alle sehr modisch und kostspielig gekleidet, und sie klammerten sich an alles, was ihnen die Jahre an Schönheit noch nicht genommen hatten. Die Herren waren viel jünger, aber er sah keinen, der so jung war wie Marcello. Zitas *ragazzo* war offensichtlich der Favorit aller anwesenden Damen, und er spreizte sich wie ein Pfau, sobald ihn eine von ihnen ansprach.

Ein Name blieb Toby im Gedächtnis haften. Es war der einer der jüngeren unter den anwesenden Damen, Anna-Louisa Ziani, der Tochter von Prinzessin Zita. Sie war Anfang Dreißig und in ein auffälliges Seidenkleid mit schwarzweißem Zickzack-Ornament gekleidet. Sie hatte weiches dunkles Haar, Ergebnis regelmäßigen Bürstens durch ihr Hausmädchen, aber es fiel auf, daß sie ein irgendwie ausdrucksloses Gesicht hatte und nicht sehr groß, aber untersetzt war, mit einem kräftig entwickelten Busen und breiten Hüften.

Toby versuchte sich zu erinnern, welcher von Zitas Ehemännern sie gezeugt hatte. Sicher nicht der Bulgare, der Zita mit der Peitsche bearbeitet hatte: entweder war es der Mailänder Bankier, der an Überanstrengung gestorben war, oder der deutsche Gutsherr, der sich eine Kugel in den Kopf gejagt hatte. Aber Toby hatte nur oberflächlich zugehört, als Marina von den traurigen Eheerfahrungen ihrer Freundin erzählt hatte, und konnte sich nicht an alles genau erinnern.

Der Raum, in dem sie sich befanden, war in Rot, Gold und Braun dekoriert. Mit professionellem Blick bemerkte Toby, daß er eine Fundgrube an Gemälden und kleinen Skulpturen war. Ein Jammer, dachte er, daß so kostbare Kunst den wogenden Wolken von Zigarettenqualm der Gäste ausgesetzt war. Prinzessin Zita hatte offenbar nun, da sie zum drittenmal Witwe war, von ihren Ehemännern genug Geld bekommen, um leben zu können, wie es ihr gefiel. Ihre Tochter glich ihr nicht, abgesehen von einer allgemeinen Ähnlichkeit der Adlernase und des Kinnbogens.

Als sie sich ins Speisezimmer begaben, stellte Toby fest, daß er ziemlich weit unten an der Tafel placiert war, zwischen Anna-Louisa zu seiner Rechten und einer dünnen Frau mit blondiertem Haar zu seiner Linken. Zahlreiche Diäten hatten die blonde Frau fast bis zum Stadium der Auszehrung abmagern lassen – sie hatte fast keinen Busen unter ihrem Kleid, und Toby konnte sich nicht an ihren Namen erinnern, obgleich sie eine Contessa war. Sie sei Amerikanerin, aus Pittsburgh, Pennsylvania, erzählte sie ihm, und er vermutete, daß ihr Vater ihr mit guten alten Dollars einen blaublütigen, aber mit Armut geschlagenen Ehemann gekauft hatte.

Kohlengruben und Eisenhütten bildeten die Basis des Reichtums von Pittsburgh, wie Toby sich aus dem Geographieunterricht in der Schule erinnerte, aber er wußte auch, daß sogar in England die Neureichen nach spätestens zwei Generationen vom alten Geldadel akzeptiert wurden. Der alte englische Geldadel stammte meist von scharfsichtigen Spekulanten ab, die bei der raschen städtischen Entwicklung Londons im 18. Jahrhundert ein Vermögen verdient und sich dann Titel gekauft hatten. Einige wenige waren Nachfahren scharfsichtiger Damen, die im 17. Jahrhundert für den Fröhlichen Monarchen oder seinen Bruder James die Beine breit gemacht hatten. Da die menschliche Natur überall weitgehend gleich ist, dürfte die Geschichte der italienischen Aristokratie ähnlich verlaufen sein, dachte Toby.

Das Essen war köstlich, die Weine ausgezeichnet, beide wurden in verschwenderischen Mengen serviert, und Toby unterhielt sich prächtig. Anna-Louisa sprach ziemlich gut

Englisch, und als er sich erkundigte, wo sie es gelernt hatte, sagte sie, sie sei in Zürich, London, Paris, Lissabon und Rom zur Schule gegangen, woraus er schloß, daß ihr Vater der traurige Deutsche gewesen sein mußte, der sich erschossen hatte.

«Habe ich recht gehört – daß Sie bei Marina im Palazzo Malvolio wohnen?» fragte die in Amerika geborene Contessa zu seiner Linken. Sie hatte Toby schon aufgefordert, sie doch Sally zu nennen.

«Ja und nein», sagte er.

«Was meinen Sie mit ja und nein?» fragte sie und nippte an ihrem gut gekühlten weißen Soave, während sie mit ihrer Gabel in den Krebsen stocherte. «Ja oder nein?»

«*Ja*, ich wohne im Palazzo Malvolio, aber *nein*, nicht als Gast der Contessa Marina. Ich wurde von Mrs. Tandy eingeladen.»

Es entstand eine Pause, in deren Verlauf Contessa Sally ernsthaft über seine Worte nachzudenken schien. Toby fragte sich, ob sie wohl ein wenig taub war oder sogar ein bißchen versponnen.

«Die liebe Delphine – sie ist eine meiner engsten Freundinnen», sagte Sally, aber es klang keinesfalls so, als wäre sie sich da sicher. «Ihr Leben war so romantisch wie ein Rudolph-Valentino-Film. Aber es ist nicht gut ausgegangen.»

«Wirklich?» sagte Toby höflich. «Sie hat ein wunderschönes Zuhause.»

«Es fällt ihr über dem Kopf zusammen», erklärte Sally. «Sie würde ein Vermögen ausgeben müssen, um es in Ordnung zu bringen. Und das hat sie nicht. Ich schätze, der Märchenprinz hat sich am Ende doch als Frosch erwiesen.»

«Er war der Letzte der Malvolios?» sagte Toby, der einige Nachforschungen über Mrs. Tandy angestellt hatte, bevor er aus London aufgebrochen war.

«So ist es – Rinaldo Malvolio. Vor dem Weltkrieg war er für einige Zeit an der Botschaft in London und lernte dort Delphine kennen. Sie war mit einem eurer britischen Honoratioren verheiratet und langweilte sich sehr, schätze ich. Sie und Rinaldo verliebten sich wie im Märchen und brannten zusammen durch. Sie lebten hier in Venedig, bis er im Krieg getötet wurde. Rinaldo war hier so etwas wie ein Nationalheld. Er hinterließ ihr seinen gesamten Besitz, aber das war eben nur noch der Palast mit dem ganzen Zeug darin und das, was noch an Malvolio-Geldern übrig war – nicht sehr viel, weil sein Vater das meiste davon in Monte Carlo im Casino verspielt und den Rest bei den Frauen in Paris gelassen hatte.»

«Mein lebenslanges Ziel ist es auch, ein reicher Playboy zu sein, der mit Geld für Frivolitäten und schöne Frauen um sich wirft», sagte Toby, «aber ich muß mir meinen Lebensunterhalt mit Arbeit verdienen.»

«Müssen Sie?» sagte Sally und hob erstaunt ihre schmalen Augenbrauen, als sei der Gedanke, auf gesellschaftlicher Ebene einem Menschen zu begegnen, der *arbeitete*, neu und nicht gerade erfreulich für sie. «Was machen Sie denn?»

«Ich bin bei Fitzroy Dalrymple, den Londoner Antiquitätenhändlern», sagte er. «Mein Vater ist einer der Direktoren und hat mich nach meinem Schulabschluß in die Firma aufgenommen.»

«Ich habe von der Firma gehört», gab Sally nach einer ihrer langen Pausen zu. «Tatsächlich, jetzt erinnere ich mich, mein Mann hat mal einiges an häßlichem Zeug dort hingeschickt, als ich den Palast umgestaltet habe. Was also machen Sie in Venedig – kaufen oder verkaufen?»

Toby wurde der Peinlichkeit enthoben, ihrer Frage auszuweichen, weil es eine Ablenkung am oberen Ende des Tischs gab, wo, mit Marcello an ihrer Seite, die herausgeputzte tizianhaarige Prinzessin Zita saß. Sie war ihm halb zugewandt und fütterte ihn mit Häppchen von ihrem eigenen Teller, als wäre er ein verzärtelter Schoßhund. Ihre andere Hand befand sich außer Sicht unter dem Tisch, aber vom Winkel ihres Arms her schien es Toby, als betastete sie ihren jungen Freund zwischen den Beinen, während sie ihn fütterte.

Vermutlich war er an diese Behandlung gewöhnt, aber irgend etwas war nicht in Ordnung, denn als Zita jetzt wieder eine Gabel voll Krebs mit Sahne an seine geschürzten roten Lippen führte, schlug er ihr rüde die Hand weg und rief: *«Basta!»* Die Gäste sahen betreten beiseite, als Marcello einen vorwurfsvollen Protest in zornigem Italienisch losließ. Zita beschwichtigte ihn, indem sie die Gabel auf seinen Teller legte und sein Gesicht mit der sichtbaren Hand streichelte. Möglicherweise tat sie weiter unten mit der anderen Hand das gleiche.

Die anderen Gäste mochten höflich wegschauen, aber nicht so Toby – in seiner Neugier konnte er es sich nicht verkneifen, diese kleine Vorstellung zu beobachten.

«Worum ging es denn?» fragte er Sally, als Marcello sich wieder beruhigt hatte und an dem Glas Wein nippte, das Zita ihm hinhielt. Aber die amerikanische Contessa tat, als hörte sie nicht, und sprach mit dem Gast auf ihrer anderen Seite. Toby befürchtete schon, eine Dummheit begangen zu haben, indem er auf den kleinen Zornesausbruch und infolgedessen auch auf die Beziehung zwischen der Prinzessin und ihrem Schoßhund anspielte. Aber da wurde seine Frage unerwartet von rechts beantwortet – von Zitas Tochter.

«Marcello hat sich darüber beklagt, daß meine Mutter ihn immer so mästet», sagte Anna-Louisa, und ihre Stimme verriet weder Verlegenheit oder Mißbilligung noch Zustimmung, «weil sie ihn, wenn er erst einmal dick geworden ist, nicht mehr mögen wird.»

«Ich nehme an, da hat er recht», sagte Toby nachdenklich und starrte über die Tafel dorthin, wo Marcello jetzt schnurrend saß und mit halbgeschlossenen Augen die Wange an der juwelengeschmückten Hand rieb, die ihn streichelte. «Ist er schon lange mit der Prinzessin befreundet?»

«Es sind jetzt sieben oder acht Monate. Er ist nicht sehr zufriedenstellend, denn er hat ein kindliches Temperament, aber meine Mama hat ihn sehr gern und vergibt ihm. Eines Tages wird er zu weit gehen, und sie wird die Diener anweisen, ihn hinauszuwerfen.»

«Ja, ich kann nachvollziehen, daß er hier ein bißchen aus dem Rahmen fällt», sagte Toby, der sich wunderte, daß sich jemand in Prinzessin Zitas Position überhaupt solche Frechheiten von einem ausgehaltenen Liebhaber gefallen ließ.

«Und Sie, Signor Jervis?» sagte Anna-Louisa mit einem freundlichen Lächeln. «Wie lange sind Sie schon mit Contessa Martina zusammen?»

Toby warf einen Blick nach rechts über den Tisch, wo Marina fröhlich mit ihrem Nachbarn plauderte – einem schlanken Mann mit olivfarbenem Teint und schwarzem Haar, das mit Brillantine dicht an den Kopf frisiert war. Er wollte schon sagen, er sei erst vor zwei Tagen in Venedig angekommen, als ihm die Anspielung in Anna-Louisas Frage auffiel. Er fühlte, wie er puterrot wurde bei dieser Gleichsetzung mit Marcello.

«Sehen Sie! Das muß ein Mißverständnis sein», sagte er. «Ich verkehre nicht auf diese Art mit der Contessa – und übrigens auch nicht mit irgend jemandem sonst.»

«Ah, jetzt habe ich Sie verärgert!» sagte Anna-Louisa, die sein Unbehagen zu genießen schien, sicherlich, weil er so unbesonnen gewesen war, über die privaten Arrangements ihrer Mutter zu sprechen. «Aber es gibt keinen Grund, sich zu schämen – wir, die wir Marinas Freunde sind, wissen, daß sie zu jedem gutaussehenden jungen Mann, der im Palazzo Malvolio zu Gast ist, eine enge Beziehung entwickelt. Warum auch nicht? Ihr Ehemann, der Graf, hat sie vor ein paar Jahren verlassen und lebt in Rom.»

«Das tut mir aber leid», sagte Toby und meinte es auch so. Nun war ihm der Zweck von Marinas Bekenntnissen auf der Rialto-Brücke gänzlich klar – es waren Eröffnungen, ganz wie er vermutet hatte. Zufällig fiel sein Blick auf Anna-Louisas Hand, an der sie einen breiten goldenen Ehering trug. Sie sah, wohin er schaute, und beantwortete die Frage, die zu stellen er gar nicht beabsichtigt hatte.

«Nein, mein Ehemann hat mich nicht verlassen, Signor Jervis», informierte sie ihn lächelnd, «er ist in Indien auf der Tigerjagd.»

«Erlegt er viele?» fragte Toby.

«Ja, auch Leoparden im Kongo und Löwen in Kenia – dazu Wildschweine in Polen, und er fährt auch nach Südamerika wegen der ... wie nennt man die Großkatzen dort?»

«Puma, glaube ich. Er muß ja viele Trophäen besitzen, wenn er so ein kühner Großwildjäger ist.»

«Ja, viele», sagte Anna-Louisa, «einen ganzen Raum voll. Jagen Sie auch? Vielleicht Füchse?»

«In England jagen wir nur Vögel – Fasanen und Moorhühner.»

«Dann sind Sie auch ein Jäger. Nach dem Essen müssen Sie sich unbedingt das Trophäenzimmer ansehen.»

Es ging auf drei Uhr zu, als der Lunch beendet war, und trotzdem verließen einige Gäste den Tisch noch nicht. Sie setzten sich wieder, nachdem Zita mit Marcello gegangen war, und sammelten sich in einer kleinen Gruppe an einem Ende der Tafel, um weiter zu plaudern, solange die aufmerksamen Diener noch die Gläser nachfüllten. Einige wenige verabschiedeten sich und gingen, andere schlenderten fort in andere Teile des Palastes, um sich dies und jenes anzuschauen. Contessa Marina gehörte zu denen, die noch an der Tafel saßen. Ihre Wangen glühten, während sie sich gestenreich mit ihrem Nachbarn unterhielt.

«Kommen Sie», sagte Anna-Louisa, «ich werde Ihnen zeigen, wie gut mein Mann mit dem Gewehr umgehen kann. Wir werden zurück sein, bevor Marina bereit ist aufzubrechen, und dann werde ich Sie in einem unserer Boote zurück zum Palazzo Malvolio bringen lassen.»

Das Trophäenzimmer befand sich unten im Parterre, und es war der wohleingerichtete Arbeitsraum eines Mannes. Es gab einen großen Schreibtisch aus dunklem Holz, ein halbes Dutzend rot gepolsterter Stühle und ein dazu passendes Sofa. Auf dem glänzenden Parkett stand ein Globus mit einem Durchmesser von fast einem Meter. Ringsum an den Wänden hingen die Beweise von Marco Zianis sportlichen Fähigkeiten – die ausgestopften Köpfe wilder Tiere.

Voller Verwunderung starrte Toby auf einen verschwenderischen Überfluß an Löwen, Tigern, Leoparden, Pumas, Luchse, Panthern, indischen Leoparden und Jaguaren. Signor Ziani hegte offensichtlich einen Groll gegen Katzen. Gewiß, es waren auch zwei oder drei spitznasige Rhinozerosse ausgestellt, ein Dutzend wilder Bären und Langhornbüffel, aber diese waren kaum mehr als eine späte Rechtfertigung, und in Tobys Gedanken nahm die lächerliche Frage Gestalt an, ob Ziani, wenn er nicht gerade auf Safari war, des Nachts mit einem Revolver den Katzen in den Gassen von Venedig nachstellte.

«Nun, wie finden Sie das?» fragte Anna-Louisa, und etwas in ihrem Ton veranlaßte Toby, seine Betrachtung der Trophäen aufzugeben und sich nach ihr umzuwenden. Sie stand an den großen Schreibtisch gelehnt, ihr Busen ruhte halb darauf, und sie hielt den Rock ihres modischen schwarzweißen Seidenkleids hoch.

Die halb entblößten Hüften waren kräftig und füllig, sah Toby, und angenehm nackt über den Strumpfrändern, die von roten Strapsen gehalten wurden.

«Bewundernswert», sagte Toby und sah von ihren Beinen zu ihren Augen auf – eine behutsame Reaktion auf diese plötzliche und sehr unerwartete Enthüllung. Anna-Louisa schien dieses Kompliment unbesehen zu akzeptieren und hob ihren Rock noch höher, um einen Schlüpfer aus weißer Spitze zu enthüllen, durch den er ihr dunkles Haar sehen konnte.

«Wie gut sind *Sie* mit dem Gewehr?» fragte sie.

«Mit der Schrotflinte bin ich ziemlich geschickt», antwortete er, überwältigt von dem, was sie ihm da zeigte.

«Mit der Schrotflinte», wiederholte sie, «ich glaube, das mag ich – ein kräftiger Stoß, der alles umlegt. Ist es eine doppelläufige?»

«Benutze nie was anderes», sagte er grinsend. Er spürte, wie sein *cazzo* in der Hose steif und lang wurde. Sie würde doch sicher nicht von ihm erwarten, daß er mit ihr unter solch riskanten Umständen Liebe machte, da jederzeit ein umherspazierender Gast die Tür öffnen konnte. Doch Anna-Louisa hob mit einer Hand ihren Rock bis zur Hüfte, während sie mit der anderen ihren Schlüpfer über die Schenkel hinabzog, um einen dichten Busch dunkelbrauner Locken zu entblößen.

«Also so was!» murmelte Toby.

Und das war auch kein Wunder, denn die Situation entsprach ganz und gar nicht dem, was er kannte. Obwohl seine Männlichkeit aufrecht stand, kam es ihm doch etwas komisch vor, daß ihm eine Frau von Rang so einfach ihre Möse zeigte. Wenigstens hatte das einen Vorteil: Es war unmißverständlich – es hatte gar keinen Zweck, weiterhin so zu tun, als hätte sie ihn nur deshalb hierher gebracht, um ihm die Jagdtrophäen zu zeigen.

Sie hatte einen ganz anderen Sport im Sinn, und Toby war erstaunt über ihre beiläufig zur Schau gestellte Sicherheit, daß er sie umgehend beglücken würde – Hut ab und los, oder besser: Slip weg und los. Aber dann erinnerte er sich daran, daß sie Zitas Tochter war. Das erklärte gewiß einiges. Eine Mutter zu haben, die mit ihrem *ragazzo* beim Lunch unter dem Tisch herumspielte, mußte ja zu einer laxen Einstellung zu allen Konventionen führen.

Und um die Wahrheit zu sagen, obwohl Anna-Louisa um zehn Jahre und zwanzig Pfund *avoir du poids* über Tobys Ideal für sexuelle Freuden lag, hatte er nicht die Absicht, eine solche Gelegenheit verstreichen zu lassen. Sich nach dem Lunch mit der Tochter einer Prinzessin zu vergnügen, und das in einem venezianischen Palast – schon die männliche Eitelkeit verlangte, daß er es tat! Und die beträchtliche Menge hervorragenden Weins, den er zum Lunch getrunken hatte, hatte ihn ohnehin in gehobene Stimmung versetzt.

In der Absicht, Anna-Louisas Hand zu ergreifen und sie auf das rote Sofa zu ziehen, näherte er sich ihr. Aber sie ergriff einfach die seine und sagte, er solle sich neben sie auf den Schreibtisch setzen. Währenddessen zog sie ihren Schlüpfer vollends aus.

Sie baute sich mit gespreizten Beinen vor seinen Knien auf, und sofort legte er die Hand zwischen ihre offenen Schenkel und befühlte sie.

«Wie nennen Sie das in Ihrer Sprache?» fragte er sie, während seine Finger die prallen, fleischigen Lippen erforschten.

«Meine *fica*», und ihre Hände knöpften erst das Jackett seines crèmefarbenen Leinenanzugs und dann die Hose auf.

Sie tastete hinein, um seinen steifen *cazzo* zu ergreifen und ihn herauszuziehen, so daß sie einen bewundernden Blick darauf werfen konnte.

«Doppelläufig, das gefällt mir!» sagte sie, während ihre Hand rasch an ihm auf und ab glitt.

«Ah», seufzte sie, als seine Finger in ihrer warmen Spalte zu spielen begannen.

«Er steht, lang und hart», sagte sie und legte ihm das Kinn auf die Schulter, «*molto bene*. Sie zeigen mir, was Sie mit Marina machen, ja?»

Er war durch ihre Massage schon zu voller Größe aufgerichtet, und als sie damit fortfuhr, begann er an ihrem Ohr schwer zu atmen.

«Sie irren sich», murmelte er, «ich habe gar nichts mit Marina getan, überhaupt nichts, das versichere ich Ihnen.»

«Aber Sie werden es noch!» sagte sie mit einem glucksenden Lachen. «Wenn Sie die Wahrheit gesagt haben, und sie Sie seit zwei Nächten hat allein schlafen lassen, wie Sie sagen, dann gibt es dafür einen Grund. Aber Sie werden nicht mehr lange in Ihrem Bett allein sein, wie ich Marina kenne.»

«Sie scheinen viel über sie zu wissen.»

«Alles – wir sind sehr gute Freundinnen. Und diesmal habe ich das Vergnügen, einen ihrer *ragazzi* vor ihr zu haben.»

Toby zitterte vor Erregung, während sie mit kräftiger Hand seinen Steifen rieb – und er fragte sich, wie sie in einer so wenig versprechenden Stellung Liebe machen sollten. Aber das Problem wurde ganz einfach gelöst – Anna-Louisa schob ihn zurück, bis er auf dem Schreibtisch lag und seine Beine an der Seite herabbaumelten. Er starrte an sich hinunter und sah, wie sein bockender *cazzo* von einer Hand gehalten und gezügelt wurde, an der ein Vermögen an kostbaren Edelsteinen funkelte.

Er dachte, sie würde nun auf den Schreibtisch klettern und sich über ihn knien. Andere Länder, andere Sitten, dachte er, nicht wissend, daß es auch schon zwischen Rom und Venedig viele Unterschiede in Stil und Stellung gab, und erst tat sie auch, was er erwartete, und kletterte auf bestrumpften Knien auf den Schreibtisch. Was dann geschah erstaunte ihn wie nichts je zuvor. Sie kniete sich nicht über seine Lenden, sondern rittlings über seinen Kopf und raffte ihr Seidenkleid bis an die Taille. Erschrocken und ungläubig starrte er von ganz nah auf ihre behaarte Spalte – und dann, noch bevor er ganz begriff, worauf sie aus war, ließ sie sich langsam nieder, bis ihre fleischige *fica* auf seinem Mund lag.

Bis dahin hatte er sich noch niemals auf diese Weise unter einer Frau befunden. Er hatte zwar mehr als eine Freundin zwischen den Beinen geküßt, um sie anzuregen, aber die betreffenden Mädchen lagen dabei auf dem Rücken, die langen, schlanken Beine gespreizt für seine Aufmerksamkeiten und in Erwartung seiner Wünsche. Toby war es gewohnt, oben zu liegen und die Gangart zu bestimmen. Aber Anna-Louisas bloße Schenkel hielten seinen Kopf in einem Griff, der nicht leicht zu lösen war, und sie rieb ihre *fica* an seinem Mund.

Nun, warum nicht? dachte er plötzlich. Ungewohnte Gedanken fuhren ihm blitzartig durch den Kopf. *Warum es nicht ausprobieren?* Nach einem Augenblick des Zögerns schob er seine Zunge hinein, sofort fand er ihren Knibbel und leckte daran – und sofort hörte er sie keuchen, während sie mit wachsendem Nachdruck über seinen Mund glitt.

Plötzlich kam Toby die Erleuchtung, warum er da rücklings unter einer erregten Frau auf dem Schreibtisch lag. Es waren diese verfluchten Trophäen an den Wänden – sie haßte es, daß ihr Mann so häufig abwesend war, um wilde Tiere zu töten, und sie dafür vernachlässigte. Sie kompensierte das, indem sie ihre eigenen Trophäen sammelte – hier in Zianis

Arbeitszimmer, auf seinem Schreibtisch. Wer von beiden, fragte sich Toby, hat wohl mehr, sie oder er? Hatte sie mehr Männer auf diesem Schreibtisch gehabt, als ausgestopfte Köpfe an diesen Wänden hingen?

Ob er nun recht hatte oder nicht, Anna-Louisa ließ ihn nicht weiter zum Nachdenken kommen. Offenbar wollte sie etwas Substantielleres in sich fühlen, etwas Dickeres und Härteres, denn plötzlich stieg sie von Tobys Gesicht, legte sich neben ihm auf den Rücken und gab ihm ein Zeichen, sie zu besteigen. Er rappelte sich auf und kniete sich zwischen ihre Beine, wo er fasziniert auf ihre nasse *fica* starrte.

Ihr Kleid lag um ihre Taille und ihre Knie waren angewinkelt und auswärts gespreizt – und während Toby stierte, legte sie ihre beringten Hände auf ihre nackten Schenkel über den Strumpfrändern. Ganz beiläufig zog sie ihre Muschel auf und lächelte ihn an, während sie deren feuchtrosa Innenseite enthüllte.

Toby stieß ein freudiges Grunzen aus und beugte sich nach vorn über ihren Bauch. Er fühlte, wie sie seinen pochenden Schaft ergriff und ihn einführte. Er stieß tief hinein, glitt mit Vergnügen in ihre warme Nässe und dann kräftig vor und zurück.

«*Ah, sì* – bravo!» keuchte Anna-Louisa. Sie schob seine Hose halb die Beine hinunter und krallte ihm schmerzhaft ihre lackierten Fingernägel in den Hintern, um ihn anzuspornen, als wäre er ein Pferd, das sie im Galopp ritt!

Ich bin kein Pferd, dachte er wild, ich bin ein Rhinozeros draußen im afrikanischen Busch, und ich attackiere dich mit meinem massiven Horn, Anna-Louisa! Soll ich es dir reinrammen und dir den Bauch aufschlitzen – oder willst du mich zuvor mit einer Kugel niederstrecken und meinen Kopf zu den Trophäen da an die Wand hängen?

Diese seltsame Vorstellung trug ihn in neue Höhen – er

stieß sie kräftig und schnell, was rasch Wirkung zeitigte. Anna-Louisa zuckte und stöhnte unter ihm, hob ihre Hüften, um seinen Stößen zu begegnen – und als sie zum Höhepunkt kam, verströmte sich Toby leidenschaftlich in ihrer *fica*. *«Aie!»* kreischte sie. *«Ancora, Tobiolo, ancora, ancora!»*

3. KAPITEL

In einem heißen, stickigen Raum unter dem Dach des Palazzo Malvolio saß Toby allein auf einer Chaiselongue aus vergoldetem Holz mit einer stark verschlissenen Polsterung und dachte über das faszinierende Thema weiblicher Hinterteile nach.

Es gab zwei Grundformen, überlegte er – aber nein, falsch: es gab drei. Der allgemeinen Gestalt und Größe des weiblichen Körpers entsprechend konnte die Kehrseite so rund sein wie zwei Melonen oder, bei schwererem Körperbau, wie zwei Kürbisse. Aber sie konnte auch birnenförmig sein, was an jungen Frauen elegant aussah, an älteren jedoch zur Schlaffheit neigte. Die dritte, aber sogar bei jungen Mädchen seltene Form war ein Hintern wie eine geschlossene Tulpe.

Was diese Gedanken in seinem Kopf in Gang gesetzt hatte, waren die Haufen alter Möbel, die ihn umgaben. Er befand sich in einem Lagerraum, in dem kaputtes Mobiliar aufbewahrt wurde, auf dem Dachboden, den man durch endlose Flure erreichte, die in verblaßter Achtzehnter-Jahrhundert-*grandezza* erstrahlten, aber immer heruntergekommener aussahen, je höher man kam. Zuerst war da der weiße Marmor der großen Freitreppe, die aus der Empfangshalle zum *piano nobile* anstieg, in dem der Salon gelegen war. Dann kam eine breite und wunderschöne Holztreppe mit Intarsien, die wiederum aufwärts zu dem Stockwerk mit den Schlafzimmern und Privaträumen führte. Von dort ging eine nicht leicht zu entdeckende Treppe zu den Unterkünften der Diener hinauf. Sie war mit roten Kacheln ausgelegt, von denen viele unter Millionen Schritten im Laufe von 200 Jahren zersprungen waren. Neben den Unterkünften der Bediensteten befand sich ein einziger großer, abgeschlossener Raum, in den die Malvolios seit dem Bau des Palastes kaputte Möbel gelagert hatten. Warum sie sich nie die Mühe gemacht hatten, sie zu reparieren, erstaunte Toby, aber wer Geld hat, braucht über seine Gewohnheiten keine Rechenschaft abzulegen. Von der sehr erhabenen, verstorbenen Marquise Curzon hieß es, daß sie nie ein Paar Strümpfe zweimal trug. Und die Zarin Katharina von Rußland beorderte jede Nacht einen anderen Gardisten in ihr Schlafzimmer.

Der Lagerraum war zu etwa drei Vierteln gefüllt mit Stapeln von staubigen Stühlen, aufgerollten Teppichen, Tischen, ein oder zwei Betten, Kommoden und Geschirrschränken, Sammlervitrinen und Bücherregalen. Jedes dieser Stücke war, wenn ordnungsgemäß restauriert, eine Antiquität von großem Wert, und das hatte Toby nach Venedig geführt. Durch Kollegenklatsch hatte seinen Vater der Hinweis erreicht, daß eine Familie verarmter venezianischer Aristokraten einen unglaublichen Vorrat an ausrangierten Möbeln besäße, die womöglich zum Verkauf stünden. Nachdem er sich mit dem Eigner in Verbindung gesetzt hatte, der sich ganz und gar nicht als Venezianer, sondern als eine englische Lady mittleren Alters erwiesen hatte, die den Palast samt Inhalt geerbt hatte, hatte Jervis Senior Toby ausgesandt, um die Möbel zu begutachten und Mrs. Tandy ein maßvolles Angebot zu machen.

Die beiden ersten Tage seines Aufenthalts als Gast im Palazzo waren eine Wartezeit, während ein Aufgebot von Dienern sein möglichstes tat, um den Staub der Jahrhunderte von den Möbeln zu entfernen und sie so aufzustellen, daß

Toby sich bequem umsehen und eine Bestandsliste anfertigen konnte. Danach würde er sich ein Bild über den erforderlichen Aufwand an Restaurierungsarbeiten machen. Bevor er Mrs. Tandy irgendein Angebot machen konnte, hatte er Weisung, in London anzurufen, seinem Vater seine Einschätzung mitzuteilen und sie sich von ihm bestätigen zu lassen.

An einem halben Tag hatte er siebenunddreißig ausgesuchte Stühle aufgelistet, elf Tische verschiedener Größe, von einem Speisezimmertisch für zwölf Personen mit einem abgebrochenen Bein bis hinab zu einem runden Beistelltischchen mit feinen Intarsien aus Perlmutt und der Spur eines Schwerthiebs quer hindurch. Er sah sich in dem riesigen Raum nach den Stücken um, die noch zu katalogisieren waren – Vitrinen mit tiefen Rissen, Schreibtische mit zerbrochenen Tischplatten, zusammengebrochene Schemel, wacklige Kredenzen, intarsiengeschmückte Sekretäre mit abgerissenen Türen – so viel, so viel! Es war klar, daß er noch Tage brauchen würde, um allein die Bestandsliste fertigzustellen. Und noch länger, um die Schäden im einzelnen zu begutachten und vernünftige Kostenvoranschläge für die Reparaturarbeiten in London zu erstellen. Als ihm diese Erkenntnis aufging, beschloß er, sich erst einmal ein Ruhepäuschen auf der staubigen Chaiselongue zu gönnen.

Wie um alles in der Welt mochten diese ganzen Möbel nur kaputtgegangen sein? fragte er sich, während er sich umsah. Waren die Malvolios in ihren großen Zeiten zu Hause besonders aggressiv gewesen? Hatten die Männer Schwerter gezogen und im Speisesaal Duelle bis zum Tode ausgefochten? Welcher zornige Malvolio hatte ein barockes Rosenholzschreibtischchen zugenagelt? Und dann der elegante Rokoko-Betstuhl mit einem in die Ellbogenstütze eingelassenen handgemalten Porzellanschildchen (ein Bild der Madonna zur Unterstützung der Konzentration des Gläubigen). Warum war das Schildchen zerschlagen und die eine Hälfte unersetzbar verloren? Ein plötzlicher Wutanfall über ein unerhört gebliebenes Gebet? Und wie konnte irgendeine längst vergessene Dame die Petit-point-Stickerei auf dem Bezug ihrer Chaiselongue so ruinieren? Dazu bedurfte es mehr als kratzender Fingernägel in einem Anfall von Leidenschaft!

Von den Stühlen und anderen Sitzmöbeln wandten sich Tobys Gedanken nun wieder den Damen zu, die darauf gesessen hatten, und von dort war es nur ein kleiner Schritt zu den weiblichen Hinterteilen. Und zu den Kleidern, die sie bedeckten. Das früheste Möbelstück, auf das er bisher gestoßen war, war älter als der Palast selbst. Der ursprüngliche Palazzo Malvolio war 1451 am gleichen Standort erbaut und im 18. Jahrhundert durch einen Brand zerstört worden. Der neue Palazzo wurde 1736 auf den Fundamenten des alten im Stil dessen errichtet, was man damals für den neuesten architektonischen Schrei hielt: einer Abart des Palladianismus. Offenbar war viel aus dem Feuer gerettet worden, nicht nur die Gemälde, sondern auch einige Möbel.

Mit Hilfe der Gemälde, die Toby gesehen hatte, versuchte er sich zu erinnern, was die feine Dame im Jahre 1451 im alten Palast getragen hatte. Seidene Roben, die unter der Brust eng anlagen, dachte er, tief ausgeschnitten, um so viel Dekolleté wie möglich zu zeigen, eng anliegende lange Ärmel und bodenlange Röcke mit Schleppen. Und darunter? Einen dünnen Unterrock und sonst nichts, damit das Hinterteil aufs Vorteilhafteste zur Geltung kam.

Als die Malvolios im 18. Jahrhundert in den wieder aufgebauten Palast einzogen, müssen die Damen der Familie Reifröcke getragen haben, dachte er. Noch immer wird reichlich Busen gezeigt und mehr Arm, mit kurzen Ärmeln. Wenn sie sich niedersetzten, ordneten sie Röcke und Reifen so, daß nicht zu viel Bein zu sehen war – Beine in weißen Seidenstrümpfen, die kurz über dem Knie gebunden waren. Damenunterhöschen waren natürlich noch nicht erfunden – ein unternehmungslustiger Gentleman, der neben einer Dame saß, konnte eine Hand unter die weiten Röcke gleiten lassen und fühlen, was sich zwischen ihren bloßen Schenkeln tat.

Die Risse in der Stickerei, auf der Toby jetzt gerade saß – hatte ein Akt leidenschaftlicher und heftiger Gegenwehr sie verursacht? Und wie verhielt es sich mit dem pfostenbewehrten Baldachinbett da hinten in der Ecke? Bestimmt hatten einst nackte Damen mit gespreizten Beinen darin gelegen und sich beglücken lassen. Vielleicht hatte auch ein längst verblichener Malvolio mit mehreren Frauen zugleich darin umhergetollt. Groß genug war es. Das würde es mächtig zum Knarren und Quietschen gebracht haben – obwohl nur schwer vorstellbar war, wie dabei ein Meter der kunstvollen barocken Holzschnitzerei rund um den oberen Teil des Rahmens, drei Meter über dem Boden, herausgebrochen sein konnte. Es sei denn, er hätte sich mit einem Schwung aus den Laken erhoben und ein nacktes Mädchen darin vor und zurück geschwungen.

Es war leicht, sich auch die Contessa Marina in einem solchen Baldachinbett vorzustellen. Bequem darin liegend, halb versunken in einem weichen Daunenbett, mit hochgezogenen, ausgebreiteten Knien, die Arme zum Willkommen ausgestreckt. Leicht war es auch, sie sich in einem der breiten, bequemen Sessel sitzend vorzustellen, die hier im Lager standen. Sie hatte die üppige Figur, die zu diesen ausladenden Möbeln paßte.

Ihr Hinterteil war von der runden Art, und obwohl für Tobys Geschmack viel zu dick, hatte es sicher einen feinen Anblick geboten, als sie sich über die Brüstung der Rialto-Brücke gebeugt und Freund Orlando ihren Rock gehoben hatte. Ein weicher weißer, runder Hintern, der im Mondlicht schimmert, die geöffneten Schenkel erlauben einen flüchtigen Anblick von krausem Haar, wo der Venushügel enthüllt liegt – ein Motiv für ein Gemälde von Tiepolo, eine Vision perlmuttfarbenen Fleischs und köstlicher Kurven!

Anna-Louisas Hintern hatte er nicht gesehen, obwohl er sehr nahe daran gewesen war, als sie auf seinem Gesicht gesessen hatte! Aber nach allem, woran er sich bei ihr in bekleidetem Zustand erinnerte, war er rund und auf eine aus der Mode gekommene Art und Weise gewölbt. Es war nur eine Frau bei Prinzessin Zitas Lunch zugegen gewesen, die einen Hintern hatte, der ihn interessierte: die Amerikanerin, und die war viel zu alt. Sie trug enganliegende Kleider, um ihren schlanken und flachen Po zu betonen – und Toby wußte, er würde sehr fest sein und dem Druck der Fingerspitzen widerstehen, die sich in die Hinterbacken gruben. Ihre Figur entsprach genau dem Ideal, das er bewunderte – kleine Brüste, die sich unter ihrem Kleid nur als sanfte Wölbung abhoben, schmale Hüften, eine kaum merkliche Bauchrundung und lange, schlanke Schenkel. Welch ein Jammer, daß sie nicht zwanzig Jahre jünger war!

Die schlanke, busenlose, in Amerika geborene Contessa Flagranti hatte behauptet, der Palazzo Malvolio fiele seinen Besitzern über dem Kopf zusammen, aber Toby wußte, daß das eine Übertreibung war. Vernachlässigt und baufällig war er zweifelsohne, aber wenn dort nichts zu holen gewesen wäre, hätten ihn Fitzroy Dalrymple, Antiquitätenlieferanten des hohen und niederen Adels, nicht nach Venedig geschickt.

Er hatte den Palast ein paar Tage vor den seltsamen Ereignissen bei Prinzessin Zitas Lunchparty erstmals zu Gesicht bekommen. Er war mit dem Schnellzug aus Paris gekommen und trat aus dem Bahnhof heraus auf die breite Pier, an der Wasserbusse und Gondeln Passagiere aufnahmen.

Ein Gepäckträger trottete mit dem Gepäck hinter ihm her, als ein untersetzter Mann mittleren Alters in einer abgetragenen violetten und gelben Livrée Toby entgegenkam und sich verneigte. Zuerst dachte Toby, die ungewöhnliche Kleidung sei für die Touristen bestimmt, ganz so wie die Beefeater im Londoner Tower, aber der Mann erklärte alsbald in gebrochenem, aber verständlichem Englisch, daß er von der Signora Tandy geschickt worden sei, um Signor *Giovise*, so die verballhornte Version seines Namens, zum Palazzo Malvolio zu bringen.

Er hatte eine offene Motorbarkasse neben der Reihe der Gondeln festgemacht, in der er Toby und die Koffer unterbrachte, worauf er in den endlosen Verkehr auf den Canal Grande hinausschoß. Er lenkte sein Boot um knatternde *vaporetti*, auf deren Decks es von Touristen wimmelte, und an dahingleitenden Gondeln mit Flitterwöchnern vorbei, die hier zwischen den Runden im Hotelbett ein bißchen frische Luft schnappten. Die Gebäude zu beiden Seiten des Kanals glitten vorüber, und Toby war wie benommen vom grandiosen Anblick Venedigs.

Sein Fachinteresse galt Möbeln, nicht der Architektur, aber man mußte kein Experte sein, um die Pracht in Stein würdigen zu können, die Jahrhunderte beharrlicher menschlicher Anstrengungen geschaffen und zur Erinnerung hinterlassen hatten. Vorüber an weißen Kirchenkuppeln, erbaut zu Ehren von unbekannten Heiligen, vorüber an Palästen mit Marmormosaiken, errichtet von reichen Geschäftsleuten, als der englische Adel noch in zugigen, befestigten Schlössern gewohnt hatte, vorüber an Lagerhäusern, schöner im Design als der Palast von Heinrich VIII. in London, und dann zur weißen Rialto-Brücke, die den Kanal überspannte. Dann weitere Paläste, manche in Stein, manche in rosa-verwittertem Backstein, manche mit Terracottaverputz, mit Markisen und Blenden und privaten Anlegern und gestreiften Pfählen, die aus dem Wasser ragten.

Der Bootsmann wies nach vorn und verkündete *«Eccolo, Signor, il Palazzo Malvolio»*, und Toby setzte sich auf, um zu sehen, wohin Mrs. Tandy ihn da eingeladen hatte. Der Palazzo stand am linken Ufer, wo der Canal Grande in die gleiche Richtung bog. Der Baustil war deutlich erkennbar 18. Jahrhundert, was in Venedig bedeutete, daß er fast neu war. Da hatte Toby Prinzessin Zitas Palast noch nicht gesehen – dreihundert Jahre älter als der der Malvolios, aber bei weitem nicht das älteste bewohnte Gebäude in Venedig.

Der Palazzo Malvolio war mit weißem Stein verkleidet, der im Laufe der Jahrhunderte grau geworden war und der Renovierung durch Experten bedurfte. Längs der gesamten Vorderfront standen korinthische Säulen, die eine Zeile steinerner Balkone trugen, darüber erhob sich eine weitere Säulenreihe und darüber eine Doppelreihe kleinerer Säulen. Vor einem breiten, steinernen Landesteg, der ebenfalls über die ganze Breite des Gebäudes ging, erhoben sich dicke Holzpfeiler aus dem Wasser, gestreift wie Zuckerstangen, aber voller Risse und Spalten und halb verrottet von Wasser und Sonne.

Die Pfeiler wurden zum Festmachen der Boote benutzt und waren in den Farben der Familie gestrichen, der der Palast gehörte – Toby wußte bereits von der ausgeblichenen Livrée des Bootsführers her, daß es Gelb und Violett waren. Ein Bediensteter kam heraus, als das Boot längsseits anlegte, und auch er trug eine Livrée – langes Jackett, Kniehose und weiße Strümpfe, ebenso fadenscheinig wie die Kleidung des Bootsmanns. Es war nur zu offensichtlich, daß Mrs. Tandy schwere Zeiten durchmachte. So bedauerlich das sein mochte, es war zu seinem Vorteil, dachte Toby. Bettler können nicht wählerisch sein, hieß es, obwohl die Leute mitunter grandiose Vorstellungen davon hatten, was ihr Besitz wert war. Sie wurden desillusioniert und verbittert, wenn man ihnen ein Barangebot machte, das unter ihren Erwartungen lag.

Er folgte dem Bediensteten durch ein imposantes Portal in eine Empfangshalle, die von einer ornamentenreichen Marmortreppe dominiert wurde. Hier erwartete ihn eine weitere imposante Erscheinung – ein silberhaariger Mann in schwarzem Gehrock. Er verneigte sich tief vor dem Besucher und erklärte, er sei der Majordomus, und sein Name sei Luigi. Toby vermutete, daß er in England der Butler gewesen wäre. Er führte Toby die breite Treppe empor, an deren Seiten in Mauernischen lebensgroße Statuen standen. Es waren natürlich Figuren aus der klassischen Mythologie – bei diesem Architekturstil war nichts anderes möglich. Da stand etwa eine nackte Venus, die einen Apfel darreichte, und ein Herkules im Löwenfell. Der Marmor der beiden sah verschmutzt aus und bedurfte dringend der Pflege.

In den Tagen seit seiner Ankunft hatte Toby den Palazzo Malvolio etwas besser kennengelernt, obwohl er wußte, daß es noch zahllose Spiegelsäle und Zimmer mit Tapisserien gab, die er noch nicht gesehen hatte. Aber nun saß er hier im obersten Stockwerk und versuchte, ein Inventar von ausrangierten Möbeln aus vier Jahrhunderten zu erstellen. Seine gedanklichen Exkurse über die Hinterteile von Frauen und das Vergnügen, das sie bereiteten, hatten eine schleichende Nebenwirkung. Allmählich versteifte sich etwas in seiner Hose, eine Schwellung, eine neue Kraft machte sich bemerkbar.

Er legte die Handfläche über den schwellenden Körperteil, wie um ihn ein wenig zu beruhigen, und grinste, als er fühlte, daß er sich seiner Hand entgegenstemmte. Er brauchte eine nette Frau, aber es schien keine für ihn verfügbar zu sein. Wenn man Anna-Louisa Ziani glauben durfte, so erfreute sich Contessa Marina an jedem gutaussehenden jungen Mann, der im Palazzo Malvolio wohnte. Aber abgesehen von ihren Vertraulichkeiten auf der Rialto-Brücke hatte sie ihm kein Zeichen eines Wunschs nach näherer Bekanntschaft gemacht.

Er schloß daraus, daß Anna-Louisas Charakterisierung der Contessa eine Übertreibung war, die ihr der Neid eingegeben hatte. Unmöglich, sie als verbindliche Wahrheit zu nehmen, war es doch allzu offensichtlich, daß Anna-Louisa versuchte, gegen ihren abwesenden Ehemann und zugleich auch gegen die Freundin Punkte zu sammeln – und Punkte gesammelt hatte sie in der Tat. Sie hatte Tobys Gesicht buchstäblich in ihre Kerbe gerieben, und obwohl er grinsen mußte, als er sich jetzt daran erinnerte, war er doch auf eine Revanche aus, sobald sich eine Gelegenheit dazu bot. Wie, davon hatte er nur eine sehr vage Vorstellung, aber ihm schien, als wäre seine Ehre wiederhergestellt, wenn er ihr seinen *cazzo* in den Mund schieben und seine Lust in ihre Kehle spritzen könnte.

Während er so darüber nachdachte, rieben seine Finger unwillkürlich über das dünne Material seiner Hose und verschafften ihm angenehm erregende Gefühle. Dabei hörte er gar nicht, daß sich eine entfernte Tür öffnete und schloß. Er schreckte erst aus seinen Träumereien auf, als eine Stimme hinter ihm seinen Namen aussprach – dann fuhr er auf der Chaiselongue herum und sah Marina nur wenige Schritte entfernt stehen.

Die Contessa war sehr schick in eine Bluse und einen Faltenrock gekleidet. Die Bluse war aus türkisfarbener Seide und ging bis über die Hüften hinab, sie trug sie offen über dem kirschroten Rock. Die Rüsche des Kragens lief die ganze Vorderseite der Bluse hinab bis zum Saum. Die Ärmel weiteten sich unterhalb der Ellbogen ebenfalls zu glockenförmigen Rüschen, passend zum Kragen. Toby sprang linkisch auf; er war sich der dicken Schwellung in seiner Hose bewußt.

«Haben Sie denn die Inventarliste schon abgeschlossen?» sagte sie mit einem aufmunternden Lächeln, als sie um die Chaiselongue herumging.

Toby erklärte ihr, daß er noch kaum vorangekommen sei und sich hier hingesetzt habe, um abzuschätzen, was er bisher inventarisiert habe und wie lange er für den Rest brauchen würde. Marina nickte, schaute auf die langen Risse in der bestickten Polsterung hinab und setzte sich vorsichtig. Toby nahm neben ihr Platz. Ihre vollen Brüste hingen schwer in der türkisfarbenen Bluse. Toby sah sie zartrosa durch die dünne Seide schimmern – ein deutliches Zeichen, daß sie nichts darunter trug. Er merkte, daß er sie anstarrte und Lust verspürte, sie zu liebkosen. Ob sie wütend werden würde, wenn er seine Hand ausstreckte und sie berührte?

«Wirklich, Toby!» rief sie, als sie seinen Blick bemerkte. «Wie Sie da auf meinen Busen starren, das ist einfach ungehörig.»

Einen Moment lang dachte er daran, sich zu entschuldigen, aber das war gar nicht nötig. Ihre Worte schienen eher als Ermunterung gemeint gewesen zu sein, denn jetzt sah er mit Vergnügen, daß sie langsam die unter der Rüsche verborgenen Perlenknöpfe öffnete und den Stoff auseinanderzog. Ihr Brüste hingen weich und schwer wie Früchte, reif, gepflückt zu werden, mit opalweiß schimmernder Haut und roten, aufgerichteten Knospen.

«Sehen Sie sich nur satt», sagte sie und hielt die Bluse mit beiden Händen auseinander, «ich weiß, welch großartige Wirkung meine Brüste auf Männer haben. Das war schon so, als ich ein junges Mädchen war. Ich bin oft von Künstlern gemalt worden, wissen Sie. Der allererste war Augustus John, als ich Debütantin in London war. Als ich dann den

Grafen heiratete und hierher kam, wollte jeder junge Künstler in Venedig, daß ich für ihn Akt sitze. Ich habe nie abgelehnt, weil ich glaube, daß man der Kunst gegenüber eine gewisse Verantwortung hat, meinen Sie nicht?» Während sie sprach, wog sie die Brüste in den Händen. «Aber die Künstler von heute sind nicht mehr das, was sie einmal waren», fuhr sie mit einem Anflug von Traurigkeit fort, «nicht einmal die Italiener. Seit Kriegsende haben sie jedes Interesse am Malen schöner Frauen verloren. Heutzutage geht es nur noch um Bilder von Zahnrädern und Flugzeugen und albernen Rennwagen und Maschinen verschiedenster Art. Ich kann das gar nicht begreifen.» Sie seufzte und legte Tobys Hände auf ihre bloßen Brüste. Die Haut fühlte sich unter seiner Berührung seidenweich an, das Fleisch warm.

«Mit jungen Männern, ob nun Künstler oder nicht», sagte sie, «die ölige und gefährliche Maschinen dem Gefühl der Brüste einer Frau vorziehen, stimmt einfach etwas nicht. Mögen Sie moderne Malerei, Toby?»

«Ich ziehe das Gefühl zarter Brüste dicken Bolzen vor», sagte er mit einem nachdenklichen Lächeln und wurde nun wagemutiger. Seine Daumenkuppen strichen über ihre aufrecht stehenden Knospen.

Marinas Hand lag auf seinem Schenkel; sie musterte ihn mit einem verträumten Blick aus dunkelbraunen Augen. Dann knöpfte sie ihm die Hose auf und zog seinen strammen Steifen heraus.

«Ja, ich kann es sehen», sagte sie. «Es heißt, daß *der* hier niemals lügt – aber manchmal bin ich mir da nicht so sicher. Früher, wenn ein Mann interessiert war, stand er und war hart. Wenn er klein und weich blieb, war er Zeitverschwendung. Aber auch das war einmal.»

«Ich kann nicht glauben, daß Ihnen das je passiert ist, Marina.»

Sie sagte nichts, aber er hörte ein Seufzen wie vor Ärger über eine Erinnerung. Ihre Hand packte seinen Mannesstolz und glitt in angenehmem Rhythmus daran auf und ab. Er preßte ihre warmen Brüste zwischen seinen Handflächen und rollte sie hin und her.

«Ihnen stand er schon bevor ich kam», sagte sie. «Als Sie aufstanden, konnte ich die Ausbuchtung in Ihrer Hose sehen. Woran dachten Sie gerade? An eine Freundin in London?»

«Aber nein, da gibt es niemanden. Um ehrlich zu sein, ich dachte an Sie, wie Sie mit bloßem Hintern des Nachts auf der Rialto-Brücke stehen», sagte er kühn.

«Wirklich?» sagte Marina und hob die sorgfältig gezupften Augenbrauen. «Hat Sie der Gedanke an mein kleines Abenteuer so erregt?»

«O ja», seufzte Toby, «es hat mich sehr erregt, Marina.» Seine Stimme klang ein wenig rauh, weil das Gefühl der bevorstehenden Entladung sich von seinem *cazzo* aus in seinem Bauch ausbreitete. «Ich möchte mit Ihnen Liebe machen, Marina, hören Sie auf, bevor es zu spät ist!»

«Es ist *nie* zu spät», sagte sie, und ihre Hand bewegte sich schneller und fester. Sofort fühlte er seine glühende Männlichkeit in ihrem Griff dicker und härter werden. Gleich würde es geschehen – er würde sich entspannen und sich in ihre Hand verströmen.

Jetzt war der Augenblick gekommen, zu handeln. Toby packte Marina am Handgelenk, stand auf und zog sie auf die Füße. Zehn rasche Schritte durch die Möbelstapel brachten sie zu dem Rokoko-*prie-Dieu* mit dem zerbrochenen Porzellanschildchen. Dort stieß er Marina auf die Knie nieder, auf das staubige, ausgeblichene malvenfarbene Kissenpolster.

Die Contessa verstand sofort, was Toby vorhatte, und begann ihren roten Faltenrock über ihre Schenkel hochzuziehen. Toby kniete sich auf den harten Boden hinter sie und schob seine Hand unter ihren Rock. Als er das bloße Fleisch ihrer Schenkel zart und aufregend über den Strumpfbändern fühlte, stieß er einen lüsternen Seufzer aus.

«Dann ist es also wahr», flüsterte sie, noch damit beschäftigt, ihren enganliegenden Rock über die Hüften hochzuziehen, «mein Abenteuer auf der Rialto-Brücke hat Sie wirklich erregt! Sie wollten genau dasselbe tun wie Orlando!»

«Ich will ihn übertreffen», sagte Toby etwas prahlerisch, ohne zu wissen, worauf er sich einließ.

Seine suchende Hand hatte Spitzen gefunden und dann die glatte Seide ihres Schlüpfers. Jetzt war es an ihr zu seufzen, vielleicht wegen der zarten Liebkosung, vielleicht wegen des Versprechens, das er gerade gegeben hatte. Ihre Knie auf dem abgenutzten Betstuhlkissen glitten auseinander, und seine Finger drängten sich sanft durch den offenen Beinling ihres Schlüpfers. Ihre *fica* war vorgewölbt und voll dichter Locken. Mit einer Erregung, die seinen ganzen Körper erschütterte, befingerte er ihre warmen Schamlippen.

Marina zitterte vor Erwartung. Sie legte die Arme flach auf die Betstuhlbrüstung und beugte sich in einer Geste totaler Hingabe vornüber. Toby zog ihr den elfenbeinfarbenen Seidenschlüpfer über die Schenkel hinab und liebkoste die drallen, runden Hinterbacken. Sein *cazzo* pochte und bäumte sich aus der aufgeknöpften Hose. Er wollte ihn tief in den dunkelhaarigen Spalt versenken. Marina wandte den Kopf zur Seite, um ihn aus dem Augenwinkel ansehen zu können. Ihr Mund stand in einem verzückten Lächeln offen. Toby führte die Spitze seines hüpfenden Schwengels an den erwartungsvollen Schlitz und stieß ihn kraftvoll hinein.

Sie stieß einen schrillen kleinen Entzückungsschrei aus und schob ihm ihre Lenden entgegen, um ihn noch tiefer hineinzubekommen, wenn das überhaupt noch möglich war. Toby umschlang sie und packte ihre großen, weichen Brüste, während er ihn in schnellem Stakkatorhythmus von hinten in sie hineinrammelte. Ein ekstatisches Zucken in seinem Bauch kündigte ihm an, daß sein Höhepunkt gekommen war – mit einem lauten, triumphalen Stöhnen stieß er ein letztes Mal in ihre schlüpfrige *fica* und spritzte leidenschaftlich los.

Ihr Kopf flog mit einem Ruck zurück und ein lauter Lustschrei drang aus ihrer Kehle. Als es vorüber war, richtete sie sich langsam auf, bis sie sich auf ihren seidenbestrumpften Knien halb umdrehen konnte, um ihn leicht auf den Mund zu küssen, und strich ihm mit den Fingerspitzen über die Wangen.

«Das hast du gut gemacht, *carissimo*», sagte sie und lächelte anmutig.

«Besser als Orlando?» fragte er mit einem trägen Grinsen und rechnete natürlich mit einem Ja.

«Das muß sich erst noch erweisen», sagte Marina. «Orlando hat mich in jener Nacht mehr als einmal entzückt. Die Rialto-Brücke war, was die Italiener den *momento culminante* nennen – es war das zweite oder dritte Mal, ich habe vergessen, das wievielte. Aber geendet hat es jedenfalls damit, daß er mich in der Gondel nach Hause brachte und mich mit dem Rücken an der Palastmauer nahm.»

Toby sagte nichts, sondern fragte sich, warum er so unbedacht gewesen war, damit zu prahlen, er würde Orlando übertreffen. Plötzlich stand sein Stolz auf dem Spiel – nicht zu reden von seiner Ehre, sofern die überhaupt etwas bedeutete. Er legte Marina die Hand zwischen die Beine, befingerte die nassen, geweiteten Lippen dort, und tastete sich nach innen vor, um ihren verborgenen Lustpunkt zu berühren. Er sah, wie sie stöhnte, die Augen schloß und zitterte, als er ihn fand.

«Das Bett da drüben», flüsterte sie und machte eine Kopfbewegung zu dem großen Baldachinbett mit dem zerbrochenen Oberteil, «schaffen wir es bis dahin?»

«Wir können es ja versuchen», sagte Toby und seine Fingerspitze flatterte leicht auf dem verborgenen Punkt, um sie rasch wieder zum Orgasmus zu bringen. «Ich werde Sie dort nackt ausziehen und Sie mit weit gespreizten Beinen auf den Rücken werfen ...»

«Sì, sì!» stöhnte Marina. «O ja!»

4. KAPITEL

Außer Mrs. Tandy und ihrer Schwester, der Contessa, gab es noch zwei andere Mitglieder des Haushalts, mit denen Toby beim Dinner an seinem ersten Abend im Palazzo Malvolio bekannt gemacht worden war. Das eine war ein kleiner, beleibter Priester in einer abgetragenen schwarzen Soutane – Padre Pio, der um die Siebzig sein mußte. Er trug eine runde Goldrandbrille, lächelte viel und sprach glücklicherweise ein einigermaßen gutes Englisch. Er sei, erzählte er Toby stolz, Beichtvater der Malvolios und habe die Ehre, diese Position seit dem Jahre 1879 innezuhaben.

Toby fiel ein, daß es gar keine Malvolios mehr gab, aber es wäre ungehörig gewesen, das zu sagen. Graf Rinaldo war im Krieg mit seinem Jagdflugzeug abgestürzt, ohne die Frau zu heiraten, die er aus England mitgebracht hatte. Aber vielleicht – er konnte schon die kuriosen religiösen Sitten dieser Leute durchschauen – vielleicht wurde der Beichtvater einer aristokratischen Familie ja auf Lebenszeit ernannt, als Gegenleistung für Nahrung und eine Kammer unter dem Dach. Es schien unwahrscheinlich, daß diese stattliche Mrs. Tandy viele Sünden zu beichten hatte – und was die Contessa Marina anging, so fand sie sicher viel zuviel Befriedigung an ihren Spielen, um irgendwelche Schuldgefühle zu entwickeln.

Der andere Dauerbewohner des Palazzo Malvolio war Herr Adalbert Gmund. Toby hielt ihn für einen Deutschen, bis ihm erklärt wurde, daß er Österreicher sei. Gmund war ein Mann von etwa sechzig, klein und untersetzt. Reste sandfarbenen Haars wuchsen auf seinem runden Schädel wie Moosflechten auf einem Felsblock. Er kleidete sich seltsam altmodisch, als hätte er sich seit der Jahrhundertwende nichts mehr zum Anziehen gekauft. Er trug steife Stehkragen und gestärkte Manschetten, eine enge Röhrenhose und, sogar in der Hitze Venedigs, eine Weste mit einer deutlich zur Schau gestellten goldenen Uhrkette.

Auch Gmund sprach ziemlich gut Englisch, aber abgesehen von ein paar flüchtigen Gesprächen bei den Mahlzeiten hatte Toby mit dem mysteriösen Österreicher noch nichts zu tun gehabt. Jedenfalls nicht bis zum Morgen nach jenem Tag, an dem Contessa Marina in das alte Möbellager gekommen war und gelernt hatte, was man mit einem Betstuhl noch alles machen konnte. Toby war tief in der Arbeit an seinen Notizen versunken, verfaßte Kurzbeschreibungen der Möbelstücke und notierte sich seine Schätzung ihres Verkaufswertes nach Restaurierung. Ihm war heiß, er fühlte sich staubig und zerzaust, und er war überhaupt nicht unglücklich, als Adalbert Gmund erschien und ihn unterbrach.

«Ach du lieber Gott», rief der Österreicher aus und schaute auf die gestapelten Möbel ringsrum. «Was für ein Berg alten Gerümpels! Sie werden noch jahrelang bei uns bleiben müssen, mein lieber Junge.»

«Nun, noch eine Woche mindestens», sagte Toby.

«Wenn schon eine Woche, warum dann nicht zwei?» fragte Gmund und lächelte, während er auf die kaputten Stühle und Kommoden starrte. «Ich bin gekommen, Sie zu einem Drink vor dem Mittagessen einzuladen. Sie machen doch bestimmt gern eine Pause.»

Toby nahm die Einladung sofort an, legte seine Notizen fort und folgte Gmund aus dem Lager die Dienstbotentreppe hinunter. Abgesehen von dem willkommenen Vergnügen einer Pause, hoffte er, daß er Gmund um Informationen über den Haushalt anzapfen könnte, die ihm bei der Ausarbeitung eines Angebots für die beschädigten antiken Möbel von Nutzen sein mochten.

Die Entfernungen im Palast waren beeindruckend. Vom Dachboden zu Adalbert Gmunds Bleibe führte sie ein beachtlicher Marsch durch langgestreckte, hohe Korridore, in denen unbezahlbare Ölgemälde hingen, durch ineinandergehende Empfangsräume, durch Wohnzimmer und Musikzimmer mit lange nicht genutzten Pianos, Cembalos, Spinetten und vergoldeten Harfen mit schlaffen Saiten, durch hohe und verblichene Räume, die keinen erkennbaren Zweck hatten als den, Marmorstatuen, nackte Götter und Göttinnen oder Büsten von finster dreinblickenden, bärtigen griechischen Philosophen und glattrasierten römischen Kaisern zu beherbergen.

Als sie endlich an ihrem Ziel ankamen, merkte Toby, daß er die Orientierung verloren hatte. Gmunds privates Wohnzimmer war komfortabel möbliert, wenn auch alles abgenutzt und pflegebedürftig aussah. Mit einem stolzen Schwenk zog Gmund aus einem verzierten Geschirrschrank eine Flasche Scotch.

«Glenfiddich», sagte er und legte das Gesicht in entsprechend würdige Falten, als er Toby das Etikett zeigte. «Eine gute Marke, nicht?»

«Ausgezeichnet», stimmte Toby zu und sah voller Erstaunen, wie sein Gastgeber zwei große Gläser randvoll einschenkte.

«Chin chin», sagte Gmund, und sie prosteten einander zu, während Toby sich darüber wunderte, warum Ausländer zu glauben schienen, Engländer sagten das, wenn sie tranken.

Es war zu früh am Tag für eine solche Ladung Whisky,

deshalb beschränkte er sich auf einen vorsichtigen Schluck. Nicht so Gmund, der sein Glas zu Tobys Erstaunen in drei raschen Zügen leerte und sich dann noch einmal genausoviel eingoß.

«Setzen Sie sich, setzen Sie sich, Mr. Jervis», sagte er jovial und deutete mit der Flasche auf ein paar Stühle. Als sie sich gesetzt hatten, bot er an, auch Toby nachzuschenken, schien aber nicht irritiert, als sein Angebot höflich abgelehnt wurde.

«Nehmen Sie nur Platz, Mr. Jervis», sagte er. «Vor dem Krieg wurde ich oft zur Jagd auf Moorhühner eingeladen. Damals war ich reich und reiste viel.»

«Leben Sie schon lange hier in Venedig, Herr Gmund?»

«Bitte nennen Sie mich Adalbert», sagte Gmund, dessen Herzlichkeit bei reichlichem Konsum von Glenfiddich sprunghaft zu wachsen schien. «Ich bin seit Kriegsende hier zu Gast bei Mrs. Tandy. Sie müssen wissen, daß Graf Malvolio mein Freund war und daß ich oft bei ihm wohnte und so auch mit seiner anmutigen Gattin bekannt wurde. Seit dem Zusammenbruch des Kaiserreichs existieren meine Güter nicht mehr und man hat mich freundlicherweise eingeladen, hier zu wohnen.»

«Was für ein Mißgeschick!» sagte Toby. «Ich meine, mit Ihren Gütern, nicht, daß Sie in Venedig leben. Ich nehme an, Mrs. Tandy hat auch die Contessa Marina eingeladen, hier zu wohnen, als ihr Mann sie verließ.»

«Nein, Marina und Graf Massimo zogen schon am Tag ihrer Hochzeit hier ein. Das ist über zwanzig Jahre her. Er war bis vor zwei oder drei Jahren hier und kehrte dann nach Rom zum Rest der Torrenegra-Familie zurück.»

«Verstehe. Ich hielt ihn für einen Venezianer», sagte Toby.

«Nein, nein – seine Familie ist aus Rom. Marina machte

seine Bekanntschaft, als sie der Stadt mit Delphine und Rinaldo Malvolio einen Besuch abstattete. Wie viele andere aristokratische Familien im alten Europa waren die Torrenegra arm wie die Kirchenmäuse, so lange man zurückdenken kann.»

Toby dämmerte, daß Adalbert Gmund den entschwundenen Grafen nicht sonderlich mochte, und inspiriert vom zweiten Glas Glenfiddich mit Vergnügen jedwedes dunkle Geheimnis zu enthüllen bereit schien, das er kannte.

«Als Massimo Marina kennenlernte, hatte er gar nichts», fuhr Gmund fort, «außer seinem guten Aussehen und seiner unbezahlten teuren Kleidung. Er hat Marina geheiratet, weil er wußte, daß Rinaldo ihn dann bitten würde, hierher zu ziehen und im Palast zu leben. Marina hat mir erzählt, sie hätte damals die Fahrkarten für den Zug von Rom nach Venedig bezahlt.»

«War sie sehr unglücklich, als er sie verließ?» fragte Toby und trank noch einen Schluck Whisky.

«Mein Gott – sie war froh, ihn los zu sein. Die Ehe mit Massimo war ein Desaster! Sie war zweiundzwanzig und so schön, daß sich jeder in sie verliebte. Ihre Tochter Bianca wurde ein Jahre später geboren – ein überaus schönes Kind, das jetzt erwachsen ist und eine noch größere Schönheit als ihre Mutter. Aber Bianca brannte mit einem jungen Mann durch, und Marina gab Massimo die Schuld daran.»

«Warum?» fragte Toby, fasziniert von diesen Enthüllungen.

«Nun, Massimo hatte Marina geheiratet, um sich ein Dach über dem Kopf und seine tägliche Mahlzeit auf dem Tisch zu sichern. Sobald Marina ihm eröffnete, daß sie schwanger sei, sah er seine Pflicht, die Torrenegra-Linie fortzusetzen, als erfüllt an, und er fühlte sich frei, seinen eigentlichen Vorlieben nachzugehen.»

«Er verliebte sich kurz nach seiner Heirat in eine andere Frau? Also wirklich, das ist ein starkes Stück!» sagte Toby.

«Sie mißverstehen mich, mein junger Freund. Massimos Interesse galt den hübschen jungen Männern, nicht schönen Frauen. Nur die Familienpflicht zwang ihn ins Bett mit Marina – mit der Geburt des Kindes war die Beziehung zwischen ihnen zu Ende, und er begann, sich mit jungen venezianischen Knaben zu amüsieren.»

«Großer Gott, so einer also.» Nun glaubte Toby zu verstehen, warum Marina ein so großes Interesse an anderen Männern zeigte, und es schien ihm ein guter Augenblick zu sein, um nach dem mysteriösen Orlando zu fragen, der nächtens auf der Rialto-Brücke so eindrucksvoll agiert hatte. Adalbert würde sicher alles über ihn wissen.

«Ach ja», sagte der Österreicher und schüttelte betrübt den runden Kopf, «er hieß eigentlich Roland und ist ein Landsmann von Ihnen. Er kam vor ein oder zwei Jahren her, um die Gemälde zu besichtigen, da die Bildenden Künste sein Metier sind. Mrs. Tandy bat ihn, hierzubleiben und einen Katalog der Gemäldesammlung der Malvolios zu erstellen. Er und Marina wurden enge Freunde.»

«Das glaube ich gern», sagte Toby grinsend.

«Unglücklicherweise bemerkte Massimo das Interesse seiner Frau an dem jungen Professor und versuchte, ihn zu verjagen. Am Ende war es dann Massimo, der gehen mußte.»

«Er hat also die Gemälde katalogisiert?» sagte Toby mit einem nachdenklichen Blick auf die Wände von Adalberts Wohnzimmer. «Geschah das im Hinblick auf einen möglichen Verkauf? Es hat in letzter Zeit keine großen Verkäufe von Sammlungen der Venezianischen Schule in London gegeben.»

«Der Katalog wurde niemals abgeschlossen», sagte Adalbert stirnrunzelnd. «Marina und Roland waren so vernarrt ineinander, daß sie seine Leidenschaft noch steigerte, indem sie ihm ein gewisses *elisir d'amore* zu trinken gab, das man hier erwerben kann, wenn man Geld genug hat. Mit dessen Hilfe liebte er sie mehr als ein dutzendmal am Tag.»

«Oh, was für ein Unfug!» sagte Toby. «Sie machen sich über mich lustig. Jedermann weiß, daß es eine solche Droge nicht gibt. Diese Geschichten über Aphrodisiaka sind nichts als Ammenmärchen aus den Tagen Casanovas, als die Burschen noch leichter zu übertölpeln waren.»

«Aber nein! Der *chevaliere* Casanova, nach Marco Polo der berühmteste Bürger der Republik von Venedig», sagte Adalbert mit einem vergnügten Lachen, «wußte auch schon von diesem *elisir*, wie man seinen überlieferten Heldentaten entnehmen kann. Aber obwohl Sie es für unmöglich halten, zu glauben, was ich Ihnen erzähle, ist das Wort, das Sie dafür gebrauchten, korrekt – es ist eine *Droge*, und eine sehr gefährliche. Roland wurde abhängig von ihr oder vielleicht von dem ständigen Vergnügen, das er aus ihrer Wirkung zog. Nach kaum drei Monaten brach er zusammen, und man glaubte, er werde an Nervenschwäche sterben.»

«Großer Gott!» sagte Toby und trank einen kräftigen Schluck Whisky, um sich zu beruhigen. «Das wirft ein anderes Licht auf die Dinge. Und – ist er gestorben?»

«Gute Ärzte und sorgfältige Pflege halfen ihm zu überleben, aber er war zu geschwächt, um seine Arbeit mit den Gemälden zu beenden. Er kehrte traurig und geschwächt nach London zurück. Der armen Marina brach fast das Herz.»

«Also wurde der Katalog aufgegeben? Ist Mrs. Tandy denn daran interessiert, Gemälde zu verkaufen?»

«Das müssen Sie sie selbst fragen. Aber erlauben Sie mir, lieber Toby, Ihnen einen freundschaftlichen Rat in bezug auf Marina zu geben. Sie sind jetzt seit mehreren Tagen hier, also hat sie es zweifelsohne einzurichten verstanden, Sie zu verführen. Vor zwanzig Jahren war ich auch einmal einer ihrer Liebhaber, daher weiß ich, wie wunderbar es ist, sie zu reiten.»

«Hören Sie – so spricht man nicht über eine Dame!»

«Manche Dinge müssen eben gesagt werden», erwiderte Adalbert, «kein Grund, verärgert zu sein. Ich mochte Robert Thornton, und wir haben einige amüsante gemeinsame Abenteuer mit ein paar *puttanas* von hier genossen. Es tat mir leid, zu sehen, wie er krank wurde, und es wäre ein Jammer, wenn Ihnen das auch passierte.»

«In der Tat», pflichtete Toby bei.

«Sie haben die mörderische Eifersucht des Grafen nicht zu fürchten, nun, da er fort ist», fuhr Adalbert fort, «aber Sie sollten auf der Hut sein, sobald Marina Ihnen einen Drink anbietet, wenn Sie mit ihr allein sind.»

«Sie glauben, sie könnte etwas von dem sagenhaften *elisir* hinein tun?»

«Ja», sagte Adalbert. «Marina ist in Sachen Liebe ein Vielfraß und bekommt niemals genug. Kein Mann kann sie befriedigen. Also seien Sie vorsichtig, wenn Sie nicht das Schicksal von Roland Thornton teilen wollen.»

Dreimal hatte Toby auf dem Dachboden mit Marina geschlafen: kniend auf dem *prie-Dieu*, dann rücklings auf dem Bett, und schließlich war sie mit gespreizten Beinen auf seinen Knien geritten, während er auf einem geschnitzten Sessel mit zerbrochener Armlehne saß. Dreimal – das betrachtete er als großartige Leistung.

Es ein Dutzend Mal zu tun klang wie eine Episode aus einem französischen Roman – oder aus Casanovas Jugenderinnerungen. Das mußte ja zu einem raschen Verfall der Gesundheit führen, wenn es denn überhaupt menschenmöglich war, und immer vorausgesetzt, daß es dieses Aphrodisiakum gab.

Adalbert hatte recht – er würde in Zukunft vorsichtig sein, wenn er ein Getränk aus Marinas Hand entgegennahm, für alle Fälle.

«Aber da wir gerade von der Liebe sprechen», sagte der Österreicher, füllte sein Glas wieder und goß auch Tobys halb geleertes Glas aus der Flasche voll, die nun fast leer war, «habe ich Ihnen etwas Interessantes zu zeigen – sehr skandalös und außerordentlich unterhaltsam.»

Er stand auf und ging mit schwerem Schritt ins benachbarte Zimmer, das Toby für das Schlafzimmer der Suite hielt. Nach dem zu urteilen, was noch in der Glenfiddich-Flasche war, hatte Gmund genug Whisky intus, um für Stunden bester Dinge zu sein – gute Voraussetzungen, um ihm weitere Fragen über Mrs. Tandy und ihre Umgebung zu stellen.

Aber als er zurückkam, nahm das Gespräch einen völlig anderen Verlauf. Er trug ein flaches, in Leder gebundenes Buch unter dem Arm, das Toby für ein Fotoalbum hielt. Er setzte sich Toby gegenüber und hielt es für ihn hoch, damit er den Einband betrachten konnte. Es war dunkelrotes, ein wenig ausgeblichenes Marokkoleder und in der rechten unteren Ecke stand ein verschlungenes Monogramm in Goldprägedruck mit einer Krone darüber.

«Können Sie erraten, wem dieses Buch einmal gehört hat?» sagte Gmund mit einem breiten Lächeln.

«Das Krönchen läßt auf einen Besitzer mit Adelstitel schließen», sagte Toby, «aber darüber hinaus habe ich keine Ahnung, solange ich nicht den Inhalt gesehen habe.»

«Ha! Das Krönchen, wie Sie es nennen, ist eine Königskrone», korrigierte ihn Adalbert. «Das R., müssen Sie wissen, steht für *Rex*. Dieses Album gehörte dem Vater Ihres Königs George.»

«Dem alten Teddy? Aber wie um alles in der Welt haben Sie es erworben?»

«Aha, ich sehe, ich habe Ihr Interesse geweckt», sagte Adalbert und legte einen dicken Finger an seine vorstehende, rotgeäderte Nase. «Ich habe gute Beziehungen zu einem internationalen Händler für Exotika und Kuriosa. Möchten Sie nun sehen, was für Fotos Seine Majestät gesammelt hat?»

Ohne auf eine Antwort zu warten, öffnete er das Buch und hielt es hoch, die Deckel an seine tonnenrunde Brust gepreßt und Toby das sepiabraune Foto einer nackten Frau enthüllend.

«Sieh einer an!» rief Toby und lehnte sich vor, um besser zu sehen.

Das Bild zeigte sie in voller Länge auf einem niedrigen Diwan mit bestickten Kissen liegend. Ihr einer Arm hing herunter, so daß ihre Hand fast den Teppich berührte, den anderen hatte sie unter den Kopf gelegt. Das Knie, das der Kamera am nächsten war, war hochgestellt, um zu verbergen, was zwischen ihren Lenden war.

Toby ließ sich das Album von Gmund geben und blätterte darin. Es enthielt lauter derartige Fotos. «Ihr befreundeter Händler muß sehr gute Beziehungen haben, um ein solches Objekt zu erhalten», sagte Toby, als er es wieder schloß. «Es würde mich sehr freuen, ihn kennenzulernen, falls das möglich ist.»

«Das läßt sich einrichten», sagte Gmund, «obwohl er nicht mit Möbeln handelt. Nun, es ist Zeit, zum Lunch zu gehen. Vorher noch einen Drink, hm?»

Toby war froh, für die Wanderung von Adalberts Quartier zum sogenannten Kleinen Speisesaal einen Führer zu haben. Der Große Speisesaal wurde nur zu wichtigen Anlässen genutzt. Die Tafel im Kleinen Speisesaal bot Platz für acht Personen und war aus wunderbar poliertem Mahagoni. Trotz seines Namens war der Raum groß genug, daß etwa zwei Dutzend Personen darin Platz zum Tanzen gehabt hätten. An der einen Wand standen zwei lange, zusammenpassende Anrichten und darauf je fünf oder sechs Servierplatten aus schwerem Silber. An der gegenüberliegenden Wand stand eine Rosenholz-Vitrine, in der dreißig große Porzellanteller mit handgemalten Landschaften aufbewahrt wurden – von superber Qualität und überaus vorteilhaft zu verkaufen, hatte Toby gedacht, als er sie zum erstenmal sah.

Auf jeder Seite der Tür befand sich eine zirka einen Meter hohe *jardinière* aus Sèvres und der Tür gegenüber ein Marmorkamin in gesprenkeltem Gelb, auf dessen Sims ein halbes Dutzend Bronzebüsten stand. Was zwischen all den Familienporträts noch von den Wänden zu sehen war, leuchtete in einem freundlichen, rosastichigen Ocker.

Im Palazzo Malvolio sei der Lunch immer eine ganz beiläufige Mahlzeit, hatte man Toby angedeutet, als er angekommen war. Heute erschienen weder Mrs. Tandy noch Contessa Marina. Pater Pio war erfreut über Tobys Gesellschaft, denn Adalbert Gmund war verstummt, seit ihn der Glenfiddich im Griff hatte. Er aß wenig, trank aber eine Menge Wein und würde sicherlich den Nachmittag verschlafen. Toby aß gut, hielt sich jedoch mit dem Wein zurück.

Pater Pio erkundigte sich, welche Fortschritte die Inventarliste mache. Neben seinem Amt als Beichtvater der Malvolios war er auch Chef der Archive, was das Führen einer Bestandsliste der Gemälde sowie der anderen Kunstwerke, Möbel und Dekorationen einschloß. Aber, so erklärte er mit einem Achselzucken, wenn etwas beschädigt werde und auf den Dachboden komme, dann werde es eben einfach von seiner Liste gestrichen und höre für ihn auf zu existieren.

«Diese Listen scheinen mir sehr nützlich», sagte Toby. «Darf ich sie gelegentlich einmal sehen?»

Der dicke kleine Priester stimmte sofort zu, ganz erstaunt, daß irgend jemand außer ihm an diesen alten Listen interessiert sein könnte. Er plauderte freundlich weiter, während Adalbert sich in sich selbst zurückzuziehen schien. Als der Hauptgang mit in Wein und Kräutern gedünstetem Fisch beendet war und die Diener frisches Obst auftrugen, winkte Pater Pio den überaus würdigen Majordomus, der still zwischen den beiden Anrichten gestanden und die livrierte Dienerschaft mit Adleraugen überwacht hatte, herbei.

Der Majordomus beugte sich nieder, um sein Ohr dicht an den Mund des Priesters zu legen. Toby hörte ein Flüstern in fast apologetischem Italienisch, worauf der silberhaarige Majordomus nickte und mit den Fingern nach zweien der Lakaien schnippte. Es wurde kein Wort gesprochen, aber sie verstanden seine Anweisung sofort. Sie zogen Adalbert vom Stuhl, nahmen ihn in die Mitte, hakten ihn unter und trugen ihn mehr oder weniger aus dem Raum.

Toby hätte es als schlechten Stil empfunden, die Szene zu kommentieren, aber Pater Pio hatte damit keine Schwierigkeiten. Vielleicht sah er eine Gelegenheit, eine kleine Predigt zu halten.

«Ich hoffe, Sie können über den Vorfall hinwegsehen», sagte er und neigte den Kopf vertraulich zu Toby hin. «Herr Gmund trinkt manchmal mehr, als gut für ihn ist. Wenn er in diesem Zustand ins Speisezimmer kommt, muß er oft noch vor Ende der Mahlzeit zu Bett gebracht werden. Er würde sonst einfach vom Stuhl fallen.»

«Er schien ganz in Ordnung zu sein, als wir uns vor dem Essen unterhielten», sagte Toby, um seinen neuen Bekannten gegen den Geistlichen in Schutz zu nehmen. «Vielleicht fühlt er sich nicht besonders wohl.»

«Er ist nicht mit sich im reinen», erwiderte Pater Pio traurig.

«Wirklich?» sagte Toby, und die Ungläubigkeit mußte

ihm anzuhören gewesen sein, denn der Priester musterte ihn nachdenklich.

«Signor *Giovise*», sagte er, den Namen verstümmelnd, «Herr Gmund und ich sind seit vielen Jahren befreundet. Außerdem kommt er zweimal die Woche zu mir zur Beichte. Glauben Sie wirklich, ich könnte mich hinsichtlich seines Kummers irren?»

«Nein, nein», sagte Toby hastig und fügte eine Entschuldigung hinzu. Danach hielt er es für besser, sich zurückzuziehen und nicht noch zu warten, bis der Kaffee serviert wurde. Es war ein heißer Tag, obwohl es erst Juni war, und er beschloß, auf sein Zimmer zu gehen und eine erfrischende Dusche zu nehmen, bevor er wieder auf den Dachboden zurückkehrte und seine Arbeit fortsetzte.

Er war ein bißchen stolz darauf, daß er den Weg zu dem ihm zugewiesenen Zimmer ohne fremde Hilfe fand. Vom Kleinen Speisesaal aus war es ein ziemlicher Weg, eine marmorne Nebentreppe hinauf, durch zwei lange Korridore voll großer Ölgemälde von Schlachten, die vor langer Zeit mit Pike und Muskete geschlagen worden waren, und schließlich durch eine Galerie voller Landschaftsbilder, die, wären sie auf eine Auktion gekommen, ihren Besitzer reich gemacht hätten. Sein Zimmer war groß, rechteckig und hatte eine hohe Kassettendecke im frühvenezianischen Stil. Die Fensterläden waren wegen der Mittagshitze geschlossen. Toby zog sich nackt aus und warf seine Kleider unordentlich auf das Bett. Auch das Bett war ein exquisites Möbelstück mit karmesinroten Vorhängen, die rund um das Kopfende girlandenförmig gerafft waren und von einem goldenen Cherubim gehalten wurden.

Das Bad nebenan war riesig – offensichtlich war es ein früheres Schlafzimmer, das seiner neuen Bestimmung zugeführt worden war, nachdem fließendes heißes und kaltes

Wasser eine Phalanx von Livrierten und Zimmermädchen mit Eimern abgelöst hatten. Es stand eine enorme Wanne auf Klauenfüßen, die einmal vergoldet gewesen waren. Darüber hing eine Duschbrause, und darunter stand nun Toby und drehte den Wasserhahn mit der Aufschrift *freddo* auf. Wie er schon zuvor bemerkt hatte, war das kalte Wasser nie richtig kalt, woraus er schloß, daß sich die Wassertanks irgendwo oben unter dem Palastdach befanden und von der Sommersonne warm gehalten wurden.

Aber das laue Wasser war erfrischend, und er stand lange unter dem trägen Sprühstrahl. Vor allem, so hoffte er, würde es einen speziellen Teil von ihm abkühlen, der darauf bestand, sein Haupt stramm zur Zimmerdecke zu erheben. Er fragte sich, ob er vielleicht zuviel Alkohol getrunken habe, aber es konnte auch an Adalberts Aktfotos liegen. Jedenfalls wollte sich sein kleiner Kämpe gar nicht mehr beruhigen, und schließlich trat Toby aus der Wanne und trocknete sich mit einem großen, fadenscheinigen Handtuch ab, das mit dem Monogramm M versehen war. Er lief pudelnackt ins Schlafzimmer zurück, blieb aber beim Anblick eines Zimmermädchens, das gerade seine aufs Bett geworfenen Kleider aufräumte, abrupt stehen. Mit nicht einmal einem Handtuch um die Hüften hatte er wenig vor ihr zu verbergen. Sie war etwa dreißig, dunkelhaarig und hatte ein rundes Gesicht und einen kleingewachsenen, zierlichen Körper. Sie trug ein schwarzes Kleid und eine weiße Schürze. Sie schaute kurz auf seine Latte und begann zu grinsen, als fände sie den Anblick komisch.

In seiner Verwirrung setzte sich Toby einfach ans Fußende des Betts und schlug die Beine übereinander. Das Zimmermädchen brachte ihm eilig Hemd und Unterhose. Ob es nun am Wein lag oder an den Fotos – jedenfalls fuhr er ihr, anstatt die Kleider zu nehmen, die sie ihm hinhielt, mit der Hand umstandslos unter den Rock. *«Ah, no, no!»* schrie sie und griff nach seinem Handgelenk, um ihn aufzuhalten. Doch Toby zog sie frech zu sich heran und schob die Hand zwischen ihre Schenkel. Seine Finger fanden das kurze Bein ihres Unterhöschens und glitten hinein, und gleich darauf spürte er krauses Haar und warmes Fleisch.

«Basta, signor!» sagte sie und versuchte, sich ihm zu entwinden.

«Sehen Sie doch, in was für einem Zustand ich bin», flehte Toby unter Einsatz seines gesamten Charmes. «Oh, wenn Sie mich doch verstehen könnten – obwohl dem, was Sie schon gesehen haben, nicht viel hinzuzufügen ist. Gewiß könnten Sie ein wenig Mitleid mit mir empfinden. Machen Sie mich glücklich – es dauert nur eine Minute.»

Das Zimmermädchen hörte ihm mit einem fragenden Gesichtsausdruck zu; sie verstand zwar kein Wort, schien aber genau zu wissen, was er meinte. Sie schüttelte den Kopf, mehr mit Bedauern als im Zorn, wie ihm schien, und preßte die Beine fest zusammen, was ihn nur noch ermutigte. Mit der Spitze seines Mittelfingers kitzelte er die warmen Lippen, die sie zu schützen versuchte.

«Ebbene», sagte sie achselzuckend. Ihre Hand glitt an seinem nackten Bauch hinab und ergriff seinen Schwengel. Das läßt ja hoffen, dachte Toby – obwohl sie noch immer die Beine fest zusammenpreßte. Ihre Finger glitten daran auf und ab, die Daumenspitze rieb zart über den empfindlichen Kopf.

«Va bene così?» sagte sie und beschleunigte ihren Rhythmus, als sie merkte, wie erregt er schon war. Toby keuchte laut, als er seine Hand zwischen ihren heißen Schenkeln kraftvoll aufwärts stieß, um sie richtig zu fühlen. Sie starrte ihm ins Gesicht und grinste ihn an, und als sie sah, daß es für ihn längst zu spät war, öffnete sie plötzlich ihre Schenkel. Sein Samen kam herausgespritzt, überschwemmte seinen

nackten Bauch, und er stöhnte und seufzte, während er sich zuckend entleerte.

Als er fertig war, stand sie von seinem Schoß auf, und er ließ sich auf das Bett zurücksinken, um Atem zu schöpfen und sich einen Augenblick auszuruhen. Von der Brust bis zu den Leisten liefen ihm Schauer über die Haut. Endlich wurde sein bestes Stück weicher und kleiner. Erst als das Zimmermädchen schon an der Schlafzimmertür war, fiel ihm ein, nach ihrem Namen zu fragen.

«*Maria, signor*», sagte sie lächelnd.

5. KAPITEL

Am Samstag abend gab Mrs. Tandy eine Dinnerparty für ein paar Freunde, und Toby war ebenfalls eingeladen. Es würde seine erste Mahlzeit im verblassenden Glanz des Großen Speisesaals sein, und er freute sich darauf. Er arbeitete den ganzen Morgen auf dem Dachboden. Um die Mittagszeit machte er einen kleinen Spaziergang in Richtung Rialto-Brücke und genoß es, ein Weilchen aus dem Palast und unter Leute zu kommen.

Die Touristensaison hatte begonnen, auf den engen Gassen drängten sich Besucher aus halb Europa: Deutsche mit aufgeschlagenem Reiseführer in der Hand und ernstem Gesicht, französische Pärchen auf der Suche nach einem Billigrestaurant, Engländer auf der Suche nach Kultur und einer guten Tasse Tee – und natürlich Amerikaner mit der Absicht, sich anständig zu amüsieren. Toby blieb auf dem Scheitelpunkt der Brücke stehen und blickte den Canal Grande hinab zu der gerade noch sichtbaren palladianischen Fassade des Palazzo Malvolio an der nächsten Biegung. Er stand, die Arme auf die Balustrade gestützt, an genau der Stelle, wo, wenn man dem Bericht der Contessa Marina glauben konnte, sie des Nachts entzückt worden war.

Von seinem Aussichtspunkt machte er einige Restaurants unten am Quai aus, von denen man einen Blick über den Kanal hatte. Sie waren gut besucht, aber es fand sich noch ein Tisch für ihn, und er wählte ein einfaches Mahl, da er sicher war, daß das Dinner am Abend überreichlich sein würde. Danach schlenderte er, geführt von einem Stadtplan, den er an einem Kiosk an der Brücke erstanden hatte, zum Markusplatz. Dort verbummelte er eine Stunde an einem Café-Tischchen mit Pistazieneis im Silberbecher und Cappuccino. Dann ging er zurück zum Palast für ein Schläfchen auf dem Kanapee, bis es Zeit war, zu baden und sich anzukleiden.

Natürlich hatte er sein Dinnerjacket mitgebracht. Das Zimmermädchen hatte es ein wenig aufgebügelt, um alle Kofferfalten zu entfernen, und es dann zusammen mit seinem Frackhemd in den reichlich mit Schnitzereien verzierten Kleiderschrank gehängt. Während er sich anzog, machte er eine in mehr als einer Hinsicht interessante Entdeckung. Er stand nur mit dem Hemd bekleidet an einer der offenen Türen des Kleiderschranks und hielt seine auf Hochglanz geputzten Abendschuhe ungeschickt in der einen Hand und ein Paar Seidensocken in der anderen. Einer der Schuhe fiel ihm herunter und landete mit einem dumpfen Ton auf dem Boden des Kleiderschranks, aus dem es unerwartet hohl widerhallte.

Er ließ den anderen Schuh fallen, um das Geräusch noch einmal zu hören, und trat dann ein oder zwei Schritte zurück, um den Schrank sorgfältig zu betrachten. Er schätzte ihn auf sehr frühes 18. Jahrhundert, dreißig oder vierzig Jahre älter als der neue Palazzo selbst. Er war aus massivem dunklem Nußbaumholz mit drei dicken Säulen an der Vorderseite, die zwei Türen von der Größe gewöhnlicher Haustüren einrahmten, deren Paneele reiches Schnitzwerk trugen. Der Sockel, auf dem er stand, war etwa dreißig Zentimeter hoch und natürlich hohl, aber selbst der reichliche Zwischenraum da unten war keine ganz ausreichende Erklärung für das Geräusch, das er gehört hatte. Es klang, als befände sich darunter ein Resonanzboden.

Ihm kam ein Gedanke, und er kauerte sich mit nacktem Hinterteil nieder, um langsam die Schnitzerei des Sockels abzutasten. Eine Rosette in einer Girlande etwa in der Mitte der Seitenwand schien unter seiner Berührung ein wenig nachzugeben, und so drückte er fester zu. Er hörte ein gedämpftes Klicken, als ob ein Verschluß sich öffnete, und der vordere Teil des Schrankbodens hob sich ein wenig – gerade genug, um zwei Vertiefungen freizulegen, so daß man mit den Fingerspitzen hineingreifen und den ganzen Schrankboden abheben konnte. Als Toby es versuchte, entdeckte er im Schranksockel ein Geheimfach von nur etwa fünfzehn Zentimetern Höhe, aber einem Meter achtzig Breite, das von der Vorderseite bis zur Rückwand ging. Es war nichts darin. Toby ließ sich auf die Fersen nieder und dachte einen Augenblick nach.

Bevor Safes und Stahlschränke erfunden wurden, brauchten die Wohlhabenden einen Ort, an dem sie Schmuck und andere Wertgegenstände aufbewahren konnten. Kleine Geheimschubladen hatte er schon gesehen, meist in alten Schreibtischen, aber nie etwas so Geräumiges wie dies hier. Die Entdeckung legte die Vermutung nahe, daß sich auch in den beschädigten Schränken oben auf dem Dachboden Geheimfächer befanden. Sobald er wieder hinaufging, würde er alle sorgfältig untersuchen – der glückliche Fund eines Beutels voller Goldmünzen oder eines Dokuments wäre zwar unwahrscheinlich, aber interessant.

Doch das konnte bis Montag warten. Zunächst freute er sich auf Mrs. Tandys Dinnerparty, und am Sonntag wollte er sich freinehmen und sich die Stadt ansehen. Er klappte den Geheimfachdeckel zu und zog sich fertig an.

Als er den Speisesaal sah, war er entsprechend beeindruckt. Es waren insgesamt vierundzwanzig Gäste zum Dinner anwesend, und der lange Tisch bot mit Leichtigkeit allen

Platz. Tisch und Stühle stammten ebenfalls aus dem 18. Jahrhundert und waren sehr schön. Auf dem Tisch standen Platten aus edlem Porzellan. Toby fand sich am unteren Drittel der Tafel placiert, Mrs. Tandy saß ganz oben, links von ihm, und Marina am anderen Ende. Adalbert Gmund saß ihm schräg gegenüber, aber zu weit entfernt, als daß er mit ihm hätte sprechen können. Neben Adalbert, zu seiner Rechten, saß die Contessa Flagranti, die Amerikanerin, die Toby bei Prinzessin Zitas Lunch kennengelernt hatte und die ihn nach kaum fünfminütiger Bekanntschaft gebeten hatte, sie Sally zu nennen.

Die Prinzessin und ihr mürrischer *ragazzo* waren nicht anwesend, aber ihre Tochter. Toby hatte Anna-Louisa die Hand geküßt und achtete darauf, während der Drinks vor dem Essen besonders charmant zu ihr zu sein – nicht daß er sich besonders zu ihr hingezogen fühlte, aber wenn er überhaupt eine Chance finden wollte, ihr heimzuzahlen, daß sie ihn zu ihrem Vergnügen benutzt hatte, dann mußte er sich den Anschein von Freundlichkeit geben.

Er fand sich zwischen zwei Damen placiert, die jede auf ihre Weise Stil hatten, aber unglücklicherweise verstand keine mehr als ein paar Worte Englisch. Zu seiner Rechten saß Signora Tornante, eine blendend aussehende Enddreißigerin. Sie trug jede Menge Schmuck um den Hals, an den Ohren und an den Händen, meist Diamanten. Ihr kurzes Abendkleid war orchideenrosa und hatte eine Schleife auf der rechten Hüfte. Toby sah erfreut, daß ihr Busen sich nur mäßig wölbte und daß ihre Arme lang und schmal waren.

Auf der anderen Seite saß Signorina Renata Mascoli, die ihr rabenschwarzes Haar zu einem kurzen Bubikopf geschnitten und auf der Stirn zu einer tiefen Welle gelegt hatte – ein in diesem Jahr sehr in Mode gekommener Schnitt. Sie war klein und ein wenig schmächtig, mit spitzem Kinn und einem unzufriedenen Gesicht. Ihr leuchtend-grünes Satinabendkleid mit der tiefsitzenden engen Schärpe brachte ihren schlanken Körper vorteilhaft zur Geltung, fand Toby.

Beide Damen waren begierig, sich mit dem gutaussehenden jungen Engländer zu unterhalten, aber die Sprachschwierigkeiten ließen kaum ein Gespräch zustande kommen. Toby erfuhr, daß Signora Tornantes Ehemann – ein weltgewandt aussehender Herr, der seinen Platz weiter oben in der Nähe von Mrs. Tandys Ende der Tafel hatte – Politiker war und irgendeine Funktion in Benito Mussolinis neu gewählter faschistischer Regierung bekleidete. Nicht daß Faschismus ein Thema war, über das Toby viel wußte, außer daß Lord Curzons Schwiegersohn, der Parlamentsabgeordnete Oswald Mosley, in London dafür die Werbetrommel rührte.

Signorina Mascoli ließ durchblicken, daß sie Künstlerin sei, aber es war viel zu anstrengend, herauszubekommen, was für eine. Ihr Haute-Couture-Kleid und der Hauch eines teuren Parfums, den sie verströmte, zeigte klar, daß sie Kind einer reichen Familie war. Vielleicht schrieb sie Gedichte, dachte Toby, während er ihr ein charmantes Lächeln zuwarf. Es könnte nett sein, sie ins Bett zu kriegen – mit ihrem schlanken Körper und ihrem mürrischen Blick mochte sie sich unversehens in eine Leopardin verwandeln, wenn man versuchte, sie flachzulegen.

Am entfernten Ende des Tischs, zu Contessa Marinas Rechter, saß ein dunkelhaariger Italiener von Mitte Vierzig, der aussah wie ein Filmstar und Selbstbewußtsein und Überlegenheit ausstrahlte. Er und die Contessa schienen sich vortrefflich zu verstehen; sie plauderten wie enge Freunde, wobei sie verstohlene Blicke und flüchtige Berührungen austauschten. Also deshalb, sagte sich Toby, ist sie abends nicht in mein Zimmer gekommen.

Das Essen und die Weine waren köstlich, und es gab sie in überwältigender Fülle. Die livrierten Diener eilten lautlos mit ihren silbernen Servierplatten um die Tafel und brachten einen Gang nach dem anderen, dicke Fischsuppe mit goldenen Croutons, Risotto mit Hühnerleber und einer Spur Knoblauch, gegrillte Heringsfilets, Kalbslendchen mit einer Sauce aus Wildpilzen und Wermut und so weiter und so fort, mit weißem Soave und rotem Bardolino im Wechsel zu jedem Gang.

Als sich Mrs. Tandy nach sechs Käsesorten und fünferlei frischem Obst sowie aromatischem schwarzem Kaffee anmutig von ihrem Stuhl erhob, um anzuzeigen, daß das Dinner beendet sei, folgte ihr die Gesellschaft in das Lepanto-Zimmer. Der Weg führte durch einen hohen, schmalen Korridor voller alter Gemälde zu einer Doppeltür, wo livrierte Bedienstete den feierlichen Zug in einen großen Raum wiesen, der von einem gewaltigen Wandgemälde beherrscht wurde. Es schien vor kurzem restauriert worden zu sein.

Es stellte eine Szene an einem der Quais von Venedig dar. Im Hintergrund war gerade noch der Dogenpalast zu erkennen. Ein feuerrotes Schiff mit halb gesetzten Segeln bereitete sich zum Auslaufen vor, das Deck wimmelte von Männern, die Piken und Schwerter hielten. Aber all dies war nur der szenische Rahmen für einen Mann im Vordergrund. Dieser war prachtvoll gekleidet und trug einen goldenen Helm. Er warf sich in eine heroische Pose, und Toby hegte nicht den geringsten Zweifel, daß es sich hier um ein hervorragendes Beispiel von Familienpropaganda handelte.

«Marco Malvolio geht an Bord seines Schiffs, um an der Schlacht von Lepanto gegen die Türken teilzunehmen», sagte Adalbert Gmund, der jetzt neben ihm stand. «Es wurde von Francesco Guardi gemalt, aber erst zweihundert Jahre nach dem Ereignis, das es darstellt.»

«Großartige Arbeit», sagte Toby, dessen Interesse an Wandgemälden eher gering war, weil sie nicht gekauft und mit Profit wiederverkauft werden konnten. «Ist er wieder zurückgekommen?»

«Nein, sein Schiff sank in der Schlacht und er und seine gesamte Mannschaft ertranken. Sie können im Malvolio-Archiv nachlesen, wieviel er für sich und sein Schiff ausgab, wenn Sie Padre Pio bitten, Ihnen die Kontobücher zu zeigen. Die Malvolios waren damals noch sehr reich.»

«Wer ist der Mann, mit dem Contessa Marina gerade spricht?» fragte Toby.

Adalbert wandte sich um. An den Flügeltüren, die auf den Balkon hinausführten, stand Marina mit dem Mann, der beim Dinner neben ihr gesessen hatte, im Gespräch vertieft. Wenn man ihn so sah, war er nicht groß, hatte aber ausladende Schultern und schmale Hüften, und sein modisches Dinnerjacket war eng auf Taille gearbeitet, um seine Figur zu betonen.

«Ach ja, der *dottore* – sein Name ist Ottorino Pavese.»

«Ist er Arzt?» fragte Toby.

«Kein Doktor der Medizin. Marina liebt ihn bis zum Wahnsinn.»

«Seit wann?»

«Seit ungefähr drei Monaten. Ich glaube, sie hat sich während des Karnevals in ihn verliebt. Sie sehen überrascht aus, mein junger Freund. Finden Sie, sie sollte mit niemand anderem als Ottorino schlafen? Er hat geschäftliche Interessen in Bologna und ist nicht immer hier.»

Überall im Lepanto-Zimmer standen die typischen breiten venezianischen Sofas, gepolstert und mit abgenutzt aussehendem Golddamast bezogen, außerdem ein Dutzend dazu passender Stühle. Die Gesellschaft hatte wohl gespeist und guten Wein genossen und saß oder stand nun eifrig plaudernd, während die Bediensteten lautlos im Raum umherhuschten und mehr Kaffee, Likör und Brandy servierten. Adalbert verbeugte sich vor Contessa Flagranti, als sie auf sie zukam, und schickte sich an, sie Toby vorzustellen, als der sagte, er kenne sie bereits. Sie trug ein hautenges, glänzendes schwarzes Kleid, das ihre schlanke Figur betonte. Es hatte einen tiefen V-Ausschnitt, der ihren flachen Busen enthüllte. Sie schien betrunken und hielt ein Glas Cognac in der Hand.

Die Flügelfenster standen offen, aber im Raum war es stikkig und warm. Toby sah Marina und ihren Liebhaber Pavese auf den Balkon hinausschlüpfen und schlug Sally Flagranti vor, es ihnen nachzutun. Der Balkon ging auf den Canal Grande hinaus und war so breit, daß Marina und Pavese am anderen Ende nur als Schemen erkennbar waren.

«Ich kann gerade noch die Lichter der Rialto-Brücke sehen», sagte Toby.

Die Contessa Flagranti starrte in die dämmrige Ferne und begann dann, endlos irgendwelches besoffenes Zeug zu reden.

«Wo wohnen Sie, Sally?» fragte Toby, um dem Wortfluß Einhalt zu gebieten.

«Was?» sagte sie, als ihr Hirn registrierte, daß sie etwas gefragt worden war. Toby wiederholte seine Frage.

«Da drüben», sagte sie vage und wedelte mit der Hand, die das fast leere Glas hielt. Der restliche Cognac schwappte heraus und fiel über die Balustrade unten auf den Quai, wo die Boote der Gäste neben denen der Malvolios vertäut waren.

Toby nahm ihr sanft das Glas aus der Hand und stellte es auf die Balustrade. «Da drüben? Auf der anderen Seite des Canal Grande?»

«Direkt am Ufer, gleich um die Ecke, man kann es von hier aus nicht sehen.»

«Darf ich Sie dort mal besuchen?»

«Sicher», sagte sie außerordentlich vage, als wäre ihr der Gedanke an Besucher gänzlich fremd. «Wie war noch gleich Ihr Name – Toby Soundso?»

«Jervis», sagte er. Er nahm ihr Handgelenk, um ihren Arm ruhig zu halten, der unruhige Bewegungen vollführte. Ihre Haut zu fühlen, erregte ihn – sein *cazzo* erhob sich. Oder tat er es, weil Toby am entfernten Ende des Balkons zwei dunkle Schatten aufeinander zugleiten sah? Vielleicht war es nur ein Trick des vom Kanal reflektierten Sternenlichts, aber Toby war überzeugt, daß Marina mit dem Rücken an der Wand stand und Pavese sie beglückte.

Er strich mit der freien Hand sanft an Sallys Schenkeln hinauf und war entzückt, wie glatt sich der Satin ihres Kleids unter seinen Fingerspitzen anfühlte.

«Ach, richtig», sagte sie, «Toby Jervis. Sie sind Engländer. Ich habe Sie bei Zita kennengelernt. Leben Sie in Venedig?»

Während er sich fragte, ob sie wirklich so sternhagelvoll war, daß sie nicht bemerkte, was er vorhatte, schob er die Hand unter ihr Kleid und ließ sie hinaufgleiten, um durch ihr seidenes Unterhöschen ihren Hintern zu befühlen. Die Backen waren klein und stramm – die perfekte Form, ganz nach seinem Geschmack. Warum sollte er ihr also nicht zu ein bißchen Herzrasen verhelfen, fragte er sich, obwohl es eigentlich weniger ihr Vergnügen war, an das er dachte.

«Nicht samstags oder sonntags», sagte sie, in Gedanken noch immer beim Thema Besuch. Tobys Finger waren in dem Spalt zwischen ihren Hinterbacken verschwunden, deshalb achtete er nicht auf ihre Worte. Dann glitten sie rund um ihre knochige Hüfte auf ihren Bauch und hinab zum Treffpunkt ihrer dünnen Schenkel, wo er warmes, weiches Fleisch durch dünne Seide fühlte.

«Wer ist denn das da hinten auf dem Balkon?» fragte sie

und sah über seine Schulter dorthin, wo Marina und ihr Liebhaber sich leidenschaftlich, aber lautlos umarmten. Inzwischen pulsierte Tobys Schwengel so heftig, daß dringend etwas für ihn getan werden mußte. Er fuhr mit den Fingern unter den Gummizug am Hosenbein von Sallys Unterhöschen und fühlte dort wuscheliges Haar und warme, weiche Lippen. Mit der anderen Hand knöpfte er sein Jackett und seine Hose auf und zog sein hart gespanntes Teil heraus.

Contessa Flagranti, geborene Sally Mawby, war nicht sonderlich intelligent, wie Toby schon bemerkt hatte, als er sie bei Prinzessin Zitas Lunch kennenlernte. Er hatte herausgefunden, daß immer erst eine Pause eintrat, bevor sie eine Frage beantwortete, in der sie über die Worte des Sprechers nachgrübelte. Offenbar verlängerte ihr Rausch diese Schaltpausen noch.

«Hey, was ist los?» sagte sie jetzt verwundert. «Versuchen Sie etwa, mir Avancen zu machen, Tommy?»

«Toby», korrigierte er, während er ihre Finger um seinen Steifen schloß.

«Nennen Sie es, wie Sie wollen», sagte sie, «da, wo ich herkomme, heißt das Schwanz. Was zum Teufel machen Sie da? Oh!»

Toby beantwortete ihre absurde Frage, indem er ihr den Mittelfinger ins feuchte Loch schob, das schien ihr Erklärung genug zu sein: Sie packte seinen pochenden Schwanz. Ihre Hand war kühl, während Tobys *cazzo* vor heißer Erregung zu platzen drohte. Er stieß ihn ins lose Bein von Sallys Unterhöschen, um ihn zwischen die weichen Lippen ihrer *fica* zu bohren, aber es war schon zu spät, in sie einzudringen. Er umklammerte ihre schmale Taille, als er zu zucken begann und seine heiße Essenz in ihr Unterhöschen sprudelte.

«Verdammt!» rief sie und versuchte ihn fortzustoßen, als sie die nasse Woge auf der Haut spürte, aber er hielt sie so lange fest, bis er fertig war. Dann ließ er sie los und drückte ihr das seidene Einstecktüchlein aus seiner Brusttasche in die Hand.

«Sie Mistkerl!» sagte sie wütend, warf ihm das Taschentuch ins Gesicht, wandte sich auf ihren hohen Absätzen um und stolperte in den Saal zurück. Toby lehnte an der steinernen Balustrade, während er sich die Hose wieder hochzog und das leichte Nachbeben des Entzückens genoß. Er starrte eine Weile auf die vorüberziehenden Boote unten auf dem Canal Grande, bevor er in das Lepanto-Zimmer zurückging.

Marina und ihr Freund hatten den Balkon schon vor ihm verlassen, und drinnen war Marina nirgends zu sehen, während Ottorino Pavese inmitten einer Schar bewundernder Damen stand und mehr denn je wie ein Filmstar aussah. Wahrscheinlich war Marina, wie Sally, gegangen, um ihre Unterwäsche zu ordnen. Toby hielt es für wahrscheinlich, daß die von Sally zu feucht war, um sie anzubehalten, so daß sie den Rest des Abends mit nassem Bauch verbringen oder ohne sie heimgehen mußte.

Er hatte sich eben ein Glas Cognac besorgt, als Delphine Tandy ihn von ihrem Platz auf einem der breiten Damastsofas zu sich winkte. Neben ihr saß die dunkelhaarige Signorina Mascoli.

Delphine Tandy war eine schöne Frau mit einem symmetrischen, ovalen Gesicht – eine stattliche Erscheinung. Ihr kastanienbraunes Haar war nicht nach der gängigen Mode zu einem Bubikopf geschnitten, sondern lang und oben auf dem Kopf aufgetürmt. Ihre Augen waren graugrün und ihre Haut schimmerte wie feines Elfenbein. Sie trug tief dekolletierten mitternachtblauen Spiegelsamt, der schön geformte Schultern und reichlich Busen umspielte. Um ihren langen Hals trug sie als einzigen Schmuck eine schmale Diamanthalskette.

Sehr edwardianisch, dachte Toby, als er sich zwischen sie und Signorina Mascoli auf das Sofa setzte.

«Haben Sie bereits Renata kennengelernt?», sagte sie und schenkte ihm ein so anmutiges Lächeln, daß er sich fragte, ob er wirklich ein Gast war oder nur ein Händler, dem man schmeichelte. «Sie war fasziniert von Ihrem Interesse an meinen alten Möbeln.»

Dann verfiel sie zum Wohl der jungen Frau in sprudelndes, honigsüßes Italienisch, und Toby lächelte hin und wieder beiden zu, besonders Renata Mascoli, deren schlanker Körper sehr nach seinem Geschmack war. Er stellte sich kräftige Schenkel unter ihrem grünen Kleid vor, Schenkel, die sich einem um die Hüften klammerten, wenn man auf ihr lag. Ihr kurzes Haar war von einem so dunklen, natürlichen Schwarz, daß er wußte, sie trug die gleiche Farbe zwischen den Beinen. Obgleich sie nicht ganz so schlank war wie Sally, hatte sie doch den Vorteil, zwanzig Jahre jünger zu sein, und er wollte sie.

Also bemühte er sich, besonders charmant zu ihr zu sein, obwohl das Sprachproblem dies schwermachte. Mrs. Tandy half mit Worten aus und schien begeistert zu sehen, daß die beiden so gut miteinander auskamen. Toby erkundigte sich nach den künstlerischen Interessen, die Renata beim Dinner erwähnt hatte, und erfuhr, daß sie viel über Textildesign wußte und dieses Wissen gern beruflich verwendet hätte. Nur hatten junge Damen in Venedig leider keinen Beruf – sie wurden mit passenden jungen Männern verheiratet.

Gegen halb zwölf begannen die Gäste, sich von Mrs. Tandy zu verabschieden. Dabei fand Toby Gelegenheit, Renata auf die Seite zu nehmen und sie zu fragen, wo sie wohnte und ob er sie wiedersehen dürfe. Sie sagte zwar, das sei *molto difficile*, fügte aber dann lächelnd hinzu, sie werde versuchen, etwas zu arrangieren.

Um Mitternacht war auch der letzte Gast gegangen. Toby ließ sich von einem Bediensteten zu seinem Zimmer führen und ging, angenehm müde, ins Bett. Es war sehr dunkel im Zimmer; das Zimmermädchen hatte die Fensterläden geschlossen, wie sie es immer tat, und Toby machte sich nicht die Mühe, sie zu öffnen. Es war zu mühsam, noch einmal aus dem Bett aufzustehen, und so lag er gemütlich im Dunkel und schlief ein.

Irgendwann weckte ihn etwas aus einem Traum, in dem er Renata zu überreden versuchte, ihn seine Hand unter ihr jadegrünes Kleid legen zu lassen, aber nicht die richtigen italienischen Worte dafür fand. Er meinte, eine Hand zu spüren, die an seinem steifen Teil auf und ab glitt. Er stieß einen Seufzer aus und tastete im Bett herum. Er berührte nackte Brüste. Es roch nach einem teuren französischen Parfum.

Marina war also doch noch in sein Schlafzimmer gekommen! Einmal draußen auf dem Balkon mit ihrem Freund war nicht genug gewesen, und Pavese war offensichtlich nicht über Nacht geblieben. Vielleicht hatte er irgendwo Frau und Kinder.

Toby tastete sich an ihrem warmen Bauch hinunter, um seine Hand zwischen ihre Schenkel zu legen und ihren Spalt mit den Fingern zu bearbeiten. Er war feucht und weit, bereit für ihn. Ah, ah, ah, stöhnte sie, als seine Finger sie erschauern ließen, und ihre Hand an seinem Schwengel verursachte ein so intensives Gefühl, daß er nicht länger warten wollte.

Er rollte sie auf den Rücken und preßte seine Lippen in einem langen, heißen Kuß auf die ihren. Als er auf ihren Bauch glitt, spreizte sie hingebungsvoll die Beine. Sie hatte ihm den Pyjama aufgeknöpft, als er noch schlief, und jetzt strampelte er ihn auf die Füße hinunter. Ihre Hand führte ihn ein, und er begann sie leidenschaftlich zu bürsten, wobei er spürte, daß er mit jedem Stoß in ihre saftige Muschel härter und größer wurde.

Marina zuckte wie wild unter ihm und keuchte schwer. Bald wurde sie lauter und lauter, und schließlich schrie sie auf und stieß ihm ihren Unterleib entgegen. Da konnte auch er nicht mehr an sich halten und spritzte sein rasendes Verlangen in sie hinein, verströmte sich in langen Ergüssen.

Als es vorbei war, rollte er von ihr herunter, und sie lagen Seite an Seite im Dunkeln.

«Oh, mein Lieber, das war wundervoll», sagte sie.

«Großer Gott!» rief Toby und fuhr senkrecht im Bett auf. «Sie sind ja gar nicht Marina!»

Er tastete nach dem Schalter der Nachttischlampe. Neben ihm lag Delphine Tandy, ihr nackter Körper schimmernd im gelben Lampenlicht, und sah sehr zufrieden mit sich aus.

6. KAPITEL

Am Sonntag morgen erwachte Toby allein, und nur ein Hauch von Delphines Parfum auf seinem Kopfkissen erinnerte daran, daß sie bei ihm gewesen war. Er streckte sich gähnend und sah auf die Armbanduhr auf dem Nachttisch. Überrascht stellte er fest, daß es schon nach zehn war. An den vorangegangenen Tagen hatte ihn das Hausmädchen stets um halb neun mit *caffè latte* und Hörnchen geweckt.

Er war im Begriff, aufzustehen und ins Badezimmer zu gehen, als leise Schritte draußen und ein Klopfen an der Tür ihm zeigten, daß er nicht vergessen worden war. Vor der Tür stand ein älterer Bediensteter namens Emilio mit einem Tablett mit einer kleinen silbernen Kaffeekanne und einem Teller voll süßer Brötchen. Toby bat ihn herein; er stellte das Tablett auf dem Nachttisch ab und ging zum Fenster, um die Läden aufzustoßen. Das strahlende Sonnenlicht flutete herein, ließ das mattierte silberne Kreuz an der Wand erglänzen und auch die schäbigen Flecken auf der Livrée des Mannes deutlich erkennen.

«Danke, Emilio, Sie können mir jetzt mein Bad einlassen», sagte Toby.

Um elf hatte Toby gefrühstückt, gebadet und sich angekleidet. Er hinterließ eine Nachricht, daß er die Stadt besichtigen wolle und nicht vor dem Abend zurück sein würde. Auf dem Weg durch die verwinkelten Flure, auf denen

Marmorbüsten von griechischen Philosophen die Vorübergehenden spöttisch anzulächeln schienen, verlief er sich nur ein einziges Mal. Schließlich fand er die breite Steintreppe, die zur Eingangshalle an der Landseite des Palastes hinunterführte. Zwei lebensgroße Marmorfiguren standen am oberen Ende der Treppe – bärtige Männer mit Brustpanzern und Schwertern. Toby vermutete, daß es längst verblichene Malvolios waren. Die Wände zu beiden Seiten der Treppe waren mit gekreuzten Eisenschwertern, langen, gefährlich aussehenden Piken, Vorderlader-Musketen und Steinschloß-Pistolen dekoriert.

In der gepflasterten Halle saß ein schläfriger Türhüter in verschossener Livrée. Während Toby die letzten Stufen hinabstieg, erhob er sich, um ihm einen Flügel der massiven Holztür aufzuhalten, wobei er sich tief verbeugte. Draußen im strahlenden Sonnenlicht blieb Toby einen Augenblick auf den breiten, flachen Eingangsstufen stehen, hinter sich die massiven korinthischen Säulen der Palastfassade. Vor ihm lag der freundliche kleine Platz, der nach einer Seite hin von dem Palast abgeschlossen wurde. Er war nicht wirklich rechteckig, sondern eher trapezförmig, und in seiner Mitte stand ein alter, ummauerter Brunnen, der einst die einzige Wasserversorgung dargestellt haben mußte.

An der entgegengesetzten Ecke gab es ein Arkadenrestaurant, vor dem etwa ein Dutzend Tische standen. Es war nur ein einziger Kellner zu sehen, denn selbst für die frühzeitigsten Mittagsgäste war es noch zu früh. Toby überquerte den Platz und verließ ihn durch einen engen Durchgang, hinter dem eine schmale, steinerne Bogenbrücke über den Kanal führte. Dort lag eine zur Hälfte mit grünlichem Wasser vollgelaufene Barke vertäut. Durch eine weitere enge Gasse gelangte er auf einen Platz mit einem Zeitungskiosk und, am entferntesten Ende, zu einem neoklassizistischen Gebäude, das sich, als er es erreicht hatte, als das Teatro La Fenice entpuppte.

Laut seinem Stadtplan mußte er an der nächsten Kirche rechts abbiegen, dann links durch eine Straße mit teuren Geschäften und an einer Kirche vorbei, um auf den Markusplatz zu kommen. Als er den riesigen, von Arkaden gesäumten Platz mit den byzantinischen Kuppeln und Bögen des Markusdoms am hinteren Ende erreichte, fand er ihn voll von einheimischen und fremden Sonntagsspaziergängern. Die beiden Cafés, die einander auf den Seiten des Platzes gegenüberlagen, waren sehr gut besucht, die Kellner schleppten Tabletts mit Eiscreme, Kaffee und Drinks zu den draußen aufgereihten Tischen, und die Kapellen der beiden Cafés spielten um die Wette und versuchten, einander zu übertreffen.

Toby fand einen freien Tisch draußen vor dem *Quadri's* und bestellte Kaffee und Cognac. An einem Sonntagmorgen in London wäre ihm das nie eingefallen, aber hier, unter dem strahlend blauen Himmel zwischen den umherspazierenden Menschen, schien es ihm ein angemessen verwegenes Unterfangen – schwelgerisch, einfach ein bißchen dekadent, kurz: sehr kontinental. Tausende von Tauben tummelten sich auf dem Platz, warteten darauf, daß vorübergehende Touristen sie fütterten, und tippelten furchtlos zwischen den Tischen des Cafés und den Füßen der Leute umher.

Nachdem Toby eine halbe Stunde lang die vorübergehenden Mädchen und Frauen gemustert hatte, sah er Adalbert Gmund auf den Platz und auf das Café zukommen. Als Gmund näher kam, stand Toby auf und winkte. Adalbert trug einen Tirolerhut mit einer langen Feder an der Seite und einen beeindruckend altmodischen grauen Flanellanzug mit gegürtetem Sakko.

«*Buon giorno, Toby*», sagte er und ließ sich auf einem der Stühle am Tisch nieder. «Ich will hier einen Freund treffen, und es ist ein glücklicher Zufall, daß Sie hier sind, denn es handelt sich um den Mann, von dem ich das Fotoalbum habe.»

Toby sehnte sich nicht besonders danach, dem Mann zu begegnen. Das Album war bestimmt eine Fälschung. Andererseits könnte es interessant sein, einen Lieferanten solcher getürkten Memorabilia kennenzulernen. Der Handel damit war ein blühendes Gewerbe, das so lange weiterblühen würde, wie es die menschliche Leichtgläubigkeit gab – also bis zum Jüngsten Tag.

«Erlauben Sie mir, Sie zu einem Drink einzuladen, Adalbert», sagte Toby und winkte dem Kellner.

«Danke. Nur Kaffee bitte, schwarz», sagte sein Gegenüber, und Tobys Gesicht mußte die Überraschung anzusehen gewesen sein, denn Adalbert fuhr fort, «ich war heute früh zur Beichte, habe die Absolution erhalten und fühle mich daher im Stande der Gnade.»

«Ja», sagte Toby und hielt den Ton seiner Stimme so neutral wie möglich, «dazu würde ich Sie gern etwas fragen, falls es Sie nicht verletzt.»

«Über die Beichte oder über die Absolution?»

«Um ganz offen mit Ihnen zu sein, Adalbert, ich habe das Privileg, die Gunstbeweise einiger Damen des Hauses zu erhalten, seit ich hier bin, und ich fühle mich ein wenig kompromittiert in bezug auf Padre Pio, da hier jedermann zur Beichte zu gehen scheint.»

«Ach, machen Sie sich nichts daraus», erwiderte Adalbert, «Padre Pio hat in lebenslangen Diensten bei den Malvolios schon so einiges erfahren. Er weiß, daß wir keine Engel sind, und er hofft geradezu, daß wir täglich sündigen – sonst hätte er doch bald keinen Job mehr, nicht wahr?»

Irgend etwas schien Toby an dieser Argumentation nicht ganz stimmig zu sein, aber er konnte nicht den Finger darauf legen. Doch bevor er die Frage weiter erörtern konnte, traf, ein wenig verspätet, der Freund ein, den Adalbert treffen wollte.

Signor Corradini war ein schlanker Mann in den Fünfzigern, in ein wenig gebeugter Gelehrtenhaltung. Er trug ein weißes Leinenjackett und eine schwarze Hose, einen Fertigkragen und eine violette Krawatte. Alles in allem, dachte Toby, ein ziemlich wunderlich aussehender Mann. Das Wunderlichste von allem war sein Haar – es war dünn und gelichtet und glänzend schwarz gefärbt.

Signor Corradini schüttelte ihnen höflich die Hand und setzte sich, während Adalbert dem Kellner ein Zeichen gab. Als Corradini hörte, daß Toby zum erstenmal in Venedig war, erkundigte er sich, welchen Eindruck er von der Stadt habe, und er erwartete offenbar eine enthusiastische Antwort.

«Offen gestanden», sagte Toby, «was ich bisher gesehen habe, ist entmutigend. Ich kann überhaupt nichts mehr von einer Stadt sehen – nur ein großes Freiluft-Museum, das einem über dem Kopf zusammenfällt. Sie haben Ihr Erbe aufs Gröbste vernachlässigt, Signor Corradini, und wenn es eines Tages im Meer versinkt, wird nicht viel verloren sein.»

Der Venezianer sperrte den Mund auf wie ein Goldfisch im Glas. Auch Adalbert starrte Toby an, als hätte der den Verstand verloren.

«Aber aus allen Ecken der Welt kommen Besucher, um Venedig zu sehen – zu Millionen, Jahr für Jahr», verteidigte er seine adoptierte zweite Heimat, während Corradini noch immer nach Luft schnappte.

«Wohl wahr», stimmte Toby zu, «sehen Sie nur, wie sie hier auf der Piazza herumspazieren. Sie kaufen sich eine kitschige Glasgondel für den Kaminsims und einen lächerlichen Strohhut – und genau das ist aus Venedig geworden: ein billiger Basar.»

«Unsinn – sie kommen wegen der wundervollen Gemälde und der Architektur», beharrte Adalbert.

«Die Gebäude verfallen», sagte Toby, «und die Gemälde kann man nicht richtig sehen, weil sie in irgendwelchen dunklen Ecken alter Kirchen hängen, schwarz vom Kerzenrauch und in der Feuchtigkeit verrottend.»

«Wir sind eben arme Leute», sagte Corradini, als er die Sprache wiedergefunden hatte. «Früher war Venedig sehr reich, aber in den letzten zweihundert Jahren ist es nur abwärts gegangen.»

«Und wer ist schuld daran?» fragte Toby. «Das Geld hat sich doch nicht einfach in Luft aufgelöst, es ist woanders hingegangen.»

«Sie haben interessante Einfälle, Signor», sagte der Venezianer und musterte Toby anerkennend.

Um das Gespräch auf ein weniger kontroverses Thema zu bringen, sagte Adalbert, er habe Toby das Fotoalbum gezeigt.

«Benissimo!» sagte Corradini. «König Eduardos Fotos sind sehr ... *stimulante.* Sind Sie Sammler, Signor *Gierovesi*?»

Toby lächelte über diese neue Verballhornung seines Namens und sagte, er sammle gar nichts, finde jedoch solche unerwarteten kleinen Enthüllungen über die verborgene menschliche Natur interessant und näherer Aufmerksamkeit wert. Und wenn Signor Corradini zufällig über irgendwelche andere Stücke dieser Art verfüge, so wäre es ihm ein Vergnügen, sie zu begutachten.

«Sie müssen ihm Ihre Mappe mit Radierungen von Rops zeigen, Niccolò», sagte Adalbert, «vielleicht will er sie kaufen, wenn der Preis sich in vernünftigen Grenzen hält.»

«Rops?» sagte Toby und versuchte, den Namen unterzubringen.

«Félicien Rops, der belgische Künstler, der in Paris arbeitete», sagte Adalbert, «ein Connaisseur des weiblichen Körpers – und seiner Lust und Perversionen.»

Er schlug einen Ton an, als wäre Rops ebenso bekannt wie Daumier, aber der Name sagte Toby immer noch nichts.

«Wenn Sie einen Augenblick Zeit haben, Signor, kommen Sie doch mit zu meiner *bottega*. Es ist nur fünf Minuten von hier», sagte Corradini, «dann kann ich Ihnen, Signor Gmund, auch wie versprochen die Radierungen zeigen.»

«Gut», stimmte Adalbert zu, «kommen Sie mit, Toby.»

Sie verließen die Piazza an der San Marco gegenüberliegenden Seite und auf dem Weg, den Toby gekommen war, gingen durch die breite Geschäftsstraße und bogen dann in eine schmale Gasse. Im Fenster von Corradinis Laden lagen ein paar ältliche Bücher in feuchten Ledereinbänden und verblichene Lithographien mit Darstellungen alter Uniformen. Toby bemerkte amüsiert und verblüfft zugleich, daß die Hausnummer von Corradinis Geschäft 2187 lautete, obwohl die Straße überhaupt nicht lang war. Offensichtlich hatte der venezianische Amtsschimmel Humor.

«Während der Sommersaison habe ich auch sonntags geöffnet», verkündete Corradini und schloß die Tür auf.

Er führte sie durch den Laden, in dem nicht mehr als ein Tisch und ein paar Regale standen, auf denen noch mehr alte Bücher in staubigen Holzkisten sowie ein paar gerahmte Drucke lagen, in ein kleines Hinterzimmer. Es war außerordentlich unordentlich, überall lagen vergilbte, bedruckte Papiere mit Eselsohren verstreut, dazu Bücher mit gebrochenen Einbandrücken, Kartons voll verblichener Drucke und ähnliche antiquarisch wertlose Dinge.

Toby setzte sich auf den angebotenen Stuhl; er war sich

sicher, daß Corradini von dem hier ausgebreiteten Ramsch niemals seinen Lebensunterhalt bestreiten konnte. Das Ganze war nur eine Fassade, um seine wirklichen Geschäfte zu verbergen. Deren Natur wurde sehr bald offenbar, als er aus einem verschlossenen Schrank ein großes, nicht mehr ganz neu aussehendes Portfolio hervorholte, wie Künstler es benutzten, um Zeichnungen und Aquarelle zu transportieren.

«Diese Radierungen sind von dem großen Félicien Rops», kündigte Corradini an. «Ich habe ihn einmal in Paris kennengelernt, als ich noch ein sehr junger Mann war – das war etwa 1895 oder 1896. Er war ein sehr humorvoller Künstler in der Tradition von Marcantonio Raimondi.»

Als er sah, daß Toby diese Namen nichts sagten, reichte er ihm achselzuckend das Portfolio. Toby öffnete das Band, mit dem es verschlossen war, und schlug es auf den Knien auf. Es befanden sich etwa ein Dutzend schwarzweißer Fotos darin, die auf dickes Papier gedruckt waren. Das oberste amüsierte ihn – es zeigte einen Mann im Frack mit offener Hose und seinem steifen *cazzo* in der Hand. Er stand mit gebeugten Knien neben einem Bett, auf dem eine Frau mit bis zur Hüfte hinaufgeschobenen Kleidern lag. Unten am Boden stand der Zylinderhut des Mannes, und darin lag ein zusammengerolltes, mit einem Band verschnürtes Dokument. Offenbar ein Rechtsanwalt, der einer Klientin zu Diensten war.

Toby ging das Portfolio langsam durch und lächelte beim Anblick einer drallen, nackten Frau, die auf ein großes, hölzernes Schaukelpferd gestiegen war. Ihre Schenkel waren weit gespreizt und ihr langes Haar flog hinter ihr her – gleich würde sie zum Sprung ansetzen ... Ein anderes Bild zeigte ein Mädchen mit Stirnfransen, das nackt auf der Bettkante saß und einen Fuß auf einen in der Nähe stehenden Stuhl stützte, während es sich mit einer dicken Kerze in einem langen, messingnen Kerzenhalter vergnügte. Es gab auch ein besonders amüsantes Motiv mit zwei Frauen, die auf einem gepolsterten Stuhl dicht beieinander saßen. Eine von ihnen hatte nur Strümpfe und ein Hemd an. Es war heraufgezogen, um ihre strammen Schenkel und ihren Bauch zu entblößen. Die andere Frau war vollständig angekleidet und trug einen Hut, und ihre kreisenden Finger befühlten ihre Freundin zärtlich zwischen den Schenkeln.

«Elf Meisterwerke von Félicien Rops», sagte Adalbert mit einem Lächeln, «Sie können auf jedem seine Initialen sehen – jeweils dort in der Ecke –, die ineinander verschlungenen Buchstaben F R. Ich würde dieses Portfolio gern kaufen, aber mein Freund Niccolò verlangt zuviel.»

«Wenn der Gentleman interessiert ist ...?» sagte Corradini mit einem lauernden Seitenblick auf Toby.

«Danke, aber Signor Gmund hat das Vorkaufsrecht», gab Toby höflich zurück, «und nachdem er gestern Geld gewonnen hat, kann er sich das Portfolio jetzt vielleicht leisten.»

«Davvero?» sagte Corradini.

«Nicht genug, um Ihren Preis zu bezahlen, Niccolò», sagte der Österreicher bedauernd, «aber ich kann nun ernsthaft mit Ihnen über die Lithographien von Peter Fendi reden.»

Toby vermutete, daß das Gespräch mit Rücksicht auf ihn nicht auf italienisch, sondern auf englisch geführt wurde. Er fragte, wer Fendi sei.

«Ein großer Wiener Künstler aus dem frühen 19. Jahrhundert», erklärte Adalbert. «Er war Hofmaler bei Kaiser Franz Josef I. Er hat viele Porträts des Kaisers und der kaiserlichen Familie angefertigt. Aber insgeheim dokumentierte er in Aquarellen auch die Lieblingsbeschäftigung der Wiener. Sie blieben unbekannt bis 1910, als sie einem Verleger in die Hände fielen, der mutig genug war, eine Auswahl davon in begrenzter Auflage von sechshundert Exemplaren herauszubringen.»

«Heutzutage kaum noch aufzutreiben», sagte Niccolò Corradini, «und sehr, sehr teuer. Aber es ist mir gelungen, sechs Blätter aus einem beschädigten Exemplar zu ergattern, das auseinandergefallen war.»

Aus seinem abgeschlossenen Schrank holte er einen großen roten Aktendeckel hervor und öffnete ihn, um ihnen die losen Seiten darin zu zeigen. Toby wußte jetzt, was er zu erwarten hatte, und wurde nicht enttäuscht – sie zeigten Herren und Damen, die sich in den sportlichsten Stellungen miteinander vergnügten, auf Stühlen, Betten, in hölzernen Badezubern. Die Herren waren sämtlich außerordentlich gut ausgestattet, die Damen zwischen den Schenkeln säuberlich rasiert.

Toby war nicht übermäßig beeindruckt – die figürlichen Zeichnungen schienen kaum gut genug, die Arbeit eines Hofmalers zu sein, und den Posen fehlte die Lebendigkeit. Obwohl unnatürlich dicke und lange Prügel in wohlproportionierte Schlitze eingeführt wurden, sahen ihre Besitzer nicht aus, als wären sie besonders bei der Sache. Aber Adalbert war anderer Meinung – er nahm den Aktendeckel und studierte sorgfältig die Lithographien, während Corradini und Toby ihn beobachteten.

«Wollen Sie sie gleich mitnehmen?» fragte der Händler, der sich sicher zu sein schien, daß er ein Geschäft machen würde.

«Nein, ich wollte mit Signor Jervis noch ein wenig bummeln gehen. Bitte liefern Sie sie an den Palazzo Malvolio.»

Nachdem das Geschäft abgeschlossen war, wurden ringsum Hände geschüttelt, Adalbert und Toby verabschiedeten sich und verbrachten den Rest des Nachmittags mit einem angenehmen Spaziergang über die Zattere.

7. KAPITEL

Am Montag morgen ging Toby voll angenehmer Erwartung auf den staubigen Dachboden des Palazzo Malvolio, um nach Geheimfächern zu suchen, bevor er mit seiner eigentlichen Arbeit fortfuhr. Der riesige Schrank in seinem Schlafzimmer hatte ja nichts erbracht außer der Erkenntnis, daß es solche Verstecke gab, und, um ehrlich zu sein, es war unwahrscheinlich, daß sich in Möbeln, die in ferner Vergangenheit auf den Speicher getragen worden waren, etwas Wertvolles befand. Dennoch vermittelte die Sache Toby das Gefühl, sich auf einer prickelnden Schatzsuche zu befinden.

Nicht weit von der Tür, zugestellt von Schreibtischen, Chaiselongues, Tischen verschiedensten Stils und Lebensalters und dem ganzen anderen Wirrwarr, konnte er drei Kleiderschränke sehen. Genaugenommen war «Kleiderschrank» nicht die richtige Bezeichnung für diese Möbelstücke: Zum Zweck, Kleider aufzunehmen, dienten Schränke erst seit Anfang des 19. Jahrhunderts. Im Mittelalter war das geläufigere Möbel zur Aufbewahrung zusätzlicher Kleidungsstücke die Truhe – glatt, geschnitzt, bemalt oder auf andere Art dekoriert, je nach sozialem Status und vorhandenem Reichtum.

Drüben an der Wand konnte er ein exzellentes Beispiel einer solchen Kleidertruhe sehen – eine *cassone*, wie sie in Italien genannt wurden, eine längliche hölzerne Kiste auf geschnitzten Füßen mit gewölbtem Deckel und in Rot und

Gold bemalt – obwohl, wie nach fünfhundert Jahren nicht anders zu erwarten, die Farben stark verblichen waren. Auf der Vorderseite konnte Toby gerade noch das Malvolio-Wappen und ein anderes Wappen erkennen, was anzudeuten schien, daß es sich hier um eine Mitgifttruhe handelte, eingebracht von der Tochter eines reichen Mannes, die in den Malvolio-Clan eingeheiratet hatte. Ein Fuß war abgebrochen, so daß sie kippelte, und von dort aus, wo Toby stand, schien es, als sei sie böse vom Holzwurm befallen. Restauriert jedoch würde sie eine Menge wert sein, nicht als praktisches Möbelstück, sondern als seltene Antiquität.

In dieser *cassone* würde es keine Geheimfächer geben. Daneben allerdings, allein in einer Art Freiraum, stand ein hoher Walnuß-*armoire* mit geschnitzten Paneelen an Vorder- und Seitenfront. Mitte 16. Jahrhundert, entschied Toby, und das Stück sah vielversprechend aus. An der gegenüberliegenden Wand, und nur mit einigem Gekletter zu erreichen, stand ein erstaunlicher Barockschrank, zwei Meter vierzig hoch, mit Schnörkeln, Girlanden und einer Überfülle verstaubter Golddekoration. Die linke von vier Türen war aus den Angeln geraten und lehnte an der Seitenwand des massiven Stücks. Schließlich, halb verborgen hinter den zerlegten Bestandteilen eines abgetakelten Himmelbetts, konnte er ein hinreißendes kleines Rokoko-Konfektionsstück sehen, seitlich graziös auswärts geschwungen und mit Blumenmustern bemalt. Das sah vielversprechend aus, denn er war sicher, daß es einst im Zimmer einer Dame gestanden hatte. Von dort, wo er stand, war es unmöglich zu sehen, ob oder wie schwer es beschädigt war.

Wo sollte er anfangen? Das Einfachste zuerst, beschloß er, legte Jackett und Krawatte ab und krempelte die Ärmel hoch. Vorsichtig bahnte er sich einen Weg zwischen den Stapeln hindurch auf den alleinstehenden *armoire* zu. Dort angekommen sah er, daß es ein sehr schönes Möbelstück war, hervorragend gearbeitet und sogar unter der Staubschicht als Werk von Meisterhand erkennbar. Jedes Paneel zeigte eine andere ländliche Szene, und alles war unbeschädigt. Toby öffnete die beiden Türen und mußte erstaunt feststellen, daß der Schrankboden herausgeschlagen war. Also keine Geheimfächer, aber warum sollte jemand ein so ansehnliches Stück dermaßen zurichten? Vielleicht hatte jemand in der Vergangenheit nach einem Geheimfach gesucht? Oder sollte etwa jemand darin eingeschlossen gewesen und auf diesem Wege ausgebrochen sein? Aber es wäre einfacher gewesen, die Türen aufzudrücken, als die soliden Bodenplanken zu zertrümmern. Auf diese Frage gab es keine Antwort; also ließ Toby sie auf sich beruhen und machte sich auf den Weg zu dem Himmelbett, hinter dem er das bemalte Rokokoschränkchen erspäht hatte.

Schon es anzusehen war ein Genuß, und als er schließlich hingelangte und mit einem Taschentuch über die Paneele strich, um die unter einer dicken Staubschicht verborgenen Blumendekors zu betrachten, war er hellauf begeistert. In den Schaufenstern von Fitzroy Dalrymple in der Bond Street aufgestellt, würde das Schränkchen eine Sensation verursachen – und die Leute würden sich darum reißen. Aber Geheimfächer hatte es auch nicht, das sah Toby sofort. Blieb also nur noch das Barockmonster. In dem Labyrinth kaputter Möbel hatte Toby es ganz aus den Augen verloren. Schließlich stellte er sich auf einen wackeligen Stuhl – massive Eiche mit dreieckiger Sitzfläche und wahrscheinlich aus dem 15. Jahrhundert –, um einen besseren Ausblick über den schlecht beleuchteten Dachboden zu gewinnen.

Er war seinem Ziel näher, als er dachte – er entdeckte die kunstvolle Schnitzerei ganz in der Nähe und sprang vom Stuhl. Dann schob er sich seitlich zwischen einem lackierten

Sekretär mit Perlmutt-Intarsien und einem französisch aussehenden Toilettentischchen aus Rosenholz hindurch – und da stand er. Toby starrte auf das größte Möbelstück, das er je gesehen hatte. Der Kleiderschrank ruhte auf einem soliden Fundament, mehr als dreißig Zentimeter hoch, mit Bordüren aus Schnitzwerk. Toby öffnete die drei Türen, die noch in ihren Angeln hingen, und stieg in das geräumige Innere. Er konnte problemlos aufrecht darin stehen. Abgesehen von einer alten, matt herabhängenden Spinnwebe in einer Ecke war er leer. Toby stampfte versuchsweise mit dem Fuß auf und horchte angestrengt, ob der Klang ein Geheimfach verriet, aber das brachte nichts. Er kletterte hinaus und kniete nieder, um den gesamten Innenboden abzuklopfen, gab dann auf und begann die Schnitzereien rings um den Boden abzutasten.

Die gab es reichlich, und alles schien massiv zu sein; nichts gab erkennbar nach, wie kräftig er auch drückte. Also offenbar auch Fehlanzeige. Um aber sicherzugehen, stand er auf und trat ein oder zwei Schritte zurück, um die Vorderseite zu betrachten – verbarg sich vielleicht eher im Oberteil als unten ein Geheimfach? Nein, entschied er. Die Italiener im 18. Jahrhundert waren nicht sehr groß gewesen. Ein Versteck zwei Meter vierzig über dem Fußboden zu erreichen wäre viel zu unbequem gewesen. Wenn es ein Geheimfach gab, so mußte es im Unterteil sein.

Er setze sich auf den Boden und dachte nach. In seinem Schlafgemach war der Schrankboden nach oben aufklappbar, aber das war nicht die einzige Möglichkeit – und nicht einmal die beste, denn wenn man dort Schuhe aufbewahrte oder in jenen frühen Tagen vielleicht des Gentlemans Degen, dann mußte alles herausgenommen werden, bevor das Teil geöffnet werden konnte. Mit diesem Gedanken im Hinterkopf untersuchte er nochmals die Ornamente am Unterteil nach irgendeiner Schnitzerei, die bewegt oder herausgezogen werden konnte. Und fand sie sofort: Er zog an zwei identischen Rosetten, die in etwa einem Meter Entfernung voneinander angebracht waren, und eine Sektion des Unterteils klappte ihm, von Scharnieren gehalten, entgegen.

Er ließ es auf den Boden hinab und schaute in das Fach, das er entdeckt hatte. Es war etwas darin! Erfreut langte er hinein, ergriff, was immer sich darin befinden mochte, und zog es vorsichtig heraus.

Es war ein flaches, quadratisches und in ein staubiges grünes Stück Stoff gewickeltes Bündel von etwa sechzig Zentimetern Seitenlänge. Er legte es auf den Boden und wickelte es mit klopfendem Herzen aus.

Es war ein Tryptichon, drei hölzerne Paneele, durch Scharniere verbunden, so daß man sie aufklappen und aufstellen konnte. Darauf befand sich, wie er vermutet hatte, eine Ölmalerei mit religiösen Motiven. Er hatte ein kleines, privates Altarbild gefunden, das einmal bei stillen Gebeten und Andachten gebraucht worden war. Das mittlere Paneel zeigte die Madonna mit dem Kinde im Glorienschein auf ihrem Thron und die Seitenpaneele jeweils zwei Heilige. Maria war in Blau gekleidet, das Kind nackt. Unter dem Thron lag ein leuchtendrotes Tuch, das in großen Falten über die Stufen herabhing. Es war nicht schwer, in der barfüßigen Figur mit der braunen Mönchskutte auf dem rechten Paneel den heiligen Franziskus zu erkennen. Und daneben Sankt Sebastian, den die aus seinem Körper herausragenden Pfeile identifizierten. Auf dem linken Paneel befanden sich ein Heiliger in Rüstung mit einer langen Lanze – schwer zu sagen, um wen es sich handelte – und ein graubärtiger Alter, der nur mit einem Lendentuch bekleidet war und außerordentlich elend aussah.

Die Farben leuchteten wunderschön; dennoch wußte

Toby, daß sein Fund sehr alt und sehr wertvoll sein mußte. Er war an Malerei eigentlich nicht besonders interessiert, aber er war sich ziemlich sicher, ein kleines Meisterwerk eines frühen venezianischen Malers aus der Zeit vor 1500 gefunden zu haben. Es würde leicht sein, in London oder selbst hier in Venedig einen Experten zu finden, der ihm nach einer Analyse der Maltechnik den Namen des Malers nennen konnte.

Natürlich gehörte das Tryptichon Delphine Tandy, die den Palast mit allem, was darin war, vom letzten Malvolio geerbt hatte. Aber selbst dieser hatte wohl gar nicht gewußt, daß sich dieses Kunstwerk in seinem Besitz befand. Soweit Toby sich erinnerte, war es auch nicht in Padre Pios Archivliste aufgeführt. Wie viele Generationen es in diesem alten Kleiderschrank der Superlative verborgen gewesen war, war unmöglich zu sagen, ebenso, wer es hier versteckt hatte und warum.

Andererseits: Einmal angenommen, Toby hätte es nicht gefunden ... Angenommen, er hätte Mrs. Tandy ein Angebot für den Inhalt des Dachbodens gemacht, sie hätte angenommen und die schadhaften Möbel wären zum Restaurieren nach London gebracht worden. Und angenommen, das Gemälde wäre dann gefunden worden ... Wessen Eigentum wäre es dann gewesen? Strenggenommen Mrs. Tandys, aber konnte sie einen Gegenstand erben, von dessen Existenz der Erblasser nicht einmal wußte? Wenn man den möglichen Geldwert des Stücks bedachte, würde die Frage des Eigentumsrechts dann letztlich von Anwälten geklärt oder gar vor Gericht gelöst werden müssen.

Ein Rechtsstreit mit einem Klienten täte der Reputation einer Firma wie Fitzroy Dalrymple überhaupt nicht gut. Nachdem Toby die Sache bis zu diesem logischen Schluß durchdacht hatte, kam er zu der Ansicht, daß es für beide

Seiten besser sein würde, wenn sie in vollständiger Unkenntnis von der Existenz des Tryptichons blieben. Dann gäbe es nichts zu verlieren oder zu gewinnen, und die guten Beziehungen zwischen Firma und Klient würden Anlaß zu der Hoffnung geben, daß Mrs. Tandy sich irgendwann in der Zukunft entschließen würde, auch einige ihrer anderen Besitztümer an Fitzroy Dalrymple zu verkaufen.

Alles, was Toby tun mußte, um diese guten Beziehungen zu erhalten, war, über dieses Kunstwerk privat zu verfügen und den Profit selbst einzuheimsen. Eine sehr vernünftige Lösung für ein kniffliges kleines Problem. Später würde ihm noch genug Zeit bleiben, sich die Einzelheiten auszudenken; im Moment jedoch galt es, das Gemälde zurück an den sicheren Ort zu legen, wo es so lange verborgen gewesen war, und es erst wieder herauszuholen, wenn seine Arbeit im Palazzo beendet und er bereit war, nach London aufzubrechen.

Er klappte die drei Holzpaneele zusammen und wickelte das Tryptichon wieder in den grünen Damast, in dem er es gefunden hatte, legte es in das Geheimfach zurück und schloß die falsche Vorderseite. Der Schließmechanismus hielt es so fest verschlossen wie an dem Tag, an dem er die Werkstatt seines Schöpfers verlassen hatte. Nichts ließ erkennen, daß irgend etwas Ungewöhnliches im Unterteil des großen Kleiderschranks verborgen war.

Nach einem Fund wie diesem konnte keine Rede mehr davon sein, mit der Arbeit fortzufahren. Beachtlicher Wohlstand winkte Toby. Er war viel zu gut gelaunt, um Listen von Tischen und Stühlen anzufertigen. Er ging in sein Schlafzimmer hinunter, um sich den Staub abzuwaschen und sich zum Ausgehen umzuziehen – er hatte keine Idee wohin, aber hinaus in den Sonnenschein Venedigs.

Eine halbe Stunde später stand er an der großen Tür an der Landseite des Palastes und war im Begriff hinauszugehen, als der livrierte Türdiener sich verneigte und ihm einen Umschlag gab. Es befand sich keine Briefmarke darauf, also war er offensichtlich nicht mit der Post gekommen; auch die fließende Handschrift, in der sein Name geschrieben war – ausnahmsweise ganz korrekt, Mr. T. Jervis –, sagte Toby nichts. Er riß den Umschlag auf, der einen Hauch Lavendelparfum verströmte, und entfaltete einen Bogen dicken, handgeschöpften Papiers.

Am Kopf des Bogens befand sich ein sorgfältig ausgearbeitetes Wappen, dann folgten zwei Zeilen Geschriebenes und eine große, unleserliche Unterschrift. Die Botschaft enthielt ein kurzes, aber höfliches Ersuchen, zwischen zwei und vier Uhr heute nachmittag dem Palazzo Flagranti einen Besuch abzustatten. Da Toby sich an das Mißvergnügen erinnerte, mit dem ihn die amerikanische Contessa am Samstag nach dem Vorfall auf dem Balkon verlassen hatte, überraschte ihn diese Einladung. Aber wenn er genauer darüber nachdachte... Vielleicht hatte Sally ja beschlossen, es könnte Schlimmeres geben, als ihn für ein *encore* in komfortablerer Umgebung zu sich zu bitten.

Natürlich würde er sie nicht über die Bedingungen entscheiden lassen. Sie könnte sonst auf den Gedanken kommen, er sei auch nur so ein *ragazzo* wie Prinzessin Zitas Marcello, der zu haben war, wann und wo immer es ihr beliebte. Er würde jetzt gleich hingehen und, falls sie ausgegangen war, seinen Namen hinterlassen. Dann wäre sie wieder am Zug. In dieser Absicht beschritt er den mittlerweile vertrauten Weg vom Palazzo Malvolio zur Kirche San Stefano und weiter zur Ponte dell'Accademia. Sally hatte ihm auf dem Balkon erzählt, daß sie auf der anderen Seite des Canal Grande «direkt am Ufer» wohne.

Hinter der Accademia gelangte er in einen sehr ruhigen Teil von Venedig, eine Art Mittelklasse-Wohnviertel, in dessen Gassen nur wenige Menschen unterwegs zu sein schienen. Um über einen engen Seitenkanal zu kommen, der ihm den Weg abschnitt, mußte er einen großen Umweg machen – und landete auf einem großen Platz mit einer schlichten Kirche und einem Café. Er setzte sich an einen der Tische draußen und bestellte Kaffee und Cognac, während er seinen Stadtplan studierte. Der war nicht sonderlich hilfreich, denn es waren nicht alle Namen der Straßen und Kanäle darin verzeichnet.

Der Kellner brachte den Kaffee und den Cognac – Toby hatte einen Doppelten bestellt, um in die richtige Stimmung zu kommen, bevor er Sally traf. *Sì, sì, signor, Palazzo Flagranti*, sagte er nach dem Weg dorthin befragt unter heftigem Nicken. Er beugte sich über den Stadtplan, bis er die Piazza San Trovaso gefunden hatte, wo das Café lag, und zeigte auf eine Reihe von Palästen am Ufer des Canal Grande nördlich von dort, wo sie sich befanden. Als Toby sich wieder auf den Weg machte, wußte er nicht viel mehr als vorher, aber er überquerte einen verlassenen Seitenkanal und betrat schließlich einen winzigen Platz, an dessen Querseite ein großes, palastartiges Gebäude stand. An einem baufälligen Zeitungskiosk fragte er, ob dies der Palazzo Flagranti sei, und nahm erfreut zur Kenntnis, daß dem tatsächlich so war.

Das Gebäude war viel älter als der Palazzo Malvolio, ein gutes Stück kleiner und in einem ganz anderen Stil gehalten. Venezianische Gotik war, wie Toby gehört hatte, der Fachausdruck für diese märchenhafte Ansammlung hoher, schmaler Fenster, kleiner Balkone mit Maßwerk aus Stein und spitzbogigen Toren. Er hämmerte mit dem schwarzgestrichenen, gußeisernen Löwenkopf-Klopfer gegen die Tür und wartete. Das Gebäude war viel gepflegter als der Palazzo Malvolio, wie nicht anders zu erwarten war, da Sally einen Teil des elterlichen Vermögens in die Ehe mit Flagranti eingebracht hatte.

Die Tür wurde von einem Bediensteten geöffnet, der Toby teilnahmslos ansah und in nahezu perfektem Englisch sagte, daß die Contessa niemanden erwarte. Selbst als Toby den Brief mit dem Wappen darauf vorzeigte, blieb er unbeeindruckt. Als Toby schließlich einen Hundert-Lira-Schein zückte, meinte der unerschütterliche Diener, er werde nachfragen, ob die Contessa zu Hause sei. Wenigstens erlaubte er Toby, in der Empfangshalle zu warten.

Die Halle war eine Überraschung. Der Palazzo Flagranti sah vielleicht von außen nach Venedig um 1350 aus, aber sein Inneres war reines Paris 1925. Die originale Bodenfliesung war unter auf Hochglanz polierten schwarzen und weißen Quadraten verschwunden, und in der Mitte stand ein Tisch mit einer rechteckigen Glasplatte und schmiedeeisernen Beinen. Die Contessa hatte ganz eindeutig den alten Familienstammsitz ihres Mannes neu ausgestaltet!

Nach fünf Minuten kam der Diener zurück, um anzukündigen, daß die Contessa Toby empfangen würde, und führte ihn eine offene Treppe hinauf in einen Raum im ersten Stock, den Toby für das Privatgemach der Contessa hielt. Sie muß auf der Exposition Internationale des Arts Décoratifs gewesen sein, sagte sich Toby verwundert, während er sich umsah, und ist als zum französischen Art déco Bekehrte wiedergekommen. Die niedrigen Sessel und eine ovale Chaiselongue waren in Esche und Platane fourniert und mit hellgrüner Seide gepolstert. Die Tapeten waren beige und silber, und die gotische Form der Fenster verlor sich hinter halbdurchsichtigen Vorhängen aus schwerer altweißer Seide mit Muschelmotiven. Der Gesamteindruck war verblüffend und veranlaßte Toby, seine Schätzung von Sallys Mitgift aus Pittsburgh umgehend nach oben zu korrigieren.

Obwohl die Contessa an diesem Morgen niemanden erwartete, war sie perfekt, wenn auch nur leicht geschminkt und ihr Haar glänzend gebürstet und wunderschön gescheitelt. Sie war ganz in Weiß – ein schlichtes Kleid, das gewiß soviel gekostet hatte, wie Toby in einem Vierteljahr verdiente. Es war ärmellos und ging ihr nur bis zu den Knien. Ihre schlanken, eleganten Beine und Arme entzückten Toby. Das Oberteil hatte einen V-Ausschnitt und verriet, daß ihr Busen nicht groß war, betonte aber ihren schlanken Hals. Sie erhob sich von einem schicken Schreibtisch, der hervorragend zu den anderen Möbeln paßte, und sah Toby an. «Was machen Sie denn hier?» fragte sie in unschlüssigem Ton. «Ich sagte, heute nachmittag.»

«Buon giorno, Contessa», erwiderte Toby sehr höflich, um sie ins Unrecht zu setzen.

Sie reichte ihm weder die Hand zum Handkuß noch lud sie ihn ein, sich zu setzen. Sie sah ihn wachsam an, als wäre er ein gefährliches Wesen, aus dem sie nicht schlau wurde. Doch dann kam sie mit ihrer direkten amerikanischen Art geradewegs zur Sache.

«Also, warum tun Sie das? Ich muß es wissen.»

Toby lächelte so charmant er konnte und zuckte die Achseln, um sie mit seinem nachlässigen Wagemut zu beeindrucken.

«Das Schicksal hat es so bestimmt», sagte er. «Sie sind so schlank und elegant – ich war schon verloren, als ich Sie zum erstenmal sah. Die Damen, die ich hier kennengelernt habe, sind so ... wie soll ich sagen? ... so verblüht. Ich bin ein leidenschaftlicher Mann, aber so viel Fleisch stößt mich ab.»

Für einen Mann, der sich soeben zum Feind fülliger Frauen erklärt hat, hatte er eine Menge zu verbergen ... Binnen weniger Tage hatte er den Charme von Contessa Marina, Delphine Tandy und Anna-Louisa Ziani erprobt. Nun, er hatte sich erlaubt, ein wenig vom Wege abzuschweifen, aber in Wirklichkeit bewunderte er natürlich Eleganz und Stil und schlanke Frauen.

«Als ich Ihre schlanke Figur sah», fuhr er fort, «gab es kein Halten mehr. Glauben Sie ja nicht, ich hätte vor, mich für den wunderbaren Akt der Leidenschaft neulich zu entschuldigen. Ich würde ihn jederzeit wiederholen.»

«Sie müssen verrückt sein», sagte Sally.

«Ich versichere Ihnen, ich bin ein sehr rationaler Mensch», antwortete er in der Sicherheit, daß die Schlacht schon gewonnen sei. «Wir Angehörige der kultivierten Schichten haben eben einen ausgeprägten Geschmack für das, was an einer Frau begehrenswert ist», sagte er lächelnd, «und für mich sind Sie der ideale Typ, Sally. Zum Beispiel Ihre langen, schlanken Arme ...»

Um den Worten die Tat folgen zu lassen, trat er vor und ergriff mit beiden Händen ihren rechten Arm, mit der einen am Handgelenk, mit der anderen oberhalb des Ellbogens. Ihre blassen Augen starrten ihn weiter an, ihr rot geschminkter Mund war leicht geöffnet, aber sie brachte kein Wort hervor. Toby streichelte ihren Arm. Sie trug ein breites, mit kostbaren Steinen besetztes Goldarmband am Handgelenk.

«Was Ihre Beine betrifft», fuhr er fort, «so sind sie der Perfektion so nahe, wie man nur hoffen kann.» Während er noch sprach, ließ er sich rasch auf ein Knie nieder und hob ihr weißes Seidenkleid auf einer Seite an, so daß ihr Schenkel entblößt wurde. Er glitt mit den Fingerspitzen hinauf zum nackten Fleisch über den Seidenstrümpfen. Als er ihre Haut berührte, zuckte sie zusammen wie ein nervöses Pferd, stand dann aber wieder still.

«Perfektion, Perfektion», sagte Toby, «ich kann an kein anderes Wort denken, um Beine wie diese zu beschreiben. Und Ihre Hüften sind geradezu göttlich in ihrer Eleganz. Würde es Ihnen etwas ausmachen, für einen Moment Ihr

Kleid auszuziehen, um mich sehen zu lassen, wie schmal sie sind?»

Die Contessa zögerte kurz, während sie seine Worte registrierte und auf ihre Bedeutung hin untersuchte. Toby hatte damit gerechnet und nutzte ihre Lähmung, indem er schnell aufstand und ihr das Kleid vollends hochzog. Am Ende griff die begriffsstutzige Sally selbst nach dem Saum und zog es sich über den Kopf.

«Hinreißend, ganz und gar hinreißend», brachte Toby hervor, während er ein oder zwei Schritte zurücktrat, um besser sehen zu können. Die Contessa trug ein elfenbeinfarbenes Seidenunterkleid, das auf halber Höhe des Oberschenkels endete und rund um den Bund mit kleinen blauen Vergißmeinnicht benäht war. Er kam wieder näher und preßte seine Hände auf ihre Hüften.

«Anmutig schmal», sagte er, «wie überaus selten sieht man eine so begehrenswerte Frau. Wenn Sie das Unterkleid auszögen, könnte ich sehen, wie weit ich Ihre Taille mit meinen Händen umschließen kann.»

«Sie machen sich über mich lustig», sagte sie, als sie endlich kapierte.

«Ich bewundere Sie, Sally, wie eine elegante und begehrenswerte Frau bewundert werden sollte – welchen Sinn hätten sonst Eleganz und Begehrenswertsein? Wenn Männer bei Ihrem Anblick nicht mehr den Atem anhalten, können Sie ebensogut dick werden und altmodische Kleider tragen.»

Das schien sie eher zu erreichen als seine früheren Bemerkungen – ein Augenblick oder zwei des Zögerns, und sie zog ihr Unterkleid ganz und gar aus. Sie trug ein Unterhöschen in zartestem Hellblau.

«Die Hüften», sagte Toby, nun begierig, seinen Willen zu bekommen, «ich muß Ihre Hüften sehen.»

Ohne ein Wort beugte sie sich vor und schlüpfte aus ihrem

Unterhöschen, stand dann mit zur Seite geneigtem Kopf da und ihre schlanken Arme hingen locker herab, während er ihren Körper betrachtete. Toby schien sie das ideale Model für *Vogue* und andere hochgestochene Modemagazine zu sein. Ihre Brüste waren nur leichte Schwellungen mit großen rosa Knospen. Markante Hüften standen unter ihrer Haut hervor, ihr flacher Bauch hatte einen süßen, runden Nabel in der Mitte und das Haar zwischen ihren leicht gespreizten Beinen bildete einen leichten braunen Flaum, der ihre schmale Spalte vollständitg durchschimmern ließ.

Sie stellte Tobys Ideal weiblicher Wohlgestalt dar. Wenn sie fünfundzwanzig Jahre jünger gewesen wäre, hätte er darauf bestanden, daß sie mit ihm durchbrannte. Wie aber die Dinge lagen, stand sein Lümmel in begehrlicher Habachtstellung in seiner Hose und zuckte vor Erwartung.

«Haben Sie nun gesehen, was Sie wollten?» fragte ihn Sally.

Er zog sie zu sich heran, bis ihr nackter Bauch seine Hose berührte, und rieb seinen Schwanz an ihr. Die Berührung schien sie zu beflügeln: Sie schob eine Hand zwischen ihre Körper und knöpfte ihm die Hose auf.

«Sie haben bei Delphine versucht, mich zu vergewaltigen», sagte sie, während ihre Hand seinen Schwengel ergriff und ihn heftig zu massieren begann. Toby war sich nicht sicher, ob das eine Feststellung oder eine Frage, eine Klage oder Beschuldigung darstellen sollte. Er trat ein wenig zurück, um seine Hand zwischen ihre Schenkel schieben zu können.

«Und Sie haben es verdammt noch mal auch fast geschafft», seufzte sie und spreizte die Beine noch ein wenig weiter. «Wie sind Sie bloß auf die Idee gekommen? Sehe ich etwa aus wie eine, die leicht zu haben ist, Sie verdammter Kerl, Sie?»

«Sie sehen aus wie eine elegante und sehr begehrenswerte Lady, und das wissen Sie auch», murmelte er, während seine Finger sie sanft öffneten. Er hörte sie aufseufzen, als er ihr zwei Finger in die feuchte Möse schob. Ihr Höhepunkt kam sehr schnell – sie wand sich unter seinem Griff, ihr flacher Bauch wölbte sich ihm stoßweise entgegen und die Kontraktionen brachten sie so zum Zittern, daß sie ihm beide Arme um den Hals schlang, um nicht zusammenzubrechen.

Dann löste sie sich von ihm und trat zurück, um ihm aus kurzer Entfernung in die Augen zu schauen.

«Warum haben Sie mir das angetan?» fragte sie.

«Hat es Ihnen nicht gefallen?»

«Ich dachte, Sie wären gekommen, um mich nochmals zu vergewaltigen.»

«Das habe ich auch vor», sagte er, «aber ich hatte das Gefühl, daß ich Ihnen etwas schulde – Sie sind auf Delphines Balkon nicht zu Ihrem Vergnügen gekommen. Jetzt sind wir quitt.»

«Sie kommen auf die verrücktesten Ideen!» sagte Sally.

«Und Sie haben den aufregendsten Körper, den ich in Venedig gesehen habe», erwiderte er. Dann hob er sie kurzerhand hoch – sie wog fast nichts –, trug sie quer durch das Art-déco-Zimmer und setzte sie auf dem Rand der ovalen Chaiselongue ab.

Er kniete sich vor sie, drückte ihre Knie auseinander und küßte die rosaroten Knospen, die sich auf ihrer flachen Brust erhoben. Der Duft ihres Parfums, das sie schon so früh am Tag verschwenderisch über ihre warme Haut gesprüht hatte, machte ihn scharf. Er rutschte auf den Knien näher an sie heran, legte seine Hände mit den Handflächen nach oben unter ihren nackten Arsch, um sie ein wenig anzuheben, und dirigierte seinen zitternden *cazzo* zwischen ihre Beine. Sie keuchte, als sie fühlte, wie die pulsierende Spitze sich gegen ihre Fotzenlippen drängte, und dann, mit einem einzigen scharfen Ruck, stieß er ihn ihr hinein. Während er sie ums liebe Leben fickte, warf sie den Kopf zurück, ihre Augen starrten ins Nichts, und ihr geschminkter Mund war zu einer Grimasse des Entzückens verzerrt. Toby ergriff ihre vorstehenden Hüften, um ihr Halt zu geben, während er rasch hinein- und hinausglitt.

«O mein Gott ...» stöhnte sie, «o mein Gott ...»

Ihre Arme schwangen zum Rhythmus seiner Stöße, als wäre sie eine Stoffpuppe. Ein wahres Allmachtsgefühl ergriff Toby, als er sah, was für eine Wirkung er auf sie hatte, und er stieß noch fester und schneller zu, während seine Hände ihre schmalen Hüften umklammerten. Irgend etwas tief in seinem Bauch begann ein so intensives Vibrieren und Pulsieren, daß er überrascht aufschrie und sich mit einem letzten, verzweifelten Aufbäumen in sie ergoß. Sie reagierte mit einem schrillen Schrei und drängte in wilden Spasmen ihren Bauch gegen ihn, bis ihre Muskeln erschlafften und sie nach hinten auf die Chaiselongue zurücksank. Er fiel auf sie, und die letzten Kontraktionen seines Höhepunkts ließen seinen geschwollenen Schwanz in ihrer schlüpfrigen *fica* erbeben.

Es dauerte eine Weile, bis Sally sich gesammelt hatte. Sie lag reglos auf dem Rücken, nackt bis auf ihre Seidenstrümpfe, und Toby voll bekleidet auf ihr. Endlich begann sie zu reden.

«Sie haben vielleicht Nerven!» sagte sie. «Sie glauben, Sie können einfach in mein Wohnzimmer eindringen und mit mir machen, was Sie wollen? Ich werde nach den Dienern läuten und Sie an den Ohren hinauszerren lassen, Sie britischer Gigolo!»

«Nein, das werden Sie nicht», sagte Toby und nagelte sie mit seinem Körpergewicht auf der Chaiselongue fest. «Sie haben doch jede Sekunde davon genossen, es hat Ihnen seit Jahren keiner mehr so gut besorgt.»

«Warum glauben Sie dann, ich wollte es ausgerechnet jetzt?» fragte sie mit dünnen Linien der Konzentration auf ihrer pfirsichfarben gepuderten Stirn. «Was zur Hölle wird mein Mann sagen, wenn er dahinterkommt!»

«Gar nichts», sagte Toby, «denn es wird unser kleines Geheimnis bleiben.» Er ließ sie ein Minütchen darüber nachdenken und fuhr dann fort: «Aber wir sind ja noch gar nicht fertig, Sally. Ich lege jetzt nämlich meine Kleider ab, bis ich ganz nackt bin. Und Sie ziehen Ihr hellblaues Unterhöschen an und das hübsche Unterkleid mit der Vergißmeinnicht-Stickerei.»

«Warum sollte ich das tun, wenn Sie doch dann nackt sind?» fragte sie ein wenig schmollend.

«Ich habe Ihnen die Bedeutung von Schlankheit, Eleganz, Stil und Körperbau bereits erklärt», sagte er. «Nackte Haut auf nackter Haut ist ein banaler Traum für unkultivierte Plebejer. Menschen wie wir haben ein sensibleres Gespür für delikate Vergnügungen und wissen, daß einiges für Seide oder Pelz auf dem nackten Körper spricht. Wenn also ich ganz nackt bin und Sie in Ihrer Unterwäsche, habe ich vor, mich auf einen Ihrer grünen Sessel zu setzen, Sie auf meinen Schoß zu ziehen und Sie noch einmal ordentlich durchzuficken.»

«Oh!» sagte sie nachdenklich.

«Und abschließend werde ich mich mit Ihnen an die Wand stellen, Ihre langen weißen Vorhänge um uns herum drapieren und noch einmal in Ihr Unterhöschen kommen.»

«Ich hatte doch recht», sagte sie und sah ihm mit frisch erwachtem Interesse in die Augen, «Sie sind ein Perverser. Also ziehen Sie sich schon aus und fangen Sie an.»

8. KAPITEL

In der Mitte seiner zweiten Woche in Venedig hatte Toby fast zwei Drittel der kaputten Möbel auf dem Dachboden gesichtet und sich von jedem einzelnen Stück notiert, was für Restaurationsarbeiten nötig waren, damit man es in London verkaufen konnte. In der verschlüsselten Notation, die Verkäufer antiker Stücke verwenden, um ihren Profit vor den Käufern zu verbergen, listete er einen geschätzten Mindestverkaufspreis für jedes Stück auf. Er konnte bereits jetzt sehen, daß die Endsumme außerordentlich beeindrukkend ausfallen würde, und es war schon deshalb wichtig, sie geheimzuhalten, weil er vorhatte, Mrs. Tandy nur ein Fünftel davon zu bieten.

Selbst das würde eine erhebliche Summe sein – zumal in einem so armen Land wie Italien. Wenn sie hart verhandelte, was er bezweifelte, würde er bis zu einem Viertel seiner Schätzung hinaufgehen, aber nicht weiter. Falls sie mehr wollte, würde er sein Bedauern zum Ausdruck bringen und sofort seine Abreise vorbereiten – eine Art Bluff, der auf der Wahrscheinlichkeit basierte, daß sie das Geld in Gedanken schon ausgegeben hatte und sich nicht darum reißen würde, noch einmal jemanden kommen und alles neu katalogisieren zu lassen.

Toby erwartete vielmehr, daß sie nachgeben, ihn zurückrufen und sein Angebot akzeptieren würde. Aber es gab noch eine Menge zu tun, bevor er soweit war, seine Zahlen endgültig zu machen und mit London zu telefonieren, um seine Vorschläge von seinem Vater bei Fitzroy Dalrymple autorisieren zu lassen. Noch lagen ein paar hundert Quadratmeter staubiger Geschirr- und Kleiderschränke, Toilettentische, Stühle aller Art, Fußbänkchen, Sammlerschränke, Sofas und so weiter vor ihm.

Er versuchte gerade, sich eine Meinung über einen Lehnstuhl aus gestrichenem Buchenholz mit stoffbezogenem Sitz und Rücken zu bilden, als er hinter sich Stimmen hörte und sich umwandte. Drüben an der Tür, fast verloren hinter den Stapeln von Möbeln zwischen ihnen, standen Contessa Marina und ihr flotter italienischer Boyfriend. Sie winkte Toby zu, und er steckte sorgfältig sein Notizbuch weg, bevor er sich auf den labyrinthischen Weg zwischen den Stapeln hindurch machte, um seine unerwarteten Besucher zu begrüßen.

Ottorino Pavese war in einen perlgrauen, doppelreihigen Anzug gekleidet, der sehr teuer aussah. Aus seiner Brusttasche fiel in Kaskaden ein Taschentuch aus violetter Seide, passend zur gleichfarbigen Krawatte mit den eingewebten zitronengelben Zacken. Sein fast schwarzes Haar war wunderschön in glänzende Wellen gelegt, und er trug, wie Toby bemerkte, als er nahe genug heran war, schwarzweiße Lackschuhe. Kurz, er sah aus wie ein Filmstar, der sich seinen ergebenen Fans persönlich zeigt.

Im Gegensatz dazu fühlte sich Toby erhitzt, verschwitzt und zerzaust. Er hatte die Hemdsärmel aufgekrempelt, sein Jackett lag auf der Chaiselongue mit der zerrissenen Polsterung, auf der Marina ihn vor Tagen verführt hatte. Er wußte, sein Haar war wirr. Eine Locke fiel zottig über ein Auge. Seine Hose war zerknittert und seine Schuhe waren staubig. Pavese registrierte das alles mit einem Blick, und seine Brust schien um ein paar Zentimeter zu schwellen ob dieser deutlichen Bestätigung seiner Überlegenheit.

«Macht es Ihnen etwas aus, wenn wir Sie einen Moment bei Ihrer Arbeit stören, Toby?» fragte Marina, ohne eine Antwort auf ihre Frage zu erwarten. «Ottorino kennen Sie ja bereits.»

Die beiden Männer reichten einander höflich die Hand. Auf Delphine Tandys Dinnerparty waren sie einander zwar vorgestellt worden, hatten aber nicht miteinander gesprochen. Erst jetzt erfuhr Toby, daß der *dottore* überhaupt kein Englisch sprach außer *yes* und *no*. Das veranlaßte ihn, sich zu fragen, warum Marina Pavese ihn auf den Dachboden mitgebracht hatte. Konnte es sein, daß Paveses Interesse nicht darin lag, ihn wiederzusehen, sondern darin, einen Blick auf die Möbel zu werfen? Adalbert Gmund hatte ihm gesagt, Pavese habe Geschäftsinteressen in ... Bologna, nicht wahr? Ob sie etwas mit Antiquitäten zu tun hatten? Und falls ja, würde Delphine dem intimen Freund ihrer Schwester dann eine erste Option auf die schadhaften Möbel geben? Ein Geheimnis, das zu lösen wahrscheinlich nicht ganz unmöglich war.

Marina sah ungemein begehrenswert aus in ihrem crèmefarbenen ärmellosen Kostüm mit dem korallenroten Blumenmuster. Das Oberteil war eine lange, auf dem Rükken geknöpfte Bluse, die sie über dem Rock trug, der aus dem gleichen Material war und einen bogenförmigen, bestickten, unteren Saum hatte. Dazu trug sie mehrere goldene Armbänder an jedem Handgelenk und eine schwere Goldkette mit einem elfenbeinernen Kruzifix um den Hals. Toby sah sie herausfordernd an und fragte sich, ob sie und ihr Freund es heute schon getrieben hatten. Er entschied, daß es zu früh nach dem Lunch sei und sie wahrscheinlich in Marinas Zimmer gehen würden, sobald sie den Dachboden verlassen hatten.

«Ich würde Ihnen ja einen Stuhl anbieten», sagte Toby

gastfreundlich, «aber wie Sie sehen, ist hier oben alles ein wenig staubig. Die Chaiselongue ist nicht schlecht, wenn Sie vorsichtig sind und sich nicht auf die schadhaften Stellen setzen.»

Marina betrachtete die Chaiselongue, ohne auch nur rot zu werden – ja, sie betrachtete sie, als hätte sie sie noch nie gesehen und nicht schon dort gesessen und ihre Bluse aufgeknöpft, um ihre schweren Brüste herauszuholen, bevor Toby sie auf dem Betstuhl gründlich hergenommen hatte. Toby mußte lächeln, als sie sich setzte und Pavese auf italienisch sagte, er solle sich zu ihr setzen.

Der *dottore* zog ein weißes Batisttaschentuch aus dem Ärmel und schlug damit mehrmals auf die bestickte Polsterung, bevor er sich setzte. Er nahm eine offenbar sorgfältig einstudierte Pose ein: mit erhobenem Kinn und geradem Rücken, eines der elegant behosten Beine nach vorn ausgestreckt und das andere graziös angewinkelt.

«Ottorino wollte so gern einen Blick auf die Möbel werfen, deretwegen Sie aus London angereist sind», sagte Marina, «darum dachte ich, wenn er mich nach dem Lunch zum Palast zurückbringt, könnten wir für ein Sekündchen hereinschauen.»

«Der *dottore* ist an antiken Möbeln interessiert?» fragte Toby mit einem freundlichen Lächeln zu dem Mann hin.

«Nur als Sammler», sagte Marina, die zu ahnen schien, wohin die Frage zielte. «Er kauft und verkauft nicht. Einige der alten Stücke hier oben sind sehr hübsch. Können Sie sie wirklich reparieren?»

«Es gibt in London Restauratoren, die das können», antwortete er, «obwohl es handwerklich anspruchsvolle Arbeit und sehr teuer ist. Ich bin mir nicht sicher, ob viele dieser Stücke verkaufsreif gemacht werden können.»

Er sagte nicht die Wahrheit. Bis jetzt hatte er nur ein einziges Stück gesehen, das er für nicht restaurierbar hielt – einen kleinen Toilettentisch auf Bronzebeinen mit einer Platte aus feinkörnigem grünem Marmor und einem ovalen Spiegel, der von einer vergoldeten Putte mit ausgebreiteten Flügeln gehalten wurde. Jedenfalls hatte er ursprünglich so ausgesehen, aber ein krankhaft heißblütiger Malvolio aus vergangenen Zeiten mußte ihn mit einem schweren Hammer bearbeitet haben. Diese seltene und ungewöhnliche Kostbarkeit lag nun in Stücke geschlagen da.

Marina und ihr Freund unterhielten sich lebhaft auf italienisch. Es wurde reichlich gestikuliert, mit den Augen gerollt und die Lippen geschürzt. Dann wandten sie sich wieder Toby zu.

«Ottorino würde gern wissen – falls Sie sich entschließen sollten, alles zu kaufen –, wie werden Sie es nach London transportieren? Ich meine, es sind ja so schrecklich viele Stücke.»

Diese Frage ging Toby im Kopf herum, seit er zum erstenmal auf dem Dachboden gewesen war. Es waren weitaus mehr Stücke, als er erwartet hatte, und weitaus mehr, als Jervis Senior sich je vorgestellt hatte. Die einzige praktikable Art, all diese Möbel zu transportieren, schien ihm der Wasserweg. Das bedeutete, sie mußten für die Reise den Canal Grande hinab und durch den Canale Giudecca zu den Docks von Venedig verfrachtet, dort von Zimmerleuten in Kisten verpackt und schließlich auf Lastkähne verladen werden. Es konnte Wochen dauern, bis von dort ein Schiff zu einem englischen Hafen auslaufen würde, aber es war die einzige Möglichkeit. In seiner Kalkulation würde er Posten für Holz und Herstellung der Kisten, für Frachtkähne und Seefracht einsetzen müssen – von der Versicherung gar nicht zu reden, die von London aus arrangiert werden mußte. Er beschrieb das Marina und erkundigte sich möglichst beiläufig danach, warum Ottorino sich für derlei Details interessierte. Mittlerweile war er sich ziemlich sicher, daß Ottorino irgendwelche Hintergedanken hatte. Marina nahm sich eine Minute Zeit, mit ihrem Liebhaber zu konferieren. Dann sagte sie:

«Ottorino ist immer interessiert an klassischen Antiquitäten jeder Art und hat manchmal ähnliche Probleme – sie von dort, wo er sie gekauft hat, nach Hause zu transportieren. Für seine eigene Sammlung, versteht sich. Aber er sammelt nur kleine Dinge. Niemals Sachen, die er nicht mit einer Hand anheben kann. Nur römische Silberwaren und Kameenringe, kleine griechische Vasen, Waffen und dergleichen.»

«Ich würde mir gern einmal seine Sammlung ansehen», sagte Toby. «Sie kennen sie bestimmt?»

«Nein, nein», sagte Marina, «er hat sie in seinem Haus in Bologna. Hier hat er nur eine Vierzimmerwohnung mit einigen wenigen Stücken. Natürlich kann ich nicht nach Bologna, weil seine Frau und seine Familie dort leben.»

«Wie schade», sagte Toby und geriet immer mehr ins Zweifeln über den so prunkvoll aussehenden *dottore* Ottorino Pavese in seinem schicken Anzug.

«Er ist absolut fasziniert zu erfahren, wie Sie diese riesigen Berge hier transportieren wollen. Sie werden gewiß eine Unmenge von Papieren für den Zoll brauchen.»

«Nichts, was ich nicht schon einmal arrangiert hätte», sagte Toby und bemerkte, daß Ottorino sich sorgfältig auf dem Speicher umsah, als suche er nach einem ganz bestimmten Stück. Dann stand der Italiener auf, klopfte seinen eleganten grauen Anzug ab und richtete ein paar freundliche Worte an Toby.

«Wir müssen Sie jetzt verlassen», dolmetschte Marina. «Ottorino dankt Ihnen, daß Sie ihm erlaubt haben, sich die historischen Schätze aus der Vergangenheit der Malvolios anzusehen, und wünscht Ihnen alles Gute für Ihre Arbeit.»

«Danke», erwiderte Toby und schüttelte wieder Paveses ausgestreckte Hand. *«Grazie, dottore.»*

Er begleitete sie zur Dachbodentür, die er während der Arbeit in der vergeblichen Hoffnung, daß ein Lüftchen in den stickigen, riesigen Raum unter dem Dach vordringen würde, offen gelassen hatte. Er sah sie durch den schmalen Gang in Richtung Dienstbotentreppe gehen und bemerkte, daß Ottorino den Arm um Marinas Taille schlang, noch bevor sie um die Ecke und außer Sicht waren. Er konnte sich leicht vorstellen, was sie jetzt vorhatten.

Marina auf der wackeligen Chaiselongue sitzen zu sehen, hatte Tobys Phantasie in Gang gesetzt. Sein Schwanz war halbsteif geworden und hing schwer im Hosenbein. Er mußte zugeben, daß er sich jetzt an Ottorinos Stelle wünschte. Es irritierte ihn, daß er allein auf dem stickigen Dachboden zurückbleiben mußte, während sie mit jemand anderem ihre Spielchen trieb. Sie hatte ihn benutzt, anders konnte man es nicht sehen, hatte sich seiner bedient, als es ihr gerade paßte, und ihn sofort fallengelassen, als ihr regulärer Busenfreund – von wo auch immer ihn seine schändlichen Geschäfte für ein paar Tage hergeführt hatten – nach Venedig zurückgekommen war. *Es ist wirklich verdammt unfair*, sagte sich Toby. Er beschloß, ihr später, wenn der *dottore* verschwunden war, die Meinung zu sagen. Sehr viel später – am Abend, wenn alle zu Bett waren. Er würde in ihr Zimmer gehen und ihr den Marsch blasen. Und auch noch etwas anderes, falls sich die Gelegenheit dazu ergab.

Er wußte noch immer nicht, wo in dem weitläufigen Labyrinth des Palazzo Malvolio ihre Räume zu finden waren. *Aber das ist doch ganz leicht!* sagte er laut in seinem Ärger. Alles, was er zu tun hatte, war, ihr jetzt gleich zu folgen. Im Nu preschte er durch den Gang zur Treppe, zwischen Reihen alter Ölgemälde hindurch, die dringend einer Reinigung bedurften, eilte die Stufen hinab, bemüht, so wenig Lärm zu machen wie möglich. Unten angekommen, spähte er vorsichtig nach links und rechts und erblickte sie etwa dreißig Meter entfernt, wo sie gerade um eine Ecke bogen, in der ein lebensgroßer Hermes in einem Mauerwinkel stand.

Er gab ihnen ein paar Sekunden Vorsprung, bevor er ihnen geschickt hinterhereilte. An der Ecke preßte er sich dicht an die Wand, direkt gegenüber dem nackten Hermes mit dem geflügelten Helm und dem witzigen *cazzo* zwischen bronzenen Schenkeln, und lugte mit einem Auge um die Ecke. Vor sich, kaum fünfzehn Meter entfernt, sah er den oberen Absatz der polierten Holztreppe mit der wunderschönen Intarsienarbeit. Marina und Ottorino waren im Begriff, sie hinabzusteigen.

Es war wichtig, festzustellen, welche Richtung sie unten einschlugen, denn er wußte, daß die Räume und Suiten, die Gänge und Treppen in diesem Stockwerk einer besonders verwirrenden Anordnung folgten. Er kroch auf Händen und Knien zum oberen Rand der Treppe und versteckte sich so gut er konnte hinter einem mit Schnitzereien verzierten Treppenpfosten. Als Marina und Ottorino unten ankamen, bogen sie weder links noch rechts ab – sie blieben stehen. Toby hielt den Atem an, er fürchtete schon, daß sie ihn gehört hätten und nun anhielten, um nachzusehen.

Aber falscher Alarm. Sie waren nur stehengeblieben, um sich zu küssen. Er sah, daß Ottorino mit der Hand unter Marinas Bluse fuhr, um ihre Brüste zu streicheln. Der Kuß dauerte lange. Dann entzog sich Marina kichernd ihrem Geliebten und sagte etwas auf italienisch zu ihm.

Sie bogen rechts ab. Toby ging auf Zehenspitzen die Treppe hinunter und folgte ihnen. In einem breiten, schmukken Gang, in dem große Marmorstatuen von Männern in Toga standen, öffnete Ottorino eine große Tür und ließ Marina eintreten. Er folgte ihr sofort und machte sich nicht die Mühe, die Tür hinter sich zu schließen.

Toby folgte rasch, lächelte freundlich den so ernst dreinblickenden Römern zu und linste vorsichtig um den Pfosten der halboffenen Tür. In Panik zog er den Kopf wieder zurück, während sein Herzschlag für einen Moment aussetzte. Marina und Ottorino standen keine drei Meter entfernt im ersten Raum einer ganzen Suite. Hohe, weiß lackierte Flügeltüren, die in regelmäßigen Abständen angeordnet waren, gaben den Blick frei auf eine Fensterreihe mit schäbigen, heruntergezogenen Sonnenblenden, auf Wände mit verblichenem Damast, genug Ölgemälde in Goldrahmen, um eine Kunstgalerie zu füllen, auf endlose Reihen von Statuen, auf stark mitgenommene Wandteppiche und vergoldete Möbel und einen glanzgebohnerten Parkettfußboden, der einem Londoner *palais de danse* zur Ehre gereicht hätte.

Die Contessa und der *dottore* standen leidenschaftlich umschlungen unter einem Ölporträt eines listig aussehenden Mannes mit Spitzbart und rotem Kardinalshut. Wahrscheinlich ein lange verblichener Malvolio, der es nicht ganz bis zur Papstwürde geschafft hatte. Ottorinos Hand bewegte sich unter Marinas Rock, und ihre üppigen Lenden wanden sich sichtlich unter seiner Berührung. Ihre eigene rechte Hand und ein Teil ihres Arms waren vorn in Ottorinos Hose verschwunden. Toby drückte sich dichter an die Wand und schloß die Augen. Er wagte nicht zu atmen.

Das Murmeln der Liebenden drang an sein Ohr, und sein unbeherrschbarer Körperteil hatte sich zu voller Größe aufgerichtet. Nach einer Weile hörte er Marina kichern und Schritte sich entfernen. Er wartete, bis er sicher war, daß sie den ersten der Räume durchquert hatten, zog die Schuhe aus und ging ihnen nach. Er zwinkerte dem Kardinal im Vorübergehen zu und hielt sich an der Wand des riesigen

Raums, bis er den nächsten erreicht hatte. Dort wartete er hinter einem Türflügel, bis Marina und ihr Beau kaum zwanzig Meter vor ihm durch eine Tür gingen. Sie fiel zuverlässig hinter ihnen ins Schloß. Dies, vermutete er, mochten endlich Marinas Gemächer sein.

Er flitzte zu der geschlossenen Tür, ging in die Knie und legte das Auge ans Schlüsselloch. Er spähte in einen großen, quadratischen Wohnraum, in dem sich niemand befand. Nicht auf dem langen goldenen und grünen Sofa, nicht in einem der dazu passenden Sessel, nicht an dem marmornen Kamin, nicht an dem unbezahlbaren Rokokobüffet aus Rosenholz, auf dem Flaschen mit Gin, Sherry, Cognac und italienischen farbigen Likören standen, die er nicht identifizieren konnte. Vorsichtig, noch immer mit den Schuhen in der Hand, stand er auf, um die Tür zu öffnen und sich in das leere Zimmer zu schleichen. Sofort registrierte seine Nase den Duft von Marinas Parfum, und er sah eine weitere Tür, genau wie die, durch die er gerade gekommen war, an der Wand gegenüber.

Er durchquerte geräuschlos den Wohnraum und kniete sich wieder hin, um das Auge ans Schlüsselloch zu bringen. Er hatte gefunden, wonach er suchte, er würde wissen, wohin er spät in der Nacht gehen mußte, um der Contessa Bescheid zu stoßen: denn er sah genau in ihr Schlafzimmer. Das Bett war enorm groß; vier beeindruckende Pfosten stützten eine Draperie aus grünem und goldenem Damast oder etwas Ähnlichem, überreichlich verziert mit verschlungenen, dikken Kordeln, die in riesigen goldenen Quasten endeten. Es war die Sorte Bett, in der Prinzen und Kardinäle mit ihren Freundinnen spielten – oder mit ihren Freunden, falls sie in diese Richtung neigten. Aber im Augenblick war dieses nützliche Möbel nicht in Gebrauch.

Drüben bei den hohen Fenstern stand ein Paar vergoldeter Sessel, die Toby einen bewundernden Seufzer entlockten. Sie waren aus Eibe, mit delikater Spiralkannellierung an den Beinen, halbgepolsterten Armlehnen und reichem Schnitzwerk an Rücken- und Armlehne. Die grün-goldene Polsterung paßte zu den Farben des Betts.

Auf einem dieser höchst begehrenswerten antiken Stühle rekelte sich lässig Ottorino Pavese, die elegant behosten Beine ausgestreckt und gespreizt. Er hatte sein perlgraues Jackett ausgezogen; es lag sorgfältig zusammengefaltet auf dem anderen Stuhl. Seine violette Krawatte war zur Gänze sichtbar. Und noch etwas anderes war zur Gänze sichtbar – nämlich sein *cazzo*, der senkrecht und steif wie ein Schürhaken aus der offenen Hose ragte.

Marina kniete vor ihm und leckte an der Spitze des pulsierenden Instruments, dessen Farbe fast der von Ottorinos Krawatte entsprach. Sie hatte ihr Kostüm abgelegt. Darunter trug sie einen Body aus Crêpe-de-Chine in zartestem Zitronengelb, der genau auf ihre schweren Brüste und runden Hüften zugeschnitten war. Es schien, als läge die Initiative allein bei ihr. Ottorino lag lang hingestreckt, die Augen halb geschlossen, während Marinas nasse Zunge seinen Schwengel in seiner ganzen Länge leckte, vom Ansatz bis zur Spitze.

«*Carissima ...*» seufzte Ottorino, gerade laut genug, daß Toby ihn hinter der Tür verstehen konnte. Marina molk seine Latte jetzt zwischen Daumen und Fingerspitzen, während ihre Zunge langsam zu seinen Lenden hinabwanderte.

Tobys Gesicht brannte vor Verlangen und Neid, während er Marina beobachtete, wie sie die Nase in die fast schwarzen Locken versenkte, aus denen Ottorinos Speerschaft entsprang. Sein eigener Speer zitterte in der Hose, und als Marina ihr Gesicht ein wenig hob, um Ottorinos purpurne, vor Leidenschaft geschwollene Schwanzspitze in den Mund zu nehmen, begann er wie wild zu zucken. Für einen Augenblick ließ Marina den ganzen Riemen in ihren Mund gleiten, und ihre Wangen wölbten sich, so fest saugte sie daran. Naß und glänzend kam er wieder heraus, und Ottorinos Fersen in den schwarzweißen Schuhen trommelten kurz auf den Parkettfußboden.

Seine klassischen Züge waren verzerrt und gerötet, sein Mund stand offen und seine Glieder zitterten. Es war offenkundig, daß gleich etwas geschehen mußte: Entweder würde er zum Höhepunkt kommen oder einen Schlaganfall erleiden. Wieder versenkte Marina ihn bis zum Schaft in ihrem Mund. Ein langer, klagender Schrei drang durch die Tür an Tobys Ohr, und Ottorinos Lenden rasten aufwärts, während er ihr seinen heißen Saft in die Kehle spritzte.

Toby richtete sich mit rotem Kopf auf, streckte seinen schmerzenden Rücken und preßte beide Hände auf den eisenharten Knubbel in seiner Kleidung. Was tun? Er konnte den Weg zurück zu seinem Zimmer suchen und sein Glück mit dem Hausmädchen Maria versuchen. Sie würde vielleicht nicht bereit sein, für ihn die Beine breit zu machen, aber sie hatte zumindest ihre Bereitwilligkeit gezeigt, ihm mit der Hand gefällig zu sein. Einen Versuch war es wert.

Er warf einen letzten Blick durch das Schlüsselloch, bevor er aufbrach. Ottorino hatte sich auf das Bett gelegt. Er lag auf der Seite, einen Arm unter dem Kopf gefaltet. Die zerknitterte graue Hose hingen ihm auf den Knien. Er schien eingeschlafen zu sein. Marina saß in Unterrock und Seidenstrümpfen auf dem Bettrand. Ihr Gesicht schien Ärger auszudrücken – vielleicht Ärger darüber, daß Ottorino so schnell ans Ende seiner Kräfte gekommen war?

Toby wußte, wann sich ihm eine Chance bot. Er klopfte leise an die Schlafzimmertür. Lange geschah nichts. Er schaute durchs Schlüsselloch und sah Marina neben dem Bett stehen und auf die Tür starren. Sie sah auf den schlafenden

Mann hinab und dann wieder auf die Tür. Vielleicht dachte sie, es sei das Zimmermädchen. Toby richtete sich auf und klopfte noch einmal. Nach einer Pause von zehn oder fünfzehn Sekunden hörte er eine leise Stimme auf der anderen Seite der Tür.

«Sì?» sagte sie. Er klopfte wieder und wartete. Der Türgriff drehte sich, und die Tür ging einen Spaltbreit auf. Die Verblüffung stand Marina ins Gesicht geschrieben, als sie sah, wer dort war. Sie schaute über ihre nackte Schulter zum Bett zurück, offenbar besorgt, daß Ottorino aufwachen könnte.

«Ich muß mit Ihnen reden», sagte Toby sanft, packte sie am nackten Unterarm und zog sie ins Wohnzimmer – eine sanfte und schnelle Bewegung, die sie völlig überrumpelte. Dennoch schloß sie leise die Tür hinter sich und bedeutete ihm mit einem Nicken, ihr zu folgen. Auf der anderen Seite des Zimmers setzte sie sich auf das breite Sofa und strich vorsichtig ihren zartgelben Seidenunterrock über den Schenkeln glatt.

«Ich wollte gerade mein Nachmittagsschläfchen machen», log sie. «Was wollen Sie, Toby?»

Was er in diesem Augenblick *nicht* wollte, war Konversation treiben. Sein Bedürfnis war zu dringend für solche Nettigkeiten. Wenn sie ihn nur ansah, mußte ihr das klar sein: Wie er so dastand, in Hemdsärmeln, mit wirrem Haar und geröteten Wangen, bot er einen verwegenen und gefährlichen Anblick.

Ohne ein Wort riß er seine Hose auf und ließ seinen steifen, angeschwollenen Schwanz herausspringen. Er wartete ihre Reaktion erst gar nicht ab, sondern ging vor ihr auf die Knie und ergriff ihre Fußgelenke.

«Was tun Sie da ...?» begann sie, aber da bog er schon ihre Knie aufwärts und drückte ihre Füße auf das Sofa, so daß ihr dunkelbrauner Muff und die glänzend nassen Schamlippen zu sehen waren.

«Oh, Sie Schuft!» rief sie aus, als es keinen Zweifel mehr darüber gab, was er vorhatte, und ein bewundernder Unterton schwang in ihrer Stimme mit. Ungeachtet ihrer Keckheit schien es ihr zu gefallen, von einem starken Mann einfach genommen zu werden.

«Ziehen Sie den Unterrock aus», sagte er, und seine Finger streichelten ihre tropfende *fica*. Sie gehorchte sofort, streifte das dünne Kleidungsstück über den Kopf und warf es neben sich auf die abgewetzte Damastpolsterung des Sofas. Dann rutschte sie mit dem Hintern an den vorderen Rand des Sofas, winkelte die Knie an und spreizte die Beine, wobei sie Toby einen ungehinderten Blick auf ihr Innenleben gewährte.

Doch der war viel zu erregt, um sich lange mit Präliminarien aufzuhalten. Er nahm seine pochende Rute in die Hand und führte die dicke violette Spitze in ihre Fotze ein. Sie keuchte und spreizte die Beine noch weiter, zog sie an, bis sie ihre Brüste berührten, um sich ihm so weit wie möglich zu öffnen.

Dann begann er sie mit kurzen, schnellen Stößen zu bearbeiten.

«Mach! Mach!» stöhnte sie, als sie seine wilde Ekstase bemerkte.

«Ja!» stöhnte er schweratmend. Seine Fingernägel gruben sich hart in das weiche Fleisch ihres Hinterns, und keuchend entließ er seine angestaute Lust in langen Ergüssen. Marina erschauderte und verdrehte die Augen, als sie zum Höhepunkt kam.

Für Sekunden, die wie Minuten schienen, wie Stunden, wie eine zeitlose Ewigkeit, bäumten sie sich auf, zuckten und stöhnten unisono, und die zahllosen Armreifen an Marinas

Handgelenken klingelten zu den Spasmen ihrer Körper. Weder sie noch Toby bemerkten, daß die Tür zum Schlafzimmer sich langsam öffnete und Ottorino mit ausdruckslosem Blick herausstarrte, während er sich mit einer Hand die Hose hochzog. Etwa zehn Sekunden lang starrte er entgeistert auf die Szene auf Marinas Sofa, dann schloß er kurzerhand die Tür und ließ sich ermattet wieder aufs Bett fallen.

Als sie ihre Umgebung wieder wahrnahmen, strich Marina Toby übers Gesicht und lächelte ihn schelmisch an. Er lächelte ebenso schelmisch zurück. «Das war ganz erstaunlich», sagte er und streichelte ihre schweren Brüste. «Gehen wir ins Schlafzimmer und machen wir's noch mal im Liegen.»

«Toby ...» hauchte sie, und ihre dunkelbraunen Augen blitzten für eine Sekunde auf. Es war unmöglich, ihn ins Schlafzimmer mitzunehmen, solange Ottorino noch im Tiefschlaf auf dem Bett lag. Und es war ebenso unmöglich, Toby zu erklären, warum sie ihn nicht ins Schlafzimmer mitnehmen konnte.

Toby betrachtete mit heimlicher Freude ihr Gesicht und die seltsamen Emotionen, die darüber huschten – wie auf einer Kinoleinwand –, während sie sich den Kopf darüber zerbrach, was sie sagen sollte.

«Es ist jetzt nicht an der Zeit», brachte sie schließlich heraus und sah ernstlich enttäuscht aus, «ich muß jetzt weg. Ich habe eine Verabredung. Wenn ich mich nicht gleich anziehe, werde ich zu spät kommen.»

«Mann oder Frau?» fragte er, um sie weiter auf die Folter zu spannen.

«Eine Freundin», sagte sie sofort, «Sie haben sie kennengelernt – Flavia Tornante.»

«Die Frau des Politikers», sagte Toby und erinnerte sich an die schlanke Frau, die bei Delphines Dinnerparty neben ihm gesessen hatte. Die Frau mit all den modernen Juwelen um Hals und Handgelenke – die Politik schien in Italien ein einträgliches Geschäft zu sein.

«Lassen Sie sie warten – sie wird es verstehen, wenn Sie ihr erklären, was Sie aufgehalten hat.»

«Das kann ich nicht», sagte Marina und schob ihn von sich, so daß sein schrumpfender Pimmel aus ihrer Wärme glitt. «Flavia ist mehr als ein gesellschaftlicher Kontakt. Aber ich werde es wieder gutmachen, mein Lieber. Ich werde nachts in Ihr Zimmer kommen, und wir werden Liebe machen bis zum Morgengrauen.»

9. KAPITEL

Im Wohnzimmer der Contessa Marina stand, neben den Flaschen auf dem begehrenswerten Rokobüffet, ein großer verzierter Silberrahmen und darin eine Fotografie. Sie zeigte Marina mit einem Mann von etwa fünfzig in einem gut geschnittenen Blazer im englischen Stil und einer gestreiften Krawatte und zwischen ihnen, einen Arm um jeden von ihnen, das wunderschönste Mädchen, das Toby je gesehen hatte. Sie hatte ein ovales Gesicht und langes, glattes schwarzes Haar, das ihr bis auf die Schultern fiel.

Er vermutete, daß dies Marinas abwesende Tochter war, die laut Adalbert Gmund mit einem jungen Burschen durchgebrannt sein sollte. Bianca hieß sie. Und der Mann auf der Fotografie mußte Marinas abwesender Ehemann Massimo sein, der sich nach Rom verzogen hatte, um dort hübsche junge Männer zu jagen – wiederum laut Adalbert, der den abwesenden Grafen aber auch schlecht machen wollte.

Es war ganz offensichtlich, daß Marina sich zu Männern mit dunklen, glühenden Filmstarprofilen und seelenvollen Augen hingezogen fühlte. Wenn ihm das Foto einigermaßen gerecht wurde, hätte Graf di Torrenegra in jedem Film als Ersatz für Rudolph Valentino oder Ramon Novarro auftreten können und dabei das Herz eines jeden weiblichen Wesens zum Schmelzen gebracht. Von der Wirkung auf andere empfindsame Teile ihrer Anatomie gar nicht zu reden. Und jetzt hatte sie Ottorino Pavese, einen Mann, der genau in dieses

Schema paßte. Wenn seine vorgenannten Geschäftsinteressen ihn einmal im Stich lassen sollten, konnte er eine neue Karriere als internationaler Gigolo beginnen.

Derlei unfreundliche Gedanken gingen Toby durch den Kopf, als er das Foto in dem schweren Silberrahmen betrachtete. Er bemerkte ihn, als er Marinas Zimmer verließ, das heißt eher hinausgeschoben wurde, da sie begierig zu sein schien, ihn loszuwerden. Nicht daß es Toby viel ausmachte, so vor die Tür gesetzt zu werden, nun da er seine Leidenschaft befriedigt hatte. Er beabsichtigte, zu genießen, was sie zu bieten hatte, solange er in Venedig war – und sich dann mit einem freundlichen, aber raschen Goodbye aus der Affäre zu ziehen, sobald sein Geschäft mit Mrs. Tandy abgeschlossen war. Aber das war noch einige Zeit hin; im Moment beschäftigte ihn die Frage, was er mit dem Rest des Tages anfangen sollte. Nach dem heftigen Auf und Ab zwischen Marinas Beinen war er nicht in der Stimmung, auf den staubigen Dachboden hinaufzusteigen und mit der Sichtung der Möbel fortzufahren. Auch war ihm, als er in sein Zimmer zurückgekehrt war, nicht nach einer kleinen Siesta zumute.

Er ging unter die Dusche, zog frische Kleider an und beschloß, auszugehen. Wohin, wußte er nicht, aber es gab so vieles, was er noch nicht gesehen hatte in Venedig. Die Siesta-Zeit neigte sich dem Ende zu, und die Menschen begannen nun, in den Straßen zu flanieren, als er in Richtung San Stefano und seinen Platz losschlenderte. Unterwegs kam ihm eine Idee, und er ging geradewegs an dem Café vorbei, in dem er sich hatte niederlassen und ein kühlendes Getränk bestellen wollen. Adalberts Freund – Lieferant königlicher Fotoalben von zweifelhafter Herkunft – mochte sich als nützliche Informationsquelle erweisen, wenn man ihn allein antraf.

Sein Geschäft war nicht weit vom Teatro La Fenice entfernt. Das klang einfach, bloß war das Opernhaus auf drei

Seiten von Kanälen umschlossen, und man mußte eine Reihe kleiner Brücken überqueren, um sein Ziel zu erreichen. Nach ein oder zwei Versuchen fand Toby die richtige Gasse, und da war Corradinis Schaufenster mit den zerfledderten alten Büchern und eselsohrigen Lithographien, in die man nicht einmal ein Pfund Würste hätte einwickeln wollen.

Die Ladentür war nicht verschlossen, und ein gesprungenes Glöckchen ertönte, als er sie aufstieß, eintrat und auf den Ladentisch klopfte. Es dauerte ein Weilchen, bis der Besitzer, die Brille tief auf der Nase, aus dem Hinterzimmer erschien. Er trug eine Art losen grauen Staubkittel über einer dunklen Hose und einem weißen Hemd, und dazu eine Krawatte mit rot-blauen Querstreifen, der einzige Farbtupfer an ihm. Sogar sein schwarz gefärbtes Haar sah verblichen aus.

«Signor Giovese!» sagte Niccolò Corradini, womit er den Namen seines Besuchers zur Abwechslung fast korrekt aussprach. «Wie schön, daß Sie mich besuchen. Bitte kommen Sie doch in mein Privatzimmer und setzen Sie sich. Ich habe ein Angebot für das Rops-Portfolio, aber ich habe es noch nicht verkauft, falls Sie interessiert sein sollten.»

Er führte Toby in seine muffige Kammer hinter dem Laden und bot ihm einen Stuhl an. Nach dem Krimskrams zu schließen, der auf einem Tisch hinter Corradinis eigenem Stuhl herumlag, hatte er an etwas gearbeitet, wozu er ein Vergrößerungsglas und Künstlerpinsel in verschiedenen Größen brauchte, jedoch alle ziemlich klein. Was immer er da gerade in eine wertvolle Antiquität verwandelte, mußte er allerdings weggeräumt haben, bevor er in den Laden gekommen war, vielleicht in die breite Schublade unter dem Tisch.

«Danke, aber Zeichnungen gewichtiger belgischer Damen, die sich in Lustkrämpfen winden, sind nicht gerade mein Geschmack», sagte Toby höflich. «Ich war eher an dem Fotoalbum interessiert, das Herr Gmund mir zeigte.»

«Ja, eine sehr seltene Sammlung», sagte Corradini, dessen Englisch besser war, als Toby in Erinnerung hatte. «In der Tat eine einzigartige Sammlung, da es nur diese eine gibt.»

«Ich frage mich, ob das wahr ist», sagte Toby höflich. «Wenn jemand die Ausgaben nicht scheut, passende Damen zu finden, und sie dafür bezahlt, daß sie nackt posieren, und sich die Mühe macht, ein Lederalbum herzustellen, das dreißig Jahre alt aussieht, und die Namen recherchiert, die auf die Fotos geschrieben werden müssen – vielleicht kann er dann seine Investition wieder hereinholen und einen guten Profit machen, obwohl er nur ein Album verkauft. Aber sicherlich wäre die Versuchung groß, mehrere anzufertigen und sie in verschiedenen Gegenden Europas den Sammlern edwardianischer Erotika anzubieten. Denken Sie nicht auch, Signor Corradini?»

«Sie wollen unterstellen, daß das Album nicht echt ist?» sagte Corradini eher verärgert als erschrocken.

«Ich unterstelle das nicht», entgegnete Toby, «ich stelle kategorisch fest: Das Album, das Sie Herrn Gmund verkauft haben, ist eine Fälschung.»

Corradini war sofort auf den Beinen. Er fuchtelte wütend mit den Armen und zischte Toby zu, er solle seinen Laden auf der Stelle verlassen.

«Beruhigen Sie sich», sagte Toby, ohne sich zu rühren, «ich weiß, daß das Album gefälscht ist, weil ich genau so eines vor kaum sechs Monaten in London gesehen habe. Es gehört einem reichen alten Baron, der die Ladies aus König Teddys Harem persönlich kannte. Seine Augen müssen allerdings ebenso schwach sein wie sein Gedächtnis, denn er war ebenfalls davon überzeugt, daß die Fotos, die er da hatte, echt waren. Und ich war es auch – bis Adalbert mir sein identisches Album zeigte.»

An dieser Geschichte war kein Wort wahr, aber er fand, daß sie überzeugend genug klang, um Corradini ins Wanken zu bringen, und damit hatte er recht.

«Dio!» rief der Händler, schlug sich mit einer Geste tiefster Bestürzung an die Stirn. «Dann bin ich von dem Mann, von dem ich es gekauft habe, betrogen worden! Von einem Mann, dem ich vertraut habe und den ich seit Jahren kenne! Er zeigte mir einen von einem englischen Mylord geschriebenen Brief, um mir zu beweisen, daß das Album echt sei. Ich erwarb es von ihm in gutem Glauben, Signor Giovannesi, und ich habe es ebenfalls in gutem Glauben an Signor Gmund verkauft, einen Sammler, der auch ein Freund ist.»

Toby grinste ihn an, beeindruckt von den umgehend heraufbeschworenen Emotionen. Corradini mißverstand das Grinsen.

«Ich muß sofort zum Palazzo Malvolio, um Signor Gmund von dieser schrecklichen Entdeckung zu berichten und ihm das Geld zurückzugeben», sagte er mit klebrigem Pathos. «Er wird außerordentlich bestürzt sein – oder haben Sie etwa schon mit ihm gesprochen, Signor?»

«Er ist sehr glücklich mit seinen Fotografien», sagte Toby. «Warum sollte ich ihm seine Illusionen zerstören?»

«Aber man muß ihm doch die Wahrheit sagen», sagte Corradini, obgleich seine Erklärung mehr wie eine Frage klang. Toby zuckte mit den Achseln.

«Schauen Sie», sagte er, «Sie sollten nicht von mir erwarten, daß ich glaube, ein so listiger Händler von Exotika wie Sie habe sich von einem gefälschten Album mit schmutzigen Fotos täuschen lassen. Sie wußten, daß es getürkt war, als Sie es erwarben. Um ganz offen zu sein, Niccolò, mein alter Freund und Kupferstecher, ich halte es für höchst wahrscheinlich, daß Sie mitgeholfen haben, es zustandezubringen. Es könnte sogar Ihr alleiniges Werk sein. Wie viele edwardianische Fotoalben haben Sie denn schon an reiche Idioten verkauft?»

Corradini setzte sich wieder und machte ein nachdenkliches Gesicht. Er beantwortete die Frage nicht, wurde aber etwas aufgeschlossener.

«Nein, Signor Giovo», sagte er, «es war nicht meine Idee – die Ehre gebührt einem jungen Kollegen. Aber auch ich muß so offen sprechen, wie Sie es soeben getan haben. Sie haben nichts in der Hand, um die Authentizität von Signor Gmunds Album beweiskräftig zu widerlegen. Sie *behaupten*, Sie hätten ein gleiches Stück gesehen. Aber Worte zu machen ist leicht. Sie können dieses Album nicht als Beweis vorlegen, weil Sie es nicht haben. Ich hingegen kann den von Mylord Buckingham unterzeichneten Brief als Beleg für meine Behauptung präsentieren.»

«Sie mißverstehen mich. Ich möchte überhaupt nichts beweisen oder widerlegen. Ich möchte nur, daß Sie wissen, daß ich mich nicht täusche. Und falls Adalbert Gmund jemals dämmern sollte, daß das Zeug, das Sie ihm verkauft haben, nicht echt sein könnte – nicht nur das Album, sondern auch der Rest seiner Sammlung –, dann verlören Sie mehr als nur einen Kunden. Er würde es mit Sicherheit unter den Sammlern in ganz Venedig verbreiten, was für Ihr Geschäft sehr schlecht wäre.»

«Was wollen Sie für Ihr Schweigen?» fragte Corradini, und seine farblosen Augenbrauen krochen seine Stirn hinauf. «Geld, schätze ich. Ich habe sehr wenig. Mein Kollege kassiert den Profit und läßt mir nur eine kleine Kommission aus den Verkäufen.»

Toby lehnte sich lachend auf seinem unbequemen Stuhl zurück. «Sie sind der geborene Schauspieler, Niccolò», sagte er, «Sie sollten auf der Bühne stehen, in einer von diesen venezianischen Komödien von Goldoni!»

Niccolò Corradini sah ihn erneut nachdenklich an. *«Ebbene»*, sagte er mit einem schiefen Lächeln. «Also? Was wollen Sie?»

«Es geht nicht so sehr darum, was ich will, als darum, was ich anbieten kann», sagte Toby vorsichtig. «Ich werde noch eine Woche in Venedig sein, wenn alles nach Plan verläuft. Für die Zeit bis dahin geht mir ein Vorschlag durch den Kopf – mit beachtlichen Möglichkeiten, Geld zu machen.»

«Ah, das könnte sehr interessant sein, Signor Toby», sagte Niccolò, während er an seiner Unterlippe zupfte, «was für ein Vorschlag denn?»

«Ich bin noch nicht so weit, daß ich Ihnen davon erzählen könnte – ich brauche noch ein oder zwei Tage. Erstens muß ich wissen, ob ich Ihnen als Partner trauen kann. Zweitens: Kennen Sie Ottorino Pavese?»

«Ob Sie mir trauen können, müssen Sie selbst entscheiden», sagte Niccolò, «und was *dottore* Pavese angeht, so bin ich mit ihm bekannt.»

«Schon Geschäfte mit ihm gemacht?»

«Vielleicht. Warum wollen Sie das wissen?»

«Das werde ich Ihnen später erklären, später, wenn ich Ihnen sage, was ich so im Kopf habe. Was haben Sie zusammen gehandelt: Terracottatafeln aus den Bordellen von Pompeji – irgend etwas in der Art?»

«Wir sind noch keine Partner, Sie und ich», sagte Niccolò vorsichtig.

«Das ist wahr. Gehen wir, nehmen wir einen Drink zusammen. Gibt es hier eine Bar oder ein Café in der Nähe? Oder gehen wir bis zur Piazza und mischen uns unter die Touristen?»

«Neben dem Fenice gibt es ein Café.»

Er schloß sorgfältig seinen Laden ab, dann gingen sie Seite an Seite durch die schmale Gasse.

«Es gibt da etwas, was Sie für mich tun können», sagte Toby, «als Zeichen Ihres guten Willens, wenn Sie so wollen.»

«Was denn?»

«Ich fand eines der Mädchen in dem Fotoalbum attraktiv, auf eine amüsante Art und Weise, verstehen Sie. Wenn es sich arrangieren ließe, würde ich sie gern kennenlernen.»

«Kennenlernen?» wiederholte Niccolò und hob seine dünnen Augenbrauen.

«Kennenlernen, so wie sie auf dem Foto ist», sagte Toby.

«Natürlich», sagte Niccolò mit einem beiläufigen Achselzucken, «es gibt ja nur diesen einen Grund dafür, irgendeine der Frauen kennenlernen zu wollen, die für die Fotos posiert haben. Vielleicht läßt sich das arrangieren – ich werde Nachforschungen anstellen. Welche interessiert Sie?»

Toby antwortete erst, als sie an einem Tisch draußen vor dem Café an der Ecke zum Fenice saßen und ein Kellner die Getränke gebracht hatte. Niccolò hatte Scotch bestellt, während Toby sich für einen trockenen Wermuth mit Eis und Soda entschieden hatte.

«Der Name am unteren Rand der Fotografie, angeblich in der Handschrift Ihrer verstorbenen Majestät, ist Hortense», sagte er und prostete seinem Bekannten zu. Niccolò nickte schweigend. «Sie trägt schwarze Strümpfe und sonst nichts, und sie ruht mit übereinander geschlagenen Beinen auf einem Armsessel.»

«Ich weiß, welche Sie meinen», sagte Niccolò. «Ich kenne zwar ihren richtigen Namen nicht, aber den kann ich herausfinden. Sie wohnt in Padua. Dort sind die Fotos entstanden.»

«Padua – ja, da hat der Zug auf dem Weg nach Venedig gehalten», sagte Toby.

«Es liegt etwa vierzig Kilometer von hier entfernt», bestätigte Niccolò. «Livius, der römische Historiker, wurde dort

59 vor Christus geboren. Die kurze Bahnreise wird der Signora sicher keine große Mühe machen. Warum haben Sie gerade sie ausgewählt? Finden Sie sie so attraktiv – attraktiver als die anderen?»

Das war eine schwer zu beantwortende Frage. Sie hatte sich für Geld nackt fotografieren lassen und damit demonstriert, daß sie keine Frau mit respektabler Lebensführung war. Es gab vielmehr kaum einen Zweifel darüber, daß sie ihren Lebensunterhalt durch den Verkauf ihres Körpers verdiente. Aber sie hatte diesen besonderen Blick – weshalb sie vielleicht für das Album ausgewählt worden war –, diesen Ich-pfeif-doch-drauf-Ausdruck, der Toby amüsiert und seine Aufmerksamkeit erregt hatte. Hauptsächlich diente die ganze Sache als Test für Corradinis Verläßlichkeit. Wenn er dabei auch noch eine flüchtige Laune befriedigen konnte – um so besser. «Sie hat ein nettes Lächeln», erwiderte er ausweichend.

Niccolò zuckte erneut mit den Achseln. «Es wird aber Kosten verursachen», sagte er. «Das Zugticket – ein Gentleman wie Sie wird natürlich wünschen, daß die Signorina Erster Klasse reist. Zudem können Sie sie nicht in den Palazzo Malvolio mitnehmen und werden in einem diskreten Hotel ein Zimmer bestellen müssen. Möchten Sie, daß ich das für Sie arrangiere?»

«Ich will sie nicht in einem Hotel treffen», sagte Toby. «Ich will mit ihr in einer Gondel auf die Lagune hinausfahren. Können Sie *das* arrangieren – einen diskreten Gondoliere?»

«Ich habe verschiedene Freunde unter den Gondoliere. Das wird kein Problem sein. Aber Sie brauchen eine geschlossene Gondel, damit Sie und die Signorina nicht beobachtet werden können, wenn Sie zusammen sind.»

«Ja», stimmte Toby zu, «den Gondeltyp mit einem Dach, wie man ihn auf alten Bildern von Venedig sieht, wo ein feiner Herr in Kniehose und Spitzenmanschetten der jungen Lady in schwarzer Maske und Krinoline die Hand ins Boot hinunterreicht.»

«Sie wünschen sich für den Karneval einzukleiden, Signor Toby?»

«Nein, das war nur so ein Beispiel. Die junge Lady kann tragen, was sie will, da ich vorhabe, ihr die Kleider auszuziehen, während wir über das Wasser gleiten. Das heißt alles, außer den Strümpfen. Ich möchte, daß sie schwarze Seidenstrümpfe trägt, so daß sie aussieht wie auf dem Foto.»

«Molto bene», sagte Niccolò leicht amüsiert, «überlassen Sie alles mir. Ich werde Sie informieren, wenn die Arrangements getroffen sind und die Signorina am Bahnhof ankommt. Es wird einen Tag dauern, vielleicht auch zwei.»

Damit trennten sie sich. Toby bezahlte und mischte sich unter die spätnachmittäglichen Spaziergänger. Zuweilen anhaltend, um sich die Auslagen der Geschäfte anzuschauen, bummelte er langsam zurück zum Palazzo Malvolio.

Als er dort ankam, verneigte sich der livrierte Türhüter tief und gab ihm in gebrochenem Englisch zu verstehen, daß Signora Tandy den Wunsch geäußert habe, ihn sogleich nach seiner Rückkehr zu sehen.

«Danke», sagte Toby, «wo?»

Der Türhüter sagte, die Signora sei in der *biblioteca* – wo immer die sein mochte in dem weitläufigen alten palladianischen Bau. Doch Tobys Problem wurde ganz einfach gelöst: Ein Bediensteter führte ihn hin. Sie gingen die Marmortreppe mit den Waffen hinauf und durch mit Gemälden vollgehängte Flure und Räume, vorbei an Marmorbüsten von Kaisern, Senatoren und Generalen, vorbei an Renaissance-Bronzen mythischer Gestalten und vorbei an endlosen Auslagen künstlerischen Schnickschnacks, den zwanzig Generationen von Malvolios zusammengetragen hatten. Obwohl

Toby noch nie im Innern des Buckingham Palace gewesen war, dachte er, dort müsse es ähnlich aussehen: Soviel Pracht überall, daß niemand mehr von den ganzen Kunstschätzen Notiz nahm.

Schließlich kamen sie in einen großen Raum, in dem mit Ausnahme der zum Canal Grande hinausgehenden Fensterseite alle Wände bis zur Decke mit Bücherregalen vollgestellt waren. Darin Bücher, Bücher und noch mal Bücher, zumeist in Leder gebundene Folianten mit Malvolio-Wappen in Blattgold auf dem Rücken.

Delphine Tandy saß an einem großen Schreibtisch aus sehr dunklem Walnußholz. Toby datierte ihn mit einem schnellen Blick auf etwa 1650. Er mußte älter als der Palast sein. Vielleicht war er gerettet worden, als der erste Palast abbrannte.

Sie schaute von diversen Papieren auf – Rechnungen, wie es schien –, die auf der Tischplatte verstreut lagen, und bat ihn nicht sonderlich freundlich, sich zu setzen. Sie sah aus, als hätte sie den ganzen Tag im Palast gesessen und an ihrer Buchhaltung gearbeitet, denn sie steckte in einer schlichten Kombination aus einer hüftlangen tabakbraunen Bluse und einem ein oder zwei Töne dunkleren Faltenrock. Die Kleidung schien aus einem guten Modehaus zu sein, aber nicht sehr neu. Ihr kastanienbraunes Haar war sorgfältig und gekonnt auf ihrem Kopf hochgesteckt. Aber so schlicht sie auch gekleidet war – sie hatte eine Aura der Vornehmheit, die vollkommen unabhängig davon war, was sie trug. Selbst in einem Kohlensack würde sie noch genauso königlich aussehen, dachte Toby.

Das mochte etwas mit ihrer körperlichen Statur und ihrer Präsenz zu tun haben.

«Mr. Jervis», begann sie nun sehr förmlich, was Toby nach ihrer gemeinsamen Tollerei im Bett am Samstag abend überraschte. «Es haben mich außerordentlich beunruhigende Geschichten über Sie erreicht. Ich bedaure, mit Ihnen über eine Sache sprechen zu müssen, die mich eigentlich nichts angeht, aber solange Sie hier zu Gast sind, wirken sich Ihre Handlungen in gewisser Weise auch auf mich aus.»

O Gott, sagte sich Toby im stillen, was hat sie da bloß spitzgekriegt. Mit Marina kann es nichts zu tun haben – mit der hat es doch jeder, das ist Schnee von gestern. Draußen auf dem Balkon mit Sally am Abend der Dinnerparty? Ist es denn möglich, daß uns jemand außer Marina gesehen hat?

«Sie haben Contessa Flagranti in meinem Haus kennengelernt», sagte Delphine, «und Sie sind sie besuchen gegangen.»

«Ich habe sie bei Prinzessin Zita kennengelernt, als Contessa Marina mich dorthin zum Lunch mitnahm», sagte Toby.

«Es geht nicht um den Ort», erwiderte Delphine scharf, «aber ich kann nicht dulden, daß Sie meine Freunde beleidigen, solange ich Sie unter meinem Dach beherberge.»

«Beleidigen? Sagt sie, ich hätte sie beleidigt?» fragte Toby erstaunt.

«Nicht die Contessa», sagte Delphine. «Franco Flagranti ist einer meiner ältesten Freunde in Venedig, und ihm gegenüber haben Sie sich ganz widerwärtig benommen.»

«Sie meinen Graf Flagranti? Aber ich bin ihm noch nie begegnet!»

«Er hat Ihnen die Tür geöffnet, als Sie dort hingingen.»

«Nein, der Majordomus hat die Tür geöffnet», sagte Toby. «Ein älterer Mann mit schütterem weißem Haar und schwarzem Anzug ...»

Das zornige Leuchten auf Delphines Gesicht verriet alles.

«O mein Gott!» rief Toby und bemühte sich angestrengt, nicht loszuprusten. «Erzählen Sie mir nicht, ich hätte dem Grafen persönlich ein Trinkgeld gegeben!»

«Sie wußten sehr wohl, wer er war – er war am vergangenen Samstag hier zu Sallys Dinner.»

«Falls er da war, hat er nicht den geringsten Eindruck in meiner Erinnerung hinterlassen», sagte Toby perplex. «Ich hielt ihn für einen Butler, als er mir die Tür öffnete.»

Was für eine Dummheit! dachte er, einem Kerl noch ein Trinkgeld zu geben, wenn er einen für eine Lustbarkeit mit seiner Frau einließ. Und dazu ein Aristokrat! Das war bestimmt das größte Fettnäpfchen in der gesamten venezianischen Geschichtsschreibung, in das er da getreten war! Aber der Gedanke war so komisch, daß er nun trotz allem laut loslachte. Er befürchtete, einen Schlaganfall zu bekommen, wenn er seine Heiterkeit weiter unterdrückte. Nach einer Weile begann auch Delphine zu grinsen.

«Im Ernst – Sie haben wirklich nicht bemerkt, daß es der Graf war?» sagte sie. «Sie haben ihm Geld gegeben, um eingelassen zu werden, damit Sie seine Frau besuchen konnten? Das wird er nicht überleben, wenn es herauskommt. Der arme Franco – Sie müssen versprechen, es keiner Menschenseele zu verraten.»

«Niemand würde mir glauben», sagte Toby und fragte sich, wo wohl der Graf geblieben war, während er seine Frau in ihrem eleganten Art déco-Wohnzimmer ordentlich hergenommen hatte. Gewiß mußte er irgendeine Ahnung von dem gehabt haben, was da vor sich ging! Oder dachte er, sie würden stundenlang feinsinnige Debatten führen?

«Dann vergessen wir die Sache einfach», sagte Delphine. «Wie kommen Sie auf dem Dachboden voran?»

«Die Inventarliste macht gute Fortschritte», sagte er mit einem gewinnenden Lächeln. «In einer Woche wird sie fertig sein und ich kann Ihnen ein verbindliches Angebot machen.»

Sie würde viel früher fertig sein, aber Toby hatte beschlossen, die Sache in die Länge zu ziehen. Warum sich beeilen, da er seinen Aufenthalt in Venedig doch so genoß?

«Gut», sagte Delphine. Sie erhob sich und ging um den massiven Schreibtisch herum, als wollte sie zur Tür gehen. Toby stand ebenfalls auf, beschloß aber, sich nicht auf diese Weise verabschieden zu lassen. Schließlich war er kein Dienstbote. Anstatt Delphine die Tür aufzuhalten, schlenderte er zu der Bücherwand daneben und studierte die Titel.

«Bücher dieser Qualität, in Leder gebunden, sind eine wunderbare Ausstattung für einen Raum», sagte er. «Wessen Sammlung ist das?»

«Sie wurde nicht von einer Einzelperson zusammengetragen», sagte Delphine. «Die Malvolios haben sich stets als Mäzene betätigt, auch auf dem Gebiet der Literatur. Die Werke von Goldoni sind hier irgendwo, in mehreren Dutzend Bänden. Und alle italienischen Dichter bis zurück zu Dante und Petrarca. Aber auch einiges über Bildende Kunst und Architektur.» Sie nahm ein Buch aus dem Regal und öffnete es, um ihm Radierungen von Gebäuden im palladianischen Stil zu zeigen.

Toby wartete, bis sie es wieder ins Regal zurückgestellt hatte und sich zum Gehen wandte, dann drückte er sie mit einer einzigen schnellen Bewegung gegen die Bücherwand und rieb seinen Unterleib an ihrem.

«Lassen Sie das!» sagte sie.

Scheiß auf meinen Ruf, dachte er, mich behandelt man nicht wie einen Underdog. Sie wird mir ihre kaputten Möbel verkaufen oder nicht – nun, da ich das Tryptichon gefunden habe, ist mir das ohnehin gleich. Also spielen wir ruhig ein bißchen weniger die große Lady und den Günstling, sondern lieber mehr Mann und Frau. Er grinste sie frech an und legte einen Arm um ihre Taille, um sie still zu halten, während er mit der anderen Hand unter ihre weite braune

Bluse glitt und durch ihr dünnes Hemdchen ihre Brüste befühlte.

«Lassen Sie los», sagte sie wütend. «Was glauben Sie eigentlich, wer Sie sind?»

«Ich bin der Mann, in dessen Bett Sie am Samstagabend gekrochen sind», erwiderte er scharf, während er ihre Titten kräftig durchknetete.

«Das war ein dummer Fehler», sagte sie und versuchte, sich ihm zu entwinden. «Ich hatte ein bißchen zu viel getrunken, aber das bedeutet noch lange nicht, daß Sie jetzt mit mir machen können, was Sie wollen.»

«Neulich fanden Sie das nicht dumm», betonte er, «Sie meinten im Gegenteil, es sei wunderbar gewesen. Und ich war vollkommen ausgelaugt, als Sie gingen. Also versuchen Sie es nicht auf die Ich-war-betrunken-Tour – die zieht bei mir nicht.»

Um ihr die Mühe zu ersparen, sich eine Antwort auszudenken, verschloß er ihr den Mund mit einem Kuß und zwang seine Zunge zwischen ihre Lippen. Zu Anfang leistete sie noch Widerstand, versuchte ihn fortzustoßen, aber bald spürte er, daß sie zu zittern begann.

Er langte hinab zwischen ihre Knie und schob eine Hand unter ihren Faltenrock. In dem Moment, als er über den Rändern ihrer Seidenstrümpfe weiches, bloßes Fleisch berührte, packte sie ihn am Handgelenk.

«Nein, nicht hier, Toby. Kommen Sie heute abend in mein Schlafzimmer.»

«Nein, ich will Sie auf der Stelle.» Er zwängte seine Hand höher und höher zwischen ihre Schenkel, gegen den Abwärtsdruck ihrer Hand. Sie kniff die Beine fest zusammen, aber am Ende gewann er. Als seine Finger am Spitzenbesatz vorbei in das offene Hosenbein ihres Unterhöschens glitten, seufzte sie resigniert auf und ließ sein Handgelenk los.

«Aber wenn jemand kommt», sagte sie. «Das wäre sehr peinlich.»

«Hören Sie auf, sich aufzuregen», sagte er und ließ die Fingerspitzen durch die dichten Locken ihres Vlieses gleiten. Als sie fühlte, daß er die Lippen ihrer *fica* streichelte, entspannte sie sich und ihre Schenkel gingen auseinander. Einen Augenblick später schob er ihr langsam zwei Finger hinein.

«Hast du es je zuvor in einer Bibliothek getan?» fragte er grinsend.

«Nein, natürlich nicht», keuchte sie und ihr Bauch wand sich langsam zu den Stößen der Lust, die sein Daumen hervorrief, der zärtlich ihren Lustpunkt liebkoste. Während Toby sie mit den Fingern fickte, knöpfte er sich mit der freien Hand die Hose auf; dann nahm er ihre Hand und schob sie durch den Schlitz seiner Unterhose. Die Steife und Kraft dessen, was da schnell gegen ihre Handfläche pulsierte, ließ sie jegliche Zurückhaltung vergessen.

«Das ist im höchsten Maße indezent», sagte sie. «Wenigstens könnten wir in mein Zimmer gehen, wenn Sie schon darauf bestehen, am hellichten Tag Liebe zu machen.»

«Hier und jetzt», sagte er, «nicht irgendwo sonst.»

Sie seufzte und zuckte mit den Achseln, während sie seinen harten Prügel ergriff.

Er hob ihren dünnen Faltenrock bis zu den Hüften an und fühlte, wie sie ihm entgegenbebte. Seine Finger hakten sich in den Bund ihres seidenen Unterhöschens und zogen es langsam fast bis zu den Knien hinab.

«Los, komm schon!» flüsterte sie ungeduldig, und fuhr mit beiden Händen in seine Hose. Sie holte seinen *cazzo* heraus und führte ihn zwischen ihre Schenkel. Ihre Möse war feucht und weit offen. Er stieß geradewegs hinein. Dann glitt er mit langen, kräftigen Stößen vor und zurück, während er mit den Händen ihren nackten Hintern umklammerte.

Delphine stieß ihm ihre Lenden entgegen, und bald vereinigte sich ihr Drängen und Stoßen zu einem einzigen.

«Verdammtes Miststück, es mich hier tun zu lassen!» keuchte sie schwach, während sie ihm ihren Bauch härter und schneller entgegen stieß.

Jedesmal spürte er, wie sein Schwengel tiefer in sie hineinglitt. Nun war nicht mehr er die treibende Kraft, sondern sie hatte die Regie übernommen und fickte ihn nach allen Regeln der Kunst!

Er preßte sie kräftiger gegen die Reihen ledergebundener Bücher und versuchte ihn ihr hineinzurammen, so heftig er konnte. Keuchend grub er seine Fingernägel ins Fleisch ihres weichen Hinterns. Die rhythmischen Kontraktionen des samtenen Kanals, der ihn gefangenhielt, trieben ihn in ein ekstatisches Delirium, das ihn alles vergessen ließ. Delphine stöhnte und warf sich ihm völlig besinnungslos entgegen.

Dann konnte er nicht mehr an sich halten. Er stieß einen tierischen Schrei aus und spritzte seine Lust in langen Spasmen in sie hinein. Sie kreischte auf und preßte ihn so fest an ihren wogenden Busen, daß er befürchtete, sie würde ihm die Rippen brechen. Er rammelte und keuchte, ergoß sich weiter in sie, stöhnte und seufzte und krallte sich mit seinen Fingernägeln in ihrem Hintern fest, während sie schrie und sich gegen ihn krümmte wie ein wildes Tier, das in einer Falle gefangen ist.

Als sie sich schließlich langsam beruhigten, sank Delphine nach rückwärts gegen die Bücher. Allmählich lockerte er den Griff seiner Finger um ihren Hintern und lehnte sich an sie, denn seine Knie waren butterweich.

«Was für ein Lump du bist, mich hier so etwas tun zu lassen», sagte sie verwundert.

10. KAPITEL

Die Frau in Adalberts gefälschtem Fotoalbum hieß Gilda Borlano und war sechsundzwanzig, wie er von ihr erfuhr, als er sie vor dem Bahnhof am oberen Ende des Canal Grande traf, wo sie mit dem Zug aus Padua angekommen war. Es war gerade elf Uhr vorbei, ein schöner, strahlender Morgen, der Himmel fast wolkenlos blau; und es war schon heiß und versprach noch heißer zu werden. Toby erkannte sie sofort, obwohl sie kleiner war als erwartet – aber schließlich konnten Fotos von Sitzenden hinsichtlich der Körpergröße täuschen.

Ihre nackten Schenkel hatten auf dem Foto lang ausgesehen, aber das lag wohl nur am Kontrast der Hautfarbe mit dem Schwarz ihrer Strümpfe. Hauptsache, sagte er sich voller Erleichterung, daß sie nicht dick ist. Sie war etwa einen Meter sechzig groß und gut proportioniert, weder Brüste noch Hinterteil waren zu ausladend.

Sie trug ein marineblaues Baumwolljackett über einem Rock und einer hellblauen Bluse. Und, wie gewünscht, zarte schwarze Strümpfe. Hoffentlich mit gerüschten Strapsen, sagte sich Toby im stillen.

Toby trug seinen leichten, lohfarbenen Gabardineanzug mit einem steifen Strohhut. Und, um dem Ganzen noch eine legerere Note zu geben, eine rosa Schleifenkrawatte, die er sich in Venedig gekauft hatte.

Sie kam direkt auf ihn zu. Offenbar hatte man ihr Toby

beschrieben. «Signor *Gerovese?*» sagte sie lächelnd, und als er nickte und zurücklächelte, nannte sie ihren Namen und sagte, sie sei sehr erfreut, ihn kennenzulernen. Sie gaben sich die Hand, während er mit *piacere* antwortete, da Adalbert ihm gesagt hatte, daß man so sagte, wenn man sich mit jemandem bekanntmachte. Dann nahm er ihren Arm und geleitete sie über den breiten Quai, der sich vor dem Bahnhof erstreckte, dorthin, wo die Gondel wartete.

Warum die Venezianer beschlossen hatten, ihren Bahnhof und den Platz davor nach der heiligen Santa Lucia zu benennen, war Toby schleierhaft. Laut Padre Pio war sie eine sizilianische Jungfrau, die von einem abgewiesenen heidnischen Verehrer als heimliche Christin denunziert worden war. Sie wurde gefangengesetzt und zum Dienst in einem örtlichen Bordell verurteilt. Eine himmlische Intervention bewahrte sie vor diesem schlimmen Schicksal, nicht aber vor dem Märtyrertod, denn die zornigen Behörden ließen ihr einfach die Kehle durchschneiden.

Die Verbindung zu Eisenbahnen war nicht leicht auszumachen – aber andererseits, grübelte Toby, hieß eine der wichtigen Stationen in London St. Pancras. Und Padre Pios Auskunft über St. Pankraz war ähnlich abwegig. Pankraz, so schien es, wurde im Jahre 304 als Vierzehnjähriger in Rom hingerichtet – fünfzehnhundert Jahre bevor es George Stephenson gelang, die erste Dampfeisenbahn zu bauen.

Die Gondel, die Niccolò Corradini besorgt hatte, war an der Fondamenta di Santa Lucia vertäut, wo die Gondoliere in der vagen Hoffnung warteten, daß irgendwelche unvorsichtigen Bahnreisenden ihnen ihre Koffer aushändigten und verlangten, zum Hotel *Gritti Palace* am fernen Ende des Canal Grande gebracht zu werden. Oder sogar zum *Grand Hotel* am Lido, wofür ein schwindelerregend hohes Fahrgeld verlangt würde. Es war besser, in Venedig mit dem *vaporetto* zu fahren, in fünffacher Geschwindigkeit und zu einem Fünfzigstel der Kosten für eine Gondel.

Wie von Corradini arrangiert, hatte Toby Mario, den Gondoliere, schon früh am Morgen kennengelernt, an der Rialto-Brücke, in sicherer Entfernung vom Palazzo Malvolio und neugieriger Augen. Mario war ein stämmiger Bursche um die Vierzig, und er trug die übliche Kluft der Gondoliere: dunkle Hose und ein weißes Hemd mit aufgerollten Ärmeln. Seit seiner letzten Rasur waren schon ein paar Tage vergangen, und wenn er den Mund aufmachte, verströmte er einen starken Knoblauchgeruch. Er sprach ein Mischmasch aus Englisch, Französisch und Deutsch, gut genug, um sich mit den Touristen in seinem Boot verständigen zu können, und er war von Corradini sorgfältig instruiert worden.

Die einzigen überdachten Gondeln, die Toby je gesehen hatte, hatten sich auf Gemälden befunden, zum Beispiel auf Turners Bildern von Venedig in der Tate Gallery. Oder auf einem Canaletto-Gemälde, das er in der National Gallery gesehen hatte. Aber auf dem Canal Grande waren gewöhnlich keine zu sehen. Entweder waren sie aus der Mode gekommen oder, so überlegte er, sie wurden nur im Winter benutzt. Tags zuvor hatte er allerdings eine geschlossene Gondel gesehen – wenn auch ganz offensichtlich ein für einen ganz bestimmten Zweck gebautes Fahrzeug. Die Seiten ihrer Kabine, wenn man das so nennen wollte, waren verglast, und dahinter stand ein mit Blumen überhäufter Sarg. Sie war auf dem Weg hinüber nach San Michele, der Friedhofsinsel, wo alle guten Venezianer beerdigt wurden.

Dennoch war es Corradini durch seine Kontakte gelungen, eine überdachte Gondel herbeizuschaffen. Die Kabine war eine mittschiffs aufgesetzte Box mit rundem Dach, nach vorn offen wegen der Aussicht, nach hinten geschlossen, um etwas Abgeschiedenheit gegen den Gondoliere zu bieten, der dort mit seinem langen, schmalen Ruder stand. Die Seitenfenster konnten mit Jalousien geschlossen werden, stellte Toby fest. Im Augenblick waren die Jalousien hochgezogen, aber er hatte vor, sie zu gegebener Zeit herunterzulassen.

Als Gilda und er auf den mit Kissen gepolsterten Sitzen Platz genommen hatten, stieß Mario von dem wackligen hölzernen Landesteg ab in den Verkehr auf dem Canal Grande, wendete die Gondel und nahm langsam Fahrt auf. Zu beiden Seiten glitten Paläste und Kirchen vorüber; die Scalzi-Kirche sah aus wie eine zweistöckige Hochzeitstorte mit weißem Zuckerguß, und drüben, am anderen Ufer, reckte San Simeone Piccolo ihre grüne Kuppel in die Luft.

Der Palazzo Labia mit seinem roten Dach erschien zur Linken; er neigte sich anlehnungsbedürftig zum rotgeziegelten Glockenturm von San Geremia hinüber. Ein wenig weiter, drüben am anderen Ufer, erhob sich ein erstaunliches rosarotes Gebäude wie eine Märchenfestung, die, so schien es, auf schmalen, aus dem kabbeligen Wasser ragenden Steinpfeilern stand. Doch war der Fondaco dei Turchi keineswegs eine Festung, sondern eine vor achthundert Jahren erbaute Warenbörse für Auslandsimporte.

Noch ein Stück weiter stand ein gedrungenes Gebäude aus verwitterten Ziegeln mit nur wenigen kleinen, quadratischen Fenstern, die sehr hoch in die Wände eingesetzt waren – ein Kornspeicher, den die venezianische Regierung um 1300 errichtet hatte.

Gegenüber dem Kornspeicher stand der mächtige Palazzo Vendramin – aber dies war ja keine Besichtigungsfahrt, jedenfalls nicht in Sachen Architektur. Auf Höhe der Säulenfassade des Palazzo Pesaro bog Mario links ab in einen engen Seitenkanal. Er nahm eine Abkürzung zur offenen Lagune oberhalb des wie eine Zwei geformten Canal Grande. Hohe Gebäude ragten nun zu beiden Seiten auf, überall Fenster mit geschlossenen Läden und hohe Balkone voller Blumentöpfe. Fußgängerbrücken wölbten sich über den schmalen Rio. Ein mit Gütern schwer beladener Lastkahn schob sich an der Gondel vorbei, ließ sie schaukeln und rollen.

Inzwischen machten Toby und Gilda Konversation, so gut es eben ging. Ob sie oft nach Venedig komme? Nein, es gebe hier nicht viel zu tun, aber manchmal komme sie mit Freunden auf einen Sonntagsausflug her. Ob sie die Gebäude nicht eindrucksvoll finde? Überall in Italien könne man alte Gebäude sehen – auch in Padua gebe es welche, die Kirche von San Antonio etwa und den Palazzo della Ragione. Warum genau Signor Toby sie denn habe treffen wollen? Welches Nacktfoto von ihr er meine – es gebe so viele. Gut möglich, daß sie auf einem davon schwarze Strümpfe trage und auf einem Stuhl mit Kordsamtpolstern sitze, wie er sagte, aber sie könne sich speziell an dieses nicht erinnern. Nein, sie wisse nichts von einer bestimmten Fotosammlung von ihr selbst und anderen nackten Frauen. Man habe ihr nie gesagt, für wen oder was die Fotografien waren, und sie habe sich auch nie die Mühe gemacht, zu fragen, wenn das Geld stimmte. Signor Toby habe sie bestimmt wegen dieses Fotos gebeten, heute schwarze Strümpfe zu tragen, nicht wahr? Ob sie ihm denn gefalle – und ob er sie wirklich für *bella* halte?

Toby hatte den Arm um sie gelegt, und sie lehnte sich ein wenig an ihn, aber die offenen Seiten der Gondel verhinderten jede nähere Bekanntschaft, und es lohnte sich kaum, die Jalousien zu schließen, denn es herrschte noch immer dichter Verkehr und durch die offene Vorderseite der Kabine konnte jedermann hereinsehen. Nachdem der Lastkahn vorüber war, wurde Toby schon etwas kühner, drückte sie fester an sich und küßte sie auf die Wange. Sie wandte ihm sofort das Gesicht zu, um sich auf den Mund küssen zu lassen. Diese Bewegung deutete dezent darauf hin, daß sie zu seinem Vergnügen gekommen war und keine weiteren Ansprüche an ihn stellen würde. Auch daß ihre Hand auf seinem ausgestreckten Schenkel ruhte, war ein Zeichen dafür, daß sie ihm zur Verfügung stand und darauf wartete, daß er entschied, was er wollte.

Aus irgendeinem Grund fand Toby diesen Gedanken überaus erregend. Er mußte sie nicht beeindrucken, verführen, überreden oder ihr schmeicheln – ein schlichter Scheck von Corradini hatte all das erledigt. Er ließ eine Hand unter ihr dünnes Jackett gleiten, um sie auf ihre linke Brust zu legen. Ohne aufzuhören, ihn zu küssen, fuhr sie mit der Hand an seinem Schenkel hinauf, um ihn zwischen den Beinen zu streicheln.

Der schmale Rio, dessen Lauf sie folgten, öffnete sich weit, und sie gelangten auf gleiche Höhe mit einer Reihe reichverzierter Barockgebäude zu ihrer Linken. Eines sah aus wie eine Kirche, obwohl die Wände grau verputzt waren; das benachbarte Gebäude hatte eine weiße Marmorfassade mit Säulen und Statuen und ein mit Terracottaschindeln gedecktes Dach. Dann mündete der Kanal in eine große quadratische Bucht, die einem Hafenbecken glich, rings umbaut und voller Barken und Arbeitsboote. Nun lag endlich die offene Lagune vor ihnen, sanftes blaues Wasser erstreckte sich bis an den Horizont. Toby lächelte Gilda an, während er die Jalousien an den Seiten der Kabine schloß.

«Ecco!» sagte sie, ein nützliches Wort, wie Toby gelernt hatte, das *Jetzt*! oder *Gut!* oder *Da!* oder *Fertig!* bedeuten konnte. Oder: *Sieh mal an!*

Er wandte sich Gilda zu, um ihr weites marineblaues Jakkett aufzuknöpfen und ihr die Bluse aus dem Rock zu ziehen. Er ließ eine Hand daruntergleiten und fand ein Unterkleid, das sich nach Seide anfühlte, aber sehr wohl aus Kunstfaser sein mochte. Eine Weile streichelte er ihre Brüste durch den

Stoff hindurch. Dann bemerkte er, daß das Unterkleid weit genug war, um mit der Hand darunterschlüpfen zu können. Sie waren von mäßiger Größe, aber ihr festes, warmes Fleisch in seiner Handfläche war überaus erregend.

Sie ließ ihn ein Weilchen mit diesem angenehmen Spiel fortfahren, während die Gondel ihre langsame, schwankende Fahrt in die offene Lagune hinaus fortsetzte. Es war warm in der Kabine, da die Sonne aufs Dach brannte, und Tobys Schwengel pulsierte fröhlich. Gilda knöpfte seine Hose auf, und ihre Hand glitt hinein. Sie wußte, wie man das Glied eines Mannes behandeln mußte, dachte Toby anerkennend, als angenehme Gefühle ihn zu durchströmen begannen.

Das Spiel mit ihren Brüsten hatte ihre Knospen unter seinen Fingern steif und hart werden lassen, und es gefiel ihm zu wissen, daß er auch sie erregen konnte. In seiner offenen Hose glitten ihre Fingernägel behutsam an seinem *cazzo* entlang, dann über die empfindliche Kuppe. Ihr Kopf lag auf seiner Schulter, und in ihrem Gesicht stand ein verträumter Ausdruck, ihre Augen waren halb geschlossen und die Lippen ein wenig geöffnet. Toby ließ seine Hand unter ihren dünnen Rock gleiten und in einer langsamen Liebkosung hinauf zwischen ihre Beine. Seine Finger glitten über ihre Strümpfe, und sie spreizte die Knie, damit sie ungehindert weiter vordringen konnten, über den Strumpfrand an ihren zarthäutigen Schenkeln hinauf zu ihrer Unterwäsche.

Ihr Unterhöschen hatte kurze, weite Beinausschnitte, die es seiner Hand erlaubten, mit Leichtigkeit hineinzugleiten und sich vorsichtig zwischen den Schenkeln zu einem Busch krausen Haares hinaufzutasten, der kleiner war, als er erwartet hatte. Vor seinem geistigen Auge stellte er sich das Foto von ihr vor. Schon damals hatte ihn überrascht, daß zwischen ihren übereinandergeschlagenen Schenkeln so wenig Haar zu sehen gewesen war. Bestimmt rasierte oder schnitt sie sich regelmäßig das Schamhaar, ganz wie man einen Garten pflegte, indem man regelmäßig den Rasen mähte und die Ränder trimmte. Er streichelte warme, fleischige Blütenkelche und schob dann seinen Mittelfinger aufwärts, um ihren Lustpunkt zu finden. Sie flüsterte leise auf ihn ein, während er ihn streichelte, und ihr Körper erzitterte neben ihm.

Toby wollte, daß Gilda so nackt war wie auf dem Foto. Er hatte noch in seinem Wörterbuch das italienische Wort für *ausziehen* nachschlagen wollen, aber in der Aufregung, nachdem er Corradinis Instruktionen erhalten hatte, hatte er es vergessen. Er nahm seine Hand von ihrer Pflaume und zupfte an ihrer Jacke und ihrem Rock, um ihr zu signalisieren, daß sie sie ausziehen sollte.

Sie verstand und setzte sich auf, um ihr Jackett abzustreifen und ihre Bluse über den Kopf zu ziehen. Ihr Unterkleid war aus elfenbeinfarbenem Rayon, wie er schon vermutet hatte. Sie hakte ihren Rock an der Hüfte auf und hob ihren Po vom Gondelsitz, während sie den Rock über die Beine nach unten streifte. Toby glitt vom Sitz und kniete sich vor sie, um ihr dabei zu helfen. Sie strich ihm zart mit den Fingerspitzen übers Gesicht und lächelte ihn an, bevor sie ihr Unterkleid auszog. *Bellissima*, sagte Toby, als er ihre braunen Brüste sah. Sie erwiderte etwas auf italienisch, das er als Einladung interpretierte, ihr das Unterhöschen auszuziehen.

Ihr Bauch war wunderschön – weich und hell, mit sanften Rundungen und einem perfekten runden Nabel. Toby beugte sich vor, um ihn zu küssen, dann schob er seine Zungenspitze hinein. Sie begann zu kichern, was er entzückend fand.

Auf den venezianischen Schiffswerften werden die Gondeln ungefähr seit 1500 nach unveränderten Plänen gebaut – lang und schmal und an den Enden hoch aus dem Wasser gebogen wie eine dünne Melonenscheibe. Am Bug ist etwa ein Meter abgedeckt und am Heck eine Plattform von etwa anderthalb Metern Länge, damit der Gondoliere Platz zum Stehen und Rudern hat. Dazwischen liegen etwa zwei Meter fünfzig freie Fläche mit je einer Bank am Ende, die so stehen, daß man sich jeweils zu zweit gegenübersitzen kann. In der Mitte dieser freien Fläche, und zwar nicht in der Bootsmitte, sondern seitlich, steht ein Reservestuhl mit nur einer Armlehne. Diese seltsame Sitzgelegenheit ist für einen eventuellen fünften Passagier gedacht.

Der Stuhl war aus Tobys Gondel zu dieser speziellen Gelegenheit entfernt worden, um mehr Platz für das geplante Stelldichein zu schaffen. Auf den Knien langte Toby nach dem verblichenen roten Kissen von der vorderen Bank und legte es auf die Planken, die auf dem gerundeten Schiffsrumpf eine praktische ebene Fläche bildeten. Er zog das andere Kissen unter Gilda hervor und legte es daneben, damit sie beide einen bequemen Platz zum Hinlegen hatten. Dann beugte er sich, auf den Ellbogen gestützt, über sie und verharrte voller Bewunderung mit der Hand auf ihrem Schenkel. Er hatte absolut recht gehabt mit den schwarzen Strümpfen – der Kontrast zum Ton von Gildas Haut war superb. Und sie trug gerüschte Strapse wie auf dem Foto.

Sie sah aus ihren wunderschönen braunen Augen zu ihm auf und harrte des Vergnügens, das sie erwartete. Es gab so viel, was er mit ihr anstellen wollte, daß er gar nicht wußte, womit er anfangen sollte. Vielleicht mit ihren Brüsten, die ganz nach seinem Geschmack waren: schön proportioniert, nicht so klein wie Contessa Sallys und auch nicht so groß und üppig wie Contessa Marinas. Er neigte sich hinab, um ihre dunkelrosa Knospen zu küssen und sie mit der Zungenspitze zu streicheln.

Er führte seine Hand sanft an ihrem Bauch hinab und ihre Beine gingen langsam auseinander. Wie er schon vermutet hatte, als seine Hand sie unter dem Rock erforscht hatte, war ihr dunkelbrauner, lockiger Busch von möglicherweise üppigem Wuchs zu einem kleinen Dreieck gestutzt worden, zu einem schmalen Streifen zwischen ihren Schenkeln, der ihre *fica* umrahmte. Ein höchst stilvolles Arrangement, dachte Toby, während er sie streichelte – ästhetisch gefällig und erotisch. Konnte man sich noch mehr wünschen?

Ihr Hügel war nicht voll und kühn wie Marinas, sondern eine sanfte fleischige Erhebung. Doch die Lippen, die ihn teilten, traten, ja drängten wie ein aufregend geschürzter Schmollmund hervor. Sie öffneten sich so leicht für Tobys Finger, daß häufiger Gebrauch zu vermuten stand, was Toby allerdings nicht abschreckte. Im Gegenteil, der Gedanke erregte ihn um so mehr, und nun spreizte er die Lippen mit zwei Fingern so weit, daß er ihren Lustpunkt sehen konnte. Der stand da, rosa, feucht und prall, bereit, berührt zu werden, bereit, Schauer der Lust durch ihren Bauch zu senden. Sie hatte ihm deutlich gezeigt, daß sie hier war, damit er mit ihr machen konnte, was er wollte, und keiner von ihnen beiden war in Eile, da für den ganzen Tag bezahlt war.

Tobys Finger fuhren fort, sie mit quälend langsamen Bewegungen zu beglücken, und bald wand sich ihr nackter Rücken auf den dünnen Bootskissen, und ihre ausgestreckten Beine in den schwarzseidenen Strümpfen begannen zu zittern. *Ah, sì,* flüsterte sie, *sì, sì, così!* Ihre Hand griff in seine aufgeknöpfte Hose, um sein pulsierendes Glied herauszuziehen. Sie massierte es kräftig, aber bevor sie richtig loslegen konnte, begann ihr ganzer Körper konvulsivisch zu zucken und ihr Rücken bäumte sich im Orgasmus auf. Toby preßte seinen Mund auf den ihren und leckte ihre Zunge, während sie keuchte und um Atem rang und ihr Unterleib sich unter seiner Hand in Kontraktionen schüttelte.

Als sie sich wieder beruhigt hatte, setzte sie sich auf und

rollte ihn neben sich auf den Rücken. Sein Jackett hatte er schon ausgezogen, als sie sich auf den Bootsboden gelegt hatten, und nun zog sie an den Enden seiner rosa Schleifenkrawatte, öffnete sie und begann sein Hemd aufzuknöpfen. Eine Hand verschwand darin und strich über seine flachen Brustwarzen, die andere legte sich wieder über seinen Schwanz. Ihre Fingernägel kämmten abwechselnd durch sein Kraushaar und zwickten ihn in die fleischige Wurzel seines zitternden Schafts. Dann ergriff ihre Hand ihn fest, hielt ihn senkrecht nach oben, und ihr Mund senkte sich über ihn. Toby stöhnte laut auf, als ihre Lippen sich darum schlossen und die Spitze von ihrem nassen, saugenden Mund umfangen war. Er spürte ihre Zunge darauf und wußte, daß es nur noch Sekunden dauern würde, bis er ihr sein heißes Verlangen in die Kehle spritzte.

«Carissima», keuchte er und legte seine Hände auf ihre Schultern, um sie rasch wieder auf den Rücken zu drehen. In wildem Begehren glitt er auf sie, drückte ihre bestrumpften Beine auseinander und trieb ihn mit einem einzigen harten Stoß tief in ihre nasse Wärme.

Sie murmelte erregt vor sich hin, während er sie mit kurzen Stößen pflügte. Sie schob seine Hose die Schenkel hinab und grub ihm ihre kurzen Fingernägel in den Hintern. Er stöhnte vor Lust. In einem entfernten Winkel seines Bewußtseins schien es ihm, als würde die Gondel schaukeln, wie in aufgewühlter See, aber was machte das schon?

Gilda stieß nun ekstatische kleine Schreie aus und krallte sich in sein Hinterteil wie eine Wildkatze, mit angewinkelten und weit hochgezogenen Knien, während ihre Schenkel seine Hüften umklammerten. Er ritt sie schneller und schneller – und dann krampfte er sich zusammen und ergoß sich in sie.

Sie wand sich wie rasend unter ihm und stieß einen lauten,

langen Schrei aus, den gewiß nicht nur der Gondoliere hörte, sondern auch sämtliche Passagiere an Bord der Fähre, die soeben zweihundert Meter weiter an Steuerbord vorüberdampfte. Lange nachdem Tobys heftiger Ausbruch des Entzückens geendet hatte, hielt der ihre noch an; ihr Bauch stieß in rhythmischen Stößen gegen ihn und ihre Beine zitterten.

Er lag still auf ihr, sein tief eingeführter *cazzo* zuckte noch gelegentlich und blieb noch für eine Weile steif. Erst als ihre Lust abgeklungen war, zog er sich sanft aus ihr zurück – doch bevor er sich von ihr lösen konnte, schlang sie ihm die Arme um den Hals und küßte ihn leidenschaftlich. Sie versicherte ihm, es sei *molto gentile* von ihm, daß er so mit ihr Liebe mache, als ob er sie wirklich liebe, und nicht wie die Männer, die sie sonst kannte, es für gewöhnlich taten. An Toby waren die italienischen Worte allerdings verschwendet, obwohl sie sie mehrmals wiederholte. Immerhin verstand er, daß sie ihn mochte.

Aber der Gondoliere am Heck rief etwas, das er sehr wohl verstand, nämlich eine Warnung, daß sie in zehn Minuten in Murano sein würden. Toby rollte sich auf den Rücken, um seine Hose hochzuziehen und sich zuzuknöpfen, dann setzte er sich auf und kämpfte mit seiner Krawatte. Gilda schlüpfte in ihr Unterkleid, aber als sie die Knie anhob, um ihr Unterhöschen anzuziehen, warf Toby sie plötzlich erneut auf den Rücken und begann ihre Pflaume zu küssen. Ein Zeichen von Respekt? Ergebenheit? Dankbarkeit? Er wußte es nicht, aber es war ein angenehmes Gefühl, seine Zunge in ihre nasse *fica* zu schieben. Ihre weichen Schamlippen unter seinem Mund fachten das Feuer der Lust in seinen Lenden wieder an.

Schließlich mußten sie sich voneinander losreißen, um sich fertig anzukleiden. Die Kissen wurden auf die Sitzbänke zurückgelegt, und als die Gondel den Hauptkanal von Murano hinaufzurudern begann, saßen Toby und Gilda händchenhaltend Seite an Seite.

Hier auf dieser Insel hatten die Glasbläser ihre kleinen Familienbetriebe, hatte Toby gelesen, seit sie um 1290 aus Venedig selbst hinausgeworfen worden waren, weil sie durch allzu sorglosen Umgang mit ihren Schmelzöfen ganze Stadtviertel niedergebrannt hatten. Hier wohnten und arbeiteten seither ihre Nachfahren, von denen die großartigen venezianischen Spiegel stammten, die einst die Schlafzimmer des europäischen Adels geziert hatten. Heutzutage jedoch waren die Glasbläser so weit herabgesunken, daß sie nur noch Kitsch herstellten, etwa grellbunte Miniaturgondeln, die sie den Touristen als Souvenirs verkauften.

Während Mario sie den Hauptkanal hinaufruderte, besah sich Toby die Gebäude, die zu beiden Seiten die Ufer säumten. Es waren die typischen zweigeschossigen, rot geklinkerten, fast quadratischen Gebäude, in Rosa und Ocker verputzt, heruntergekommen und renovierungsbedürftig. Im Erdgeschoß befanden sich meist kleine Läden, die Salami und Mortadella, große, runde Käselaibe und Wein in großen Korbflaschen verkauften. An den Piers lagen Lastkähne aus verwittertem Holz. Ein paar Männer saßen herum, rauchten und schauten, als die überdachte Gondel mit dem gutgekleideten Ausländer und der Italienierin darin vorbeifuhr, neugierig herüber.

Hier und da gab es kleine Restaurants mit ein oder zwei Tischen draußen am Pier. Da eines wie das andere aussah, deutete Toby auf das nächstbeste und rief Mario zu, er solle dort anlegen. Die Gondel glitt an die geborstenen Steinquader des Piers, und ein Kellner mit einer Schürze, die bis zu den Knöcheln hinunterreichte, sprang herbei, ergriff den Rand des Kabinendachs und stabilisierte das Boot, als Toby ausstieg. Dann streckte er die Hand aus, um Gilda an Land zu helfen.

Toby gab Mario einen Hundert-Lire-Schein, damit er sich auch etwas zu essen kaufen konnte – viel zuviel Geld, fast ein englisches Pfund. Aber er hatte das Gefühl, daß er dem Mann etwas für die Frustration schuldete, unter der er auf der Überfahrt von Venedig hierher gelitten haben mußte. Mario nahm das Geld grinsend an und versprach, in zwei Stunden zurück zu sein. Er verschwand in Richtung einer Fischerkneipe, die er auf der Fahrt durch den Kanal erspäht hatte.

Der Kellner konnte nicht älter als sechzehn sein. Er placierte Gilda und Toby mit schwungvoller Geste und legte ein kariertes Tischtuch für sie auf. Er brachte ihnen Brot und eine Flasche Rotwein, dann setzte er ihnen auseinander, was es zum Lunch gab, und nahm ihre Bestellung auf.

Toby war sehr mit sich zufrieden. Schließlich und endlich, überlegte er, hatte sich Venedig doch noch von seiner besseren Seite gezeigt. Obwohl Toby einige Zweifel gehegt hatte, bevor er Gilda traf – Zweifel, die Corradinis unausgesprochener, aber unmißverständlicher Skeptizismus nicht gerade besänftigte –, die Fahrt in der Gondel durch die stille Lagune hatte sich wirklich als sehr idyllisch erwiesen.

«Trink und iß, Gilda», sagte er voller Zuneigung und streichelte ihre Hand auf dem Tisch. «Danach vertreten wir uns ein bißchen die Füße, und dann fahren wir in der Gondel zurück nach Venedig und machen auf dem ganzen Weg wieder Liebe.»

Sie konnte seine Worte nicht verstanden haben, aber sie schenkte ihm ein bezauberndes Lächeln und sagte: *«Si, Toby!»*

11. KAPITEL

In seiner dritten Woche im Palazzo Malvolio schloß Toby die Bestandsaufnahme der Möbel auf dem Dachboden ab und nahm eine Schätzung der Restaurierungskosten in London vor, zu denen noch die Kosten für Verpakkung und Verschiffung hinzukommen würden – aber die waren relativ gering. Nur unter enormen Schwierigkeiten kam er gegen elf Uhr morgens, im allgemeinen eine gute Zeit, seinen Vater zu erreichen, am Telefon zu Fitzroy Dalrymple durch. Sie diskutierten seine Zahlen, während es im Hörer knackte und rauschte und Toby in dem lauten Postamt von Venedig stand. Jervis senior würde, so nahm er an, bequem in seinem Büro sitzen, mit einem spätmorgendlichen Glas feinen Sherrys in der Hand.

Als man sich über alles einig war, ging Toby zurück in den Palast, um Mrs. Tandy aufzusuchen und ihr sein offizielles Angebot zu unterbreiten. Aber das Telefonat hatte so viel Zeit in Anspruch genommen, daß es reichlich über die Mittagsstunde hinaus war, als er die große Marmortreppe auf der landwärtigen Seite des Palasts hinaufstieg. Er beschloß, das geschäftliche Gespräch bis nach dem Essen aufzuschieben und lieber den endlos scheinenden Weg hinauf in sein Zimmer durch einen oder zwei Kilometer verblaßter Pracht in Angriff zu nehmen, um sich die Hände zu waschen und die Haare zu kämmen. Er fragte sich, ob die Malvolios in ihren Glanzzeiten wohl überhaupt vor die Tür gegangen waren.

Vielleicht hatten sie sich ja die langen Wege gespart, indem sie monatelang in ihren Gemächern blieben und sich Essen und Trinken von Lakaien auf dem Tablett bringen ließen.

Um halb eins ging er hinunter in das Vorzimmer, in dem sich die Gäste und Haushaltsmitglieder, die zum Lunch im Hause waren, täglich zu einem Drink einfanden. Padre Pio war da, nippte an einem kleinen Glas Weißwein, und zu Tobys Ärger stand auch Ottorino Pavese da, begleitet von Marina. Sie trug ein gelbes Seidenkleid, das sie aussehen ließ wie einen gut im Futter stehenden Kanarienvogel.

Geschäft beiseite, die Höflichkeit mußte gewahrt bleiben. Toby war sich über die Prioritäten nicht im klaren, aber es konnte nicht so schrecklich falsch sein, mit der Kirche anzufangen. Er begrüßte den Padre und gab sodann mit einiger Grandezza Marina einen Handkuß, in der Hoffnung, ihren italienischen Boyfriend zu ärgern, aber der scherte sich gar nicht darum. Schließlich gab er auch Ottorino die Hand, nicht ohne zu bemerken, wie schlaff dessen Händedruck und wie blaß das Filmstargesicht war.

Marina mußte die gegenseitige Abneigung der beiden gespürt haben, denn sie sagte, daß Ottorino nicht zum Lunch bleiben würde – er habe heute morgen nur kurz hereingeschaut, um sie zu besuchen, und wolle noch Delphine seine Aufwartung machen, bevor er wieder gehe. Es schien Toby weitaus wahrscheinlicher, daß Ottorino die ganze Nacht in Marinas Zimmer den Lustbarkeiten gefrönt hatte und erst jetzt, nach einem Morgenschläfchen, wieder genügend auf dem Damm war, um sich verabschieden zu können.

Nun traten auch Delphine und Adalbert in das Vorzimmer und kicherten über irgend etwas. Ottorino ging sie begrüßen und plauderte eine Weile mit ihnen, bevor er sich verabschiedete. Während Toby den Rückzug des gutaussehenden Italieners beobachtete, kam ihm ein Gedanke.

«Ich muß Ihnen etwas von größter Wichtigkeit sagen – aber allein», wandte er sich an Marina, eindringlich, um ihre Aufmerksamkeit zu erregen, aber nicht so laut, daß jemand im Raum ihn hören konnte. «Nach dem Lunch – kommen Sie um drei Uhr in mein Zimmer.»

Dann ließ er sie mit offenem Mund stehen und ging zu Delphine, um sie höflich zu begrüßen. Er erzählte ihr nicht, daß er mit seiner Arbeit fertig war, wie er es noch auf dem Rückweg vom Postamt vorgehabt hatte – das war nun um vierundzwanzig Stunden aufgeschoben –, sondern sagte nur: «Ich habe heute morgen mit London gesprochen. Ich hielt es für das beste, die Versicherungskosten noch einmal zu überprüfen. Ich werde nun sehr bald in der Lage sein, Ihnen Fitzroy Dalrymples Angebot vorzulegen.» Er glaubte, das klänge angemessen geschäftlich, um sie für den Augenblick zufriedenzustellen. Sie nickte nur und sagte, *gut*.

Als sie dann im Kleinen Speisesaal Platz nahmen, wartete Toby, bis Marina einen Stuhl gewählt hatte – wobei sie zwischen sich und Delphine einen für ihn freiließ –, und setzte sich dann ans andere Ende der Tafel, ihr gegenüber. Er versuchte, möglichst geheimnisvoll dreinzusehen, um ihre Phantasie anzuregen.

Sie warf ihm lange, glühende Blicke zu, während sie einen nach dem andern die zahlreichen Gänge verspeiste: die marinierten Sardinen mit Zwiebelringen, die Kaldaunencremesuppe, den Risotto mit Spinat und Erbsen, den Lagunen-Aal, leicht angemacht in Zitronensaft und Olivenöl, die dünnen, panierten Schweinefilets, den scharfen, blaugeäderten Gorgonzola, den frischen Apfelkuchen mit Zitroneneis, die saftigen lila Feigen in antiken Silberschalen.

Toby probierte von allem etwas, aß und trank aber insgesamt nur wenig, denn er wollte nicht schläfrig werden an diesem Nachmittag. Er wollte wach und aktiv sein, denn er hatte vor, Marina den Schock ihres Lebens zu versetzen. Die Idee, die er vor dem Lunch gehabt hatte, war einer Erinnerung an den Tag entsprungen, an dem sie mit ihm zu Prinzessin Zitas Palast gegangen war. Etwas, das sie damals gesagt hatte, hatte ihn davon überzeugt, daß sie trotz ihrer Raffinesse und ihrer Bereitwilligkeit, ihren sexuellen Gefühlen nachzugeben, in Wirklichkeit eine altmodische Romantikerin war. Insgeheim wollte sie von einem gutaussehenden Scheich im Burnus, der auf einem weißen Hengst dahergaloppierte, geschnappt, über den Widerrist des Pferdes geworfen und in ein Zelt in der Wüste davongetragen werden, wo der Scheich ihr dann die Kleider vom Leib reißen und Hände und Füße fesseln würde. Natürlich würde ihr brutaler dunkelhäutiger Beduinen-Entführer sie dann unwahrscheinlich oft hernehmen – mit einem dreißig Zentimeter langen *cazzo* von Handgelenkdicke. Und hatte sie Toby nicht von Zitas Abenteuern mit Prinz Iwan erzählt, und hatte nicht ein Anflug von Bedauern darüber in ihrer Stimme gelegen, daß nicht sie diejenige gewesen war, die nackt an den Bettpfosten gebunden und ausgepeitscht wurde? Nun, ein kleiner Teil ihrer heimlichen Träume sollte an diesem Nachmittag Wirklichkeit werden.

In sein Zimmer zurückgekehrt, zog Toby sich um, wählte einen leichten hellgrauen Flanellanzug und ein Sporthemd mit offenem Kragen. Zu seiner Reiseausstattung gehörte eine zirka zehn Meter lange gewachste Schnur mit einem Knoten alle dreißig Zentimeter, die ihm half, die Größe von Möbelstücken für seine Aufzeichnungen zu bemessen. Diese bescheidene Schnur beabsichtigte er in ein furchterregendes Folterinstrument zum Nutzen von Contessa Marina zu verwandeln. Er saß draußen auf dem Balkon seines Zimmers in der Sonne und schnitt die Schnur mit einem Taschenmesser, das ebenfalls Teil seiner Reiseausstattung war, in Teile von neunzig Zentimeter Länge. Dann nahm er die Enden von neun

Teilen und band sie mit Hilfe des zehnten zusammen. Seine Behelfspeitsche sah originell aus, aber das allein tat es nicht, sie mußte auch eine gewisse Wirkung entfalten. Um sie auszuprobieren, ging er in sein Zimmer, hob die selbstgebastelte neunschwänzige Katze und schlug damit heftig auf das Bett ein. Die geknoteten Schnüre peitschten auf den fadenscheinigen karmesinroten Damastüberwurf. Das schien ihm einschüchternd genug. Ob es wirklich weh tun würde, war eine andere Sache – echte Peitschen dieser Art wurden aus schwererem und stärkerem Material als gewachster Schnur gemacht.

Aber um sicherzugehen, zog er sein Hemd aus, hielt die Peitsche vor sich, daß die geknoteten Enden den Boden berührten, holte dann tief Luft und schwang sie aufwärts und über seine linke Schulter, so fest er nur konnte. Die geknoteten Enden stachen in seinen nackten Rücken, aber es war nicht wirklich schmerzhaft. Und er brauchte ja auch nicht so fest zuzuschlagen. Er zog sein Hemd wieder an, rollte die Schnüre um seine Hand herum zu einem Knäuel zusammen und steckte es in die Hosentasche. Es war nicht zu sehen, als er vor dem langen Drehspiegel stand. Und wenn Marina dort eine Ausbuchtung bemerkte, würde sie natürlich sofort glauben, sie hätte sie verursacht.

In einer Viertelstunde mußte sie eintreffen – *wenn* sie kam! Er war sich jedoch ziemlich sicher, daß sie kommen würde – er hatte gesagt, er habe ihr etwas Wichtiges mitzuteilen. Schon die weibliche Neugier allein würde sie hertreiben, selbst wenn sie erriet, daß das nur ein Vorwand war, sie zu einer kleinen Lustbarkeit in sein Zimmer zu locken. Aber die Aussicht auf letztere würde sie sogar mit noch größerer Sicherheit herlocken – so wie Ottorino Pavese aussah, war er heute morgen nicht zu sonderlich viel zu gebrauchen gewesen!

Er hörte ein kräftiges, rasches Klopfen an der Schlafzimmertür, sie öffnete sich, bevor er noch Zeit hatte, sich vom Stuhl zu erheben, geschweige denn den Raum zu durchqueren – und herein kam Marina. Zehn Minuten zu früh, stellte Toby lächelnd fest. Sie trat ein oder zwei Schritte auf ihn zu und blieb dann stehen. Sie nahm den Stuhl nicht an, den er ihr anbot, sondern stand einfach da und schaute ihn an.

«Was ist denn so wichtig, daß Sie rüde genug sind, mir mitzuteilen, ich solle hierher kommen? Wissen Sie nicht, wie groß das Risiko ist, von der Dienerschaft gesehen zu werden?» fragte sie.

Sie versuchte, Oberwasser zu bekommen, aber Toby hatte nicht vor, das zuzulassen. Er stand hoch aufgerichtet da und ließ sie nicht aus den Augen. «Das werden Sie gleich herausfinden», sagte er, ganz und gar nicht höflich. «Und ich weiß, Sie werden überrascht sein. Ziehen Sie Ihr Kleid aus.»

«Was!» rief Marina und versuchte, Empörung in ihre Stimme zu legen, was nicht annähernd gelang.

«Ich will deine Titten sehen», sagte er, «zieh dein Kleid aus.»

«Ich bin nicht hierher gekommen, um mich behandeln zu lassen wie eine Hure», fuhr sie ihn an. «Was um alles in der Welt haben Sie vor?»

«Entblöße deine Titten», sagte er wieder, ohne sich auf eine Diskussion einzulassen. «Hol sie raus – ich will sie sehen.»

Er spannte die Schultern und starrte sie an, ganz Angriffslust und Selbstsicherheit. Seine Beharrlichkeit machte Marina unentschlossen. Augenblicke vergingen in Schweigen, dann wandte sie den Blick ab. Achselzuckend öffnete sie ihr gelbes Kleid, und ein grausam hartes Lächeln huschte über Tobys Gesicht, als er zusah, wie sie es auszog. Darunter trug sie einen cremefarbenen Petticoat mit besticktem Saum.

«Deine Titten», wiederholte er, «ich sehe sie noch immer nicht.»

Marina zog auch noch den Petticoat aus.

Zu schwer und zu fleischig, dachte er, während er auf ihre nackten Brüste starrte. Aber erfreulich aufregend anzufassen, wie er von früheren Lustbarkeiten mit ihr wußte. Großzügige Übergröße für die Hände, weich zu kneten – und um die Wahrheit zu sagen, ließ der Anblick von Contessa Marinas Möpsen zuverlässig sein Glied in der Hose anschwellen.

«Sie haben sie gesehen – sind Sie jetzt zufrieden?» sagte Marina mit verspäteter Aufmüpfigkeit.

«Zieh deine Unterhose aus», sagte er, ihre Frage ignorierend, «und die Strümpfe. Zieh dich nackt aus.»

Das entsprach nun überhaupt nicht dem, was sie sich erhofft hatte, als sie in Tobys Zimmer getreten war. Zweifelsohne hatte sie erwartet, daß er sie umarmen, sie küssen, sie langsam entkleiden und zu dem Himmelbett führen, ihre Brüste und ihre Möse streicheln und sie schließlich auf den Rücken breiten und besteigen würde – alles *comme il faut*. Aber nichts dergleichen. Sie wurde nicht umworben, nicht einmal routinemäßig. Ihre Zustimmung wurde nicht gesucht, ihr Vergnügen nicht bedacht. Sie wurde brutal erniedrigt, mißbraucht, behandelt wie eine bezahlte Person, wie eine Dienerin – ja, fast wie eine Sklavin! Und doch erwuchs ihr eine Art schmachvoller Erregung daraus, nackt ausgezogen zu werden, auf so arrogante Weise angestarrt zu werden.

Sie beugte sich vor, um das cremefarbene Unterhöschen auszuziehen, das bis hin zur Stickerei zu dem bereits abgelegten Unterrock paßte. Sie balancierte abwechselnd auf einem Bein, während sie die Strapse und Seidenstrümpfe abstreifte. Schließlich stand sie vollkommen nackt vor ihm.

«Du hast mich hintergangen», sagte er kalt und musterte ihren Körper mit einem möglichst zornigen Ausdruck.

«Was meinen Sie?» sagte sie verwirrt.

«Du hast mich im Glauben gewiegt, du hättest Spaß an meiner Gesellschaft im Bett», sagte Toby in gespielter Wut. «Aber wo bist du, wenn ich dich nachts brauche? Bei Ottorino!»

«Ich habe dir nie etwas versprochen», gab Marina zurück.

«Versprechungen sind für verlobte Paare und Jungverheiratete», sagte Toby verächtlich. «Ich will keine Versprechungen von dir außer denen auf das Vergnügen, das dein Körper bietet. Und das verweigerst du mir und schenkst es Ottorino.»

«Nein, seien Sie nicht verärgert, Toby. Ich bin doch jetzt hier bei Ihnen – nehmen Sie mich», sagte sie rasch.

«Dein Betragen war ganz und gar unakzeptabel», sagte er mit einem bösen Blick. «Wenn du glaubst, du kannst dich so einfach dafür entschuldigen, indem du für fünf Minuten die Beine breitmachst, dann irrst du dich!»

Sein vorgetäuschter Ärger zeigte Wirkung. «Aber was soll ich denn tun?» sagte Marina ängstlich. Ohne zu antworten kam Toby näher und legte die Hände auf ihre nackten Schultern. Sie streckte die Arme aus, um ihn an ihren nackten Busen zu ziehen, offenbar in der Gewißheit, daß sein Zorn sich verflüchtigen würde, wenn er erst einmal in ihren Armen lag. Doch Toby drückte ihre Schultern mit großer Kraft nach unten, bis sie auf dem gefliesten Boden auf die Knie sank. Sie starrte ihn mit einem ungläubigen Blick an, doch dann, als sie erriet, was er wollte, hellte sich ihre Miene auf.

Sie knöpfte seine Hose auf, um seine stramme Latte herauszuziehen, und seufzte lustvoll auf, als sie sah, was sie da in der Hand hielt. Auf unerklärliche Weise hatte die Rolle des bösartigen Sadisten Toby aufs äußerste erregt – Marina gingen die Augen über beim Anblick seines direkt vor ihrem Gesicht emporschnellenden dicken und harten *cazzo* …

«Sie waren sehr rüde zu mir, wissen Sie», sagte sie schmollend, als sie ihn in die Hand nahm. «Ich halte mich für einen weitherzigen, toleranten Menschen, der kein Spielverderber ist, aber es gibt Grenzen.»

«Sei still», sagte Toby so scharf er konnte und zog die behelfsmäßige Peitsche aus der Tasche. «Du weißt, was dich erwartet.»

Bevor sie noch ihrem Zorn und Schrecken Ausdruck verleihen konnte, holte Toby aus und ließ die neunschwänzige Katze schwungvoll auf ihren drallen Hintern niedersausen. Sie schrie auf. Mit seiner linken Hand dirigierte er ihren Kopf zu seinem Schwanz, während er ihr einen zweiten Schlag versetzte. Sie schrie wieder auf, obwohl das Amateurinstrument gewiß nicht geeignet war, ihr ins Fleisch zu schneiden und wirkliche Schmerzen zu verursachen.

Tobys steifer Schaft rieb sich an ihrem Mund, aber Marina preßte die Lippen zusammen und provozierte ihn so noch mehr.

«Ich werde dich schlagen», sagte er kalt, «daß du mindestens eine Woche lang nicht mehr sitzen kannst.»

«Mmmm, mmmm!» bettelte Marina, ließ den Mund jedoch fest geschlossen – *lieber tot als entehrt.*

«Und wenn du darum bettelst, daß ich mit dem Peitschen aufhören soll», fuhr Toby grimmig fort, während er sie weiter schlug, «dann werde ich dir die Beine auseinanderzwingen, mich zwischen sie stellen und deinen Bauch und deine *fica* geißeln, bis du in Ohnmacht fällst.»

«Nein!» keuchte Marina und machte endlich den Mund auf. «Das tut weh!»

Zufällig hatte eine der Schnüre sie zwischen die Hinterbakken getroffen, und der Knoten am Ende hatte einen empfindlichen Teil berührt.

«Es tut weh?» schrie er. «Es soll weh tun – du wirst dich

gleich winden vor Schmerzen! Und wenn du dann in Ohnmacht fällst und besinnungslos auf dem Boden liegst, werde ich mich auf dich werfen und dir meinen Schwengel hineintreiben. Ich bin so hart angeschwollen, daß ich dich glatt spalten könnte! Und ich werde es dir machen, wie es dir noch keiner gemacht hat, Marina! Ich werde dir die Spalte füllen, bis sie überläuft – und ich werde das Vergnügen ganz allein genießen! Du wirst gar nichts davon mitbekommen, daß dir Gewalt angetan wird!»

«O mein Gott», murmelte sie, und ihre Finger krallten sich durch das Hosenbein hindurch ins Fleisch seiner Schenkel.

«Ja!» schrie Toby jubelnd, als er fühlte, wie ihre Lippen seinen Schwanz umschlossen und ihre Zähne sich leicht hineingruben, um ihn ruhigzustellen, damit ihre Zunge über die Spitze streichen konnte. «Ja – du weißt, was du zu tun hast!»

Er hörte auf, sie zu schlagen, und stützte sich mit beiden Händen auf ihren Schultern ab. Die Peitsche hing an ihrem nackten Rücken hinab, um sie daran zu erinnern, daß er jederzeit wieder zuschlagen konnte, wenn er es wünschte. Marinas Hände lagen auf seinem Hinterteil und liebkosten durch die Hose die strammen Backen. Ihre Augen waren geschlossen, während sie an seinem *cazzo* saugte.

Sie wußte sehr wohl, was für ein Vergnügen sie ihm bereitete, und wenn ein Beweis dafür überhaupt nötig war, dann erbrachte ihn sein Schwanz, der unter ihren eifrigen Aufmerksamkeiten immer steifer und härter wurde. Für einen Augenblick ließ sie von ihm ab, um Luft zu schöpfen. Ihr Gesicht war gerötet, als sie in seine Augen aufsah. Sie wackelte mit ihrem nackten Po und keuchte: «Peitsche mich aus, Toby!»

Sobald er auf ihr Hinterteil einzuschlagen begann, ließ sie seinen Schaft wieder in ihren Mund gleiten und bearbeitete ihn wie wild mit der Zunge. Toby bekam weiche Knie, als vertraute Schauder durch seinen Leib jagten und die Muskeln in

Bauch und Schenkeln zu zucken begannen. Dann legte er den Kopf zurück, schrie auf und spritzte Marina mit heftigen Stößen seine Lustfontänen in den Mund.

Während sie ihn aussaugte, schüttelte sich ihr nackter Körper, dann warf sie den Kopf in den Nacken und starrte Toby blicklos und mit weit aufgerissenem Mund an. Er bemerkte, daß auch sie zum Höhepunkt kam, und um ihre Schauer zu intensivieren und zu verlängern, hob er seine neunschwänzige Katze und schlug mit aller Kraft, die er noch aufbringen konnte, auf ihr Hinterteil ein. Sie wand sich unter den Schlägen, kreischte und jaulte vor Ekstase, dann sank sie ihm langsam zu Füßen, ihre Hände glitten Zentimeter um Zentimeter an seinen behosten Beinen hinab.

Nach einer Weile hob sie den Kopf. Sie ging auf den Fersen in die Hocke und schaute ruhig zu Toby auf. Er schüttelte seine neunschwänzige Katze, ließ die geknoteten Enden über ihre fülligen Brüste und die steifen Nippel streichen. Aus ihrem Mundwinkel rann und tropfte es ihr Kinn hinab. Toby hielt ihr die Hand hin, und als sie sie ergriff, zog er sie hoch und führte sie hinüber zum Himmelbett an der Wand.

Die Show, die Toby für Marina abgezogen hatte, diente einem besonderen Zweck.

«Marina», sagte er nun, als sie auf dem Bett lagen, «warum hast du Ottorino auf dem Dachboden herumstöbern lassen? Warum interessiert er sich so für das, was ich mache? Was hat er vor?»

«Ich weiß nicht», flüsterte sie.

«Doch, du weißt es sehr wohl», beharrte er streng. «Du wirst ihn schon aus reiner Neugier danach gefragt haben. Ich will es wissen, Marina. Wartet er darauf zu erfahren, was ich biete, damit er mich unterbieten kann?»

«Ottorino interessiert sich nicht für alte Möbel», sagte sie schließlich mit so großer Überzeugung, daß Toby ihr halbwegs Glauben schenkte. «Er weiß überhaupt nichts über Möbel.»

«Ist er dann hinter einem bestimmten Stück her?»

«Das weiß ich nicht, wirklich nicht. Er schien mehr an den Kleiderschränken interessiert als an irgend etwas sonst, aber er kam nicht sehr weit damit.»

«Er war an Kleiderschränken interessiert?» sagte Toby nachdenklich. «Es steht ein außerordentlich schönes Stück aus dem 18. Jahrhundert da oben – eines der besten, die ich je gesehen habe. Sammelt er Rokokomöbel?»

«Nein, er schien mehr an so einem riesigen Ding interessiert, das er sowieso niemals in seiner Wohnung unterbringen könnte. Er hat eine Ewigkeit daran herumgefingert.»

«Warum? Wonach hat er gesucht?»

Marina zuckte die Achseln. «Er sagte etwas von Schränken, die Geheimnisse haben, aber ich habe nicht besonders gut aufgepaßt. Es ist heiß und stickig da oben unter dem Dach, und ich war gelangweilt. Ist es denn wichtig?»

«Was ich wissen will, ist, warum er da oben herumstöbert, wenn ich ausgegangen bin», erwiderte Toby. «Es hat mich eine Menge Zeit und Mühe gekostet, eine ordentliche Inventarliste aufzustellen. Die Firma, die mich hierhergeschickt hat, erwartet, daß ich die Möbel zu einem fairen Preis einkaufe, damit sie zur Restaurierung nach England gebracht werden können. Und jetzt habe ich die ganze Arbeit erledigt und kann Delphine ein Angebot machen, und was finde ich heraus? Jemand schnüffelt mir hinterher.»

«Ja, ich kann verstehen, daß dich das schrecklich mißtrauisch machen muß», sagte Marina, angesichts des gerade Erlebten ebenfalls zum Du übergehend. «Schau – wenn ich Ottorino das nächste Mal wiedersehe, werde ich ihn rundheraus fragen, woran er interessiert ist.»

«Wie oft war er schon auf dem Dachboden, abgesehen von

dem einen Mal, als du ihn hinaufgebracht hast, während ich dort arbeitete?»

«Oh, zwei- oder dreimal. Ich habe mir nicht die Mühe gemacht, mitzuzählen.»

Offensichtlich kannte sich *dottore* Pavese mit Geheimfächern in antiken Möbeln aus. Er konnte jedoch nicht gewußt haben, daß in einem der Schränke ein wertvolles Gemälde verborgen war. Das alles ergab wirklich keinen Sinn. Angenommen, er hatte etwas von Wert gefunden – wenn Marina dabei gewesen wäre, würde er es Delphine gegeben haben müssen. Marina war nicht der Typ, der Ottorino dabei geholfen hätte, ihre Freundin Delphine zu betrügen.

Aber es gab auch eine andere Möglichkeit: Ottorino hatte nicht nach etwas Wertvollem gesucht, sondern vielmehr nach einem Ort, wo er etwas Wertvolles verstecken konnte. Er wußte, daß sich die Möbel in Kürze auf dem Weg nach London befinden würden. Könnte es sein, daß er vorhatte, etwas nach England einzuschmuggeln? Und wenn ja, was?

Er wäre gewiß an Dingen interessiert, die in London zu einem hohen Preis verkauft werden konnten. Toby zermarterte sich das Hirn. Drogen? Edelsteine? Diamanten, Gold?

«Wann siehst du Ottorino wieder?» fragte er Marina.

«Es ist nichts verabredet. In ein oder zwei Tagen, denke ich», sagte sie.

«Warum nicht gleich heute abend?» sagte er. «Er würde dich bestimmt zum Abendessen ausführen, wenn du ihn darum bittest. Eine gute, nahrhafte Mahlzeit und eine Flasche Chianti oder zwei werden sicher das Ihre tun. Danach kannst du dich taktvoll nach den Kleiderschränken erkundigen und ihn fragen, warum er sich so dafür interessiert.»

«Heute abend? Das ist aber sehr bald», sagte sie. «Ich meine, er war sehr müde nach gestern nacht. Wirklich völlig erschöpft.»

«Was macht das schon? Ein Schuß von deinem berühmten *elisir d'amore* in seinen Gin, und er wird wieder springlebendig – ist es nicht so?»

«Es ist nie gut, Dinge zu übereilen», sagte sie zweifelnd.

«Ich will bis morgen mittag wissen, was er mit den Möbeln vorhat, also mußt du es heute abend aus ihm herausquetschen.»

«Wirst du mich peitschen, wenn ich nicht gehorche?» flüsterte sie.

«Ich werde dich peitschen, um sicherzustellen, *daß* du gehorchst», erwiderte er und schaltete wieder um auf seine Herrscherrolle, «du bist eben viel zu leicht davongekommen. Aber diesmal bist du wirklich dran!»

«O Toby ...» flüsterte sie entzückt.

12. KAPIIEL

Nachdem Toby eine angemessen willige Marina ausgesandt hatte, um Ottorino Pavese sein Geheimnis mit Hilfe ihres körperlichen Charmes und einer Extradosis ihres bevorzugten Aphrodisiakums zu entreißen, hatte er sich zu einem Nickerchen hingelegt und bis sechs Uhr geschlafen. Als er aufwachte, fühlte er sich unbehaglich, weil er *dottore* Pavese vielleicht in mehr eingeweiht hatte, als ihm guttat, aber als er sich bei einem Bediensteten nach der Contessa erkundigte, machte sich dieser auf die Suche nach ihr und kehrte mit einer Nachricht von ihrem Zimmermädchen zurück. Die Contessa Marina sei ausgegangen und würde beim Dinner nicht anwesend sein – sie werde erst sehr spät zurück erwartet.

Vermutlich, dachte Toby grinsend, kam die Nachricht von dem gleichen Zimmermädchen, das am Nachmittag Cold Cream auf Marinas gerötetes Hinterteil aufgetragen hatte.

Der Himmel zwischen den offenen Fensterläden war weißlich von der ersten Dämmerung, als Toby am nächsten Morgen erwachte. Irgend jemand lag dicht hinter ihm und langte mit einer Hand über seine Hüfte, um nach seinem Schwanz zu greifen und damit zu spielen. Toby lag eine Weile still, um sich zu sammeln und sich an den Gefühlen zu erfreuen, die die zart auf und ab streichelnde Hand hervorrief. Es war, fand er, eine sehr angenehme Art, geweckt zu werden, und als sein *cazzo* sich aufrichtete und zu pulsieren begann, rollte er sich herum, um seine Wohltäterin anzusehen. Es war Marina.

«Buon giorno, Toby», sagte sie und neigte den Kopf vor, um ihn zu küssen.

«Buon giorno, Contessa», erwiderte er und begann ihre Brüste zu streicheln. Über ihre nackte Schulter hinweg sah er flüchtig ihr leuchtendrotes Abendkleid und ein Paar dunkle Seidenstrümpfe, beides achtlos über einen Stuhl geworfen. Offensichtlich war sie direkt von ihrer Liebesnacht mit Ottorino in sein Zimmer gekommen.

Es mußte eine reichlich lange Nacht gewesen sein, dachte Toby, denn es war ungefähr fünf Uhr morgens, nach dem Tageslicht in den offenen Fenstern zu urteilen. Es stand zu hoffen, daß sie den armen Ottorino nicht zum Herzinfarkt getrieben hatte!

«Ich habe eine Überraschung für dich», sagte sie und schnurrte unter seinen Liebkosungen wie eine Katze.

«So? Was für eine denn?» sagte Toby lächelnd.

«Ottorino hat ein sehr kostbares Gemälde, das er in London verkaufen will», sagte sie stolz und streichelte genießerisch Tobys Brust. «Aber es macht ihm Schwierigkeiten, eine korrekte Ausfuhrgenehmigung dafür zu bekommen, weil es zu den nationalen Kulturschätzen gehört, was immer das heißen soll.»

«Ich dachte, eine taktvoll überreichte Summe könnte solche Probleme in Italien lösen», sagte Toby nonchalant.

«Er hat es versucht, aber sie wollen das Bild nicht außer Landes lassen. Es ist zu wichtig.»

«Das überrascht mich», sagte Toby. «Nicht, daß ich irgend etwas von Gemälden verstünde, aber Museen in ganz Europa haben ihre Tizians und Tintorettos, Guardis, Veroneses, Canalettos, Raffaels – was macht es schon für einen Unterschied, ob ein Bild mehr oder weniger Italien verläßt?»

«Keinen, da bin ich sicher», sagte Marina, «aber so ist es eben. Niemand versteht, wie offizielle Entscheidungen getroffen werden, darum suchen die Leute nach Wegen, sie zu umgehen. Wußtest du, daß es ein Geheimfach in einem der Schränke gibt, die du fortschaffen willst?»

«Wirklich? Kann sein. Es gibt oft Geheimfächer und Verstecke in alten Möbeln.»

«Es gibt auch eins im Büffet in meinem Wohnzimmer», sagte sie. «Ich bewahre dort ein paar Fotos von mir auf, von denen ich nicht will, daß das Zimmermädchen sie sieht.»

Toby hielt es für vernünftig, im Moment nicht auf dieses Thema einzugehen. Er wollte mehr über Ottorinos Pläne erfahren. «Wenn man also zwei und zwei zusammenzählt», sagte er, «dann will mich Ottorino zum ahnungslosen Komplicen einer Straftat machen. Er versteckt sein Bild in meinem Schrank, um es durch den italienischen und den britischen Zoll zu bringen. Danach, in London, schleicht er sich ein, um es wieder an sich zu nehmen.»

«Das ist clever, nicht wahr?» flüsterte Marina.

«Es ist hinterhältig», sagte Toby. «Wenn der Zoll dieses verdammte Bild findet, bin ich derjenige, der verurteilt und ins Gefängnis gesteckt wird. Und Möbel im Wert von Tausenden englischer Pfund, die Fitzroy Dalrymple gehören, werden vom Zoll beschlagnahmt und bei der Suche nach weiterer Schmuggelware in Stücke geschlagen. Das wäre eine Katastrophe! Und alles nur wegen Ottorino!»

«Daran habe ich noch gar nicht gedacht!» rief Marina aus. «Ich werde ihm sagen, daß das einfach nicht geht. Er wird einen anderen Weg finden müssen, sein Bild aus dem Land zu schaffen, sobald es ihm wieder bessergeht. Ich werde es ihm zurückgeben, wenn ich morgen oder übermorgen bei ihm vorbeischaue.»

«Er hat es dir gegeben?» fragte Toby erstaunt.

«Er ist ein bißchen wacklig auf den Beinen», erwiderte Marina mit einem süffisanten Lächeln. «Er wird für ein oder zwei Tage das Bett hüten müssen, um wieder zu Kräften zu kommen. Er gab mir das Bild mit der Bitte um strengste Vertraulichkeit und sagte mir, daß in dem großen Kleiderschrank ein Geheimfach zu finden sei.»

«In dem ganz großen?» fragte Toby, wohl wissend, welchen sie meinte.

«Ja, er hat ein Geheimfach unten im Boden – ich zeig's dir. Ottorino sagt, man muß ein paar von den Rosetten in der Schnitzerei bewegen, dann öffnet sich eine Klappe. Er trug mir auf, das Bild in einem geeigneten Augenblick dort hineinzutun.»

«Und wann ist der geeignete Augenblick?»

«Sobald Delphine die Möbel an dich verkauft hat.»

«Ich würde dieses berühmte Bild, das nicht exportiert werden kann, gern einmal sehen», sagte Toby. «Wo ist es denn?»

Marina stand auf und ging zu dem Stuhl, auf dem das rote Abendkleid lag. Darunter, auf der Sitzfläche, lag ein flaches Paket, in Baumwollstoff eingewickelt und über Kreuz mit dünner roter Schnur verschnürt, an den Knoten Siegellack. Sie brachte es ans Bett und hielt es Toby unschlüssig hin.

«Es ist ziemlich gut eingepackt», sagte sie, «wenn wir es öffnen, um nachzusehen, was darin ist, wird Ottorino wissen, daß wir die Nase hineingesteckt haben.»

«Selbstschutz ist nicht die Nase in etwas stecken», sagte Toby entschlossen. «Ich finde, ich habe jedes erdenkliche Recht zu wissen, was in diesem Paket ist. Mein ganzes zukünftiges Leben und meine Freiheit könnten auf dem Spiel stehen. Es ist nicht sehr groß, hm?»

Das Paket maß etwa sechzig mal fünfundvierzig Zentimeter in Länge und Breite und war etwa fünf Zentimeter dick.

«Es muß ein kleines Bild sein», sagte Marina, «und es ist nicht gerahmt – das kann man durch die Verpackung fühlen.»

Sie gab es ihm und sah, nackt auf der Bettkante sitzend, zu, wie Toby sein Federmesser vom Toilettentisch holte und mit der dünnen, scharfen Klinge vorsichtig den Siegellack löste, bevor er die Knoten öffnete. Der Baumwollstoff war, als weitere Sicherheitsmaßnahme, zusammengenäht worden. Toby zerschnitt den Faden vorsichtig an einer Stelle, zog ihn heraus und bewahrte ihn auf. Dann legte er das Paket flach auf den Boden und öffnete es. Drinnen befanden sich weitere schützende Lagen von Sämischleder, gebleichtem Leinen, dickem grauem Papier, weichem Seidenpapier und schließlich rosa Kunstseide. Als diese entfernt war, kam ein abgenutztes Portfolio zum Vorschein, wie es Künstler und Sammler benutzen, um ihre ungerahmten Drucke aufzubewahren. Darin lagen fünf Federzeichnungen auf Papier, die vom Alter schon braun geworden waren.

«Ist das alles?» sagte Marina. «Wo ist das Gemälde?»

Sie kniete sich neben Toby, und ihre Brüste baumelten, als sie sich vorbeugte, um die oberste Zeichnung zur Hand zu nehmen und aus der Nähe zu betrachten. Sie stellte eine junge, nackte Frau mit schweren, runden Brüsten und in runden Schnecken über den Ohren festgestecktem Haar dar. Die Frau stand an einem Bach, von wo aus sich ein Ausblick auf Hügel und eine Stadt in großer Entfernung bot. Sie hatte einen Arm um den langen, gebogenen Hals eines großen Schwans gelegt, der neben ihr stand und sich an ihrem Schenkel rieb.

«Eine Arbeitsskizze für ein Gemälde der Leda mit dem Schwan», sagte Toby. «Ein ziemlich populäres Thema bei den Künstlern der Renaissance. Wenn auch nicht genau auf diese Art.»

Die freie Hand der Frau lag auf eine Weise zwischen ihren Schenkeln, die andeutete, daß sie sich Lust verschaffte. Toby blätterte den Rest der Zeichnungen durch. Alle stellten unbekleidete Frauen in leicht unterschiedlicher Haltung dar, mit langem Haar, das in verschiedenen Stilen des frühen 16. Jahrhunderts frisiert war, aber mit einem ähnlichen Mangel an individuellem Charakter in ihren Gesichtern.

Sie waren alle in gewisser Weise in erotischen Spielen begriffen – offenbar mit Zeus persönlich, der in verschiedenen mythischen Inkarnationen auftrat, als schnaubender Hengst, als Goldregen, als Langhornbulle, als dicke schwarze Wolke.

«Was ist das?» sagte Marina verlegen. «Warum, glaubst du, hat Ottorino mich angelogen?»

«Sie müssen wirklich alt und wertvoll sein, wenn er sich damit soviel Mühe gibt», sagte Toby nachdenklich. «Wenn sie nicht gefälscht sind, natürlich. Das scheint bei deinem Kumpan Ottorino eine etwas kitzlige Frage zu sein. Wenn ich raten müßte, würde ich diese Jungfrauen Leonardo da Vinci zuschreiben. Oder jemandem, der ihn sehr gut kopieren kann. Es könnten Vorstudien zu Bildern sein, die er nie gemalt hat. Aus offensichtlichen Gründen. Oder es könnten reine Fingerübungen sein – Blätter aus seinem Skizzenbuch zum Beispiel. Vielleicht waren es Versuchsskizzen für einen reichen Sammler obszöner Bilder – einen Kardinal oder so.»

«Leonardo da Vinci – aber das ist doch ein sehr bedeutender Maler», sagte Marina, obwohl ein vager Ton der Enttäuschung in ihrer Stimme verriet, daß sie von den Zeichnungen nicht sonderlich beeindruckt war. «Die Leute werden ein unglaubliches Geld bezahlen für seine Arbeiten.»

«Es ist kaum etwas von ihm auf dem Markt», erwiderte Toby. «Er war viel zu beschäftigt, Kriegsmaschinen für den

Herzog von Mailand zu ersinnen, die dann nicht funktionierten, als daß er allzuviel zum Malen gekommen wäre. Manche seiner Bilder sind Wandbilder, die an Kirchenwänden vor sich hin rotten.»

«Darum ist alles, was auf dem Markt ist, so wertvoll?» insistierte sie.

«Ich könnte mir schon vorstellen, daß seine Zeichnungen einen guten Preis erzielen.»

«Das würde erklären, warum Ottorino keine Ausfuhrlizenz bekommt», sagte Marina.

«Ja», stimmte Toby zu. Er war zu dem Schluß gekommen, daß Ottorino sie nicht außer Landes schmuggeln wollte, weil er keine Ausfuhrgenehmigung bekam, sondern weil sie gar nicht ihm gehörten. Diese Situation erforderte sorgfältiges Nachdenken.

«Wir werden sie wieder einpacken», sagte er und tätschelte freundlich Marinas Hinterteil, «und ich behalte sie vorerst. Sag Ottorino nichts davon, wenn er fragt, außer daß sie an einem sicheren Ort sind. Kein Wort über mich, verstehst du? Und bevor ich Venedig verlasse, werden wir entscheiden, was wir am besten mit ihnen machen.»

Er war nicht ganz aufrichtig mit Marina; er hatte längst beschlossen, was mit den Zeichnungen zu tun sei. Nachdem Marina in ihre eigenen Gemächer zurückgekehrt war, versteckte er sie bei dem Tryptichon im Geheimfach des Kleiderschranks in seinem Zimmer und legte sich dann noch zwei Stunden schlafen, bis ihn das Zimmermädchen mit Kaffee und Milchbrötchen weckte.

Später machte er sich auf den Weg zu Niccolò Corradinis muffigem kleinem Laden neben dem Fenice. Der Himmel war klar und blau, der Tag angenehm warm. Als er die Tür zu Corradinis Laden aufstieß, sah der Besitzer hinter seinem verstaubten Ladentisch auf.

«Signor Toby, buon giorno», sagte er. «Ich hoffe, die Gondelfahrt hat Ihnen Vergnügen bereitet.»

«Sie war großartig», erwiderte Toby. «Ich bin gekommen, um Ihnen zu danken und Sie um Ihre Meinung in einer vertraulichen Angelegenheit zu bitten, die für uns beide profitabel sein könnte.»

«Ah, dann kommen Sie bitte in mein Privatzimmer», und er führte ihn in den unordentlichen Raum hinter dem Laden. Dort nahm er einen Stapel Bücher von einem Stuhl, damit Toby sich setzen konnte, und warf hastig ein dünnes Flanelltuch über einen Gegenstand, den er offen auf seinem Schreibtisch liegen gehabt hatte. Toby grinste, verkniff sich aber jeden Kommentar, obgleich der Gegenstand dem Album mit den nackten königlichen Gespielinnen, das Adalbert Gmund gekauft hatte, sehr ähnlich schien. Der Ledereinband war in einem helleren Burgunderrot gehalten, doch die Goldtitelei in der Ecke sah sehr nach dem vertrauten Monogramm und der Krone aus.

Corradini holte aus einem der wackligen Schränke, die an den Wänden herumstanden, eine Flasche und zwei Gläser.

«Ein Gläschen Grappa», schlug er vor und schenkte ein, «ich finde, das tut gut um diese Zeit am Morgen.»

Toby wünschte dem Händler *salute* und nippte vorsichtig, kippte nicht alles auf einmal wie Corradini.

«Gibt es viele Sammlungen von Leonards-Zeichnungen, von denen Sie wissen?» fragte er.

«Meinen Sie echte von Leonardo selbst, oder meinen Sie spätere Arbeiten im Stil des Meisters?» fragte Corradini, der das Wort Fälschung in Zusammenhang mit Kunstwerken nicht über die Lippen zu bringen schien.

«Beides, nehme ich an.»

«Es soll viele Sammlungen von Zeichnungen geben, deren Besitzer sich sicher sind, daß sie von Leonardo stammen, die aber in Wahrheit von späteren Künstlern angefertigt wurden», sagte Corradini. «Niemand kann sagen, wie viele, da den reichen Käufern gesagt wird, die Zeichnungen stammten aus den offiziellen staatlichen Sammlungen in Florenz oder Mailand. Deshalb schweigen sie darüber.»

«Es ist ein erstklassiger Trick, einem gewissenlosen Sammler zu sagen, er habe Diebesgut gekauft», sagte Toby. «So sind vertrauensseligen amerikanischen Millionären schon die erstaunlichsten Fälschungen angedreht worden. Es geht das Gerücht, daß es in den Vereinigten Staaten Dutzende von Tizians und Raffaels gibt, von denen kein Kunsthistoriker je etwas gesehen oder gehört hat.»

Corradini schüttelte traurig den Kopf, als sei er bestürzt, von solchen Verbrechen zu hören.

«Es heißt, es gibt drei Mona Lisas in Privatsammlungen allein im Staate Pennsylvania», fuhr Toby fort. «Nicht, daß ich etwas von Bildern verstünde, natürlich, aber ich weiß, was mit antiken Möbeln vor sich geht.»

«Echte Zeichnungen von der Hand Leonardos, wirklich authentisch und über jeden Zweifel erhaben, sind sehr rar», sagte Corradini. «Sie befinden sich in großen Sammlungen, hier und im Ausland, und sind allen, die Kunst studieren, wohlbekannt. Ich glaube, eine solche Sammlung, die irgendeiner Ihrer Könige in der Vergangenheit zusammengetragen hat, befindet sich auch im Schloß Windsor.»

«Hoffentlich nicht der König, der Fotos von nackten Frauen mochte», sagte Toby mit einem breiten Lächeln. «Aber wer weiß? Vielleicht ja doch. Ich spreche von erotischen Zeichnungen von Leonardo.»

«Die gibt es nicht», sagte Niccolò. «Es sei denn, Sie meinen die anatomischen Zeichnungen aus seinen Skizzenbüchern. Aber die sind zu wissenschaftlich, um auch nur im entferntesten erotisch zu sein. Da müssen Sie sich irren.»

Toby beschrieb die fünf Zeichnungen in Ottorinos Paket bis ins Detail. Corradinis dichte Augenbrauen zogen sich zusammen.

«Sie haben diese Zeichnungen?» fragte er begierig.

«Ich weiß, wo man sie erwerben kann. Sie sehen aus wie Leonardos, aber ich kann nicht sagen, ob sie echt sind oder nicht. Nach allem, was Sie erzählt haben, scheint das so oder so keinen großen Unterschied zu machen. In der Tat, wenn sich ein reicher Idiot finden läßt, können Fälschungen sogar mehr einbringen als echte Werke.»

«Das ist wahr», stimmte Corradini zu, «und wenn sie echt sind, dann sind sie gestohlen. Darauf stehen Strafen, die ich in meinem Alter nicht mehr riskieren möchte.»

«Ich auch nicht», sagte Toby, «weshalb ich um Ihre Meinung als Experte bitte. Wenn die Zeichnungen gestohlen sind, kann es nicht allzu schwer sein, herauszufinden, von wem. Die meisten Sammler würden jedem, der ihre kostbaren Bilder wieder zurückbringen kann, so dankbar sein, daß sie gewiß bereit wären, ihm eine Belohnung zu bezahlen. Oder wenn nicht sie selbst, dann ihre Versicherung. Und wenn die Zeichnungen nicht aus einer bekannten Sammlung stammen, dann stehen sie zum Verkauf, und ich bin Angeboten von reichen Amateuren gegenüber durchaus aufgeschlossen. All das erfordert jedoch geschickte Verhandlungsführung. Ich dachte da sofort an Sie, Niccolò.»

Sie diskutierten über eine Stunde lang die Möglichkeiten und kamen zu der Übereinkunft, die Gewinne, wie hoch sie auch immer sein mochten, hälftig zu teilen. Niccolò sollte am nächsten Tag zum Palazzo Malvolio kommen, um die Zeichnungen abzuholen. Toby suchte in seinem Laden fünf ältere, belanglose Radierungen im richtigen Format aus, alles Ansichten des Dogenpalasts aus dem 19. Jahrhundert und von unterschiedlichen Künstlern. Die wollte er gegen Ottorinos

Zeichnungen austauschen, um dann das Paket wieder perfekt zu versiegeln. Ohne wissen zu wollen, wozu er bestimmt war, steuerte Niccolò ein gebrauchtes Stück roten Siegellacks für die Knoten bei.

Nicht, daß Toby das Paket im Geheimfach seines Kleiderschranks verstecken wollte – er war entschlossen, daß dort auch für den schärfsten Zollbeamten nichts zu finden sein sollte. Aber er hatte vor, es Marina zu übergeben, um sie davon zu überzeugen, daß sie bei der Durchkreuzung von Ottorinos selbstsüchtigen Plänen eine wichtige Rolle spielte. Sollte sie es doch ins Geheimfach ihres Büffets legen, wo es in Vergessenheit geraten konnte, so lange, bis das Möbelstück auf dem Dachboden landete.

Bevor er wieder ging, ließ Toby sich von Corradini auf dessen Geschäftspapier, das für ein so zwielichtiges Unternehmen absurd großspurig war, eine Rechnung ausstellen: *Dreiteiliges religiöses Bild auf Holz, aufklappbar, 900 Lire.* Ein schmerzlicher Ausdruck erschien auf Niccolòs Gesicht, als er das schrieb, zweifellos verursacht von den Mutmaßungen, die er anstellen mochte. Toby gab ihm eine Tausend-Lire-Note und streckte die Hand nach dem Wechselgeld aus.

«Bitte sagen Sie mir lieber nicht, woher Sie dieses religiöse Bild haben», sagte Niccolò, während er in seinen Taschen kramte, «aber vergessen Sie nicht, was ich Ihnen über die Schwierigkeiten mit den Behörden hinsichtlich gestohlener Bilder gesagt habe – ich habe kein Verlangen danach, mich im Gefängnis wiederzufinden.»

«Gewiß nicht», versicherte Toby vergnügt. «Ich halte neunhundert Lire für genau die richtige Summe, um Zöllner zu überzeugen, wenn ich das Bild deklariere und die Rechnung vorlege. Es sind ungefähr zwölf englische Pfund, eine Menge Geld für ein religiöses Souvenir aus Venedig. Ich werde noch ein paar von diesen Miniatur-Glasgondeln kaufen, sie ebenfalls verzollen und sagen, es seien Geschenke für Verwandte.»

Sie schüttelten einander die Hand, und Niccolò verlieh mit blumigen Worten seinem ernsthaften Respekt für Toby Ausdruck, da dieser hinsichtlich des gewinnträchtigen Verkaufs der Leonardo-Skizzen so großes Vertrauen in ihn setzte.

«Aber natürlich vertraue ich Ihnen, Niccolò», sagte Toby, «genauso wie Sie mir vertrauen, daß ich die Person, deren Skizzen ich Ihnen da aushändige, nicht herausfinden lasse, daß Sie es sind, der sie verkauft.»

«*Dio!* Dann sind sie also doch gestohlen!»

«Nicht im legalen Sinne, das kann ich Ihnen versichern. Es gibt Gründe, warum die betreffende Person nicht die Polizei einschalten wird.»

Damit mußte Niccolò sich zufrieden geben. Seine Überschlagsberechnung des Verdiensts an den Zeichnungen fiel erfreulich genug aus, um seine Ängste zu beschwichtigen und ihn ein gewisses Risiko akzeptieren zu lassen.

Beim Lunch im Kleinen Speisesaal sagte Toby Delphine, daß er bereit sei, über Zahlen zu reden, worauf sie alle durch das Mahl hetzte – sehr zum Ärger von Adalbert, dem die Adria-Seezunge in süßsaurer Sauce, die der Küchenchef heute zubereitet hatte, vortrefflich zu munden schien. Der Märtyrerblick in Padre Pios fülligem Gesicht verriet, daß auch ihn das kulinarische Desinteresse der Signora nicht gerade glücklich stimmte, aber einem Diener Gottes stand es eben nicht an, dergleichen zu äußern.

Sie waren kaum mit der Kalbsleber in Zwiebelsahne fertig, als die Bediensteten, angetrieben vom Majordomus, der von Delphine einen Wink bekommen hatte, die Teller einsammelten und den Käse servierten.

«Wir werden uns heute nicht mit Obst oder Eiscreme aufhalten», sagte Delphine, deren Wunsch, endlich geschäftliche Nägel mit Köpfen zu machen, die Oberhand über ihre Höflichkeit gewann. «Luigi – Mr. Jervis und ich werden unseren Kaffee in der Bibliothek nehmen.»

Toby griff sich noch ein letztes Stückchen weichen Dolcelatte-Käse, als sie von ihrem Stuhl aufstand und ihn mit sich zur Bibliothek zog, wohin ihnen ein Diener mit einem schweren antiken Tablett folgte, das mit einer silbernen Kaffeekanne und Tassen beladen war. Diese ganze Eile, so seltsam und unangebracht sie war, stimmte Toby optimistisch. Es sah so aus, als brauchte Delphine noch dringender Geld als angenommen – ein Umstand, der ihm bei den Verhandlungen nur helfen konnte.

In der Bibiliothek stellte der Diener das Tablett auf den riesigen dunklen Schreibtisch, servierte den Kaffee und ging. Toby blieb stehen, wartete höflich, bis Delphine sich setzte. Sie schien sich nicht entscheiden zu können, ob der Schreibtisch zwischen ihnen sein sollte oder nicht. Als sie Toby ansah und das Lächeln auf seinem Gesicht bemerkte, errötete sie und entschied sich für seine Seite des Schreibtischs.

«Ich weiß, wir besprechen jetzt das Geschäftliche», sagte sie, «aber ich denke, ich habe Sie als einen Freund kennengelernt, und es wäre falsch, Sie als Händler zu behandeln.»

«Danke», sagte Toby und lächelte erneut. «Auch ich habe das Gefühl, daß wir einander ein wenig näher gekommen sind, seit ich Ihr Gast bin.»

Delphine trug ein kurzärmeliges Kleid aus Magentaseide, mit einem geometrischen Muster aus sich überschneidenden, feinen weißen Linien, die den Effekt hatten, daß sie die Aufmerksamkeit auf ihren prachtvollen Busen lenkten. Wäre er ein Busenfetischist, sagte Toby sich, dann würde er sogar in dieser Situation darauf aus sein, Hand an sie zu legen und ihre Melonen zu streicheln – oder noch mehr. Aber heute nachmittag wollte er keine Lustbarkeit mit Delphine, nicht, wenn es Geschäftliches zu verhandeln gab und es um große Summen ging.

«Dann werden wir diese Angelegenheit wie unter Freunden erledigen», sagte sie.

Sie setzten sich, und Toby erklärte ihr in einiger Ausführlichkeit, daß die Möbel der Malvolios oben auf dem Dachboden zwar einen gewissen antiken Wert hätten, einige Stücke aber praktisch irreparabel beschädigt seien – etwa ein mittendurch gebrochener Stummer Diener, der eine Arbeit von Andrea Brustolon sein mochte. Bei anderen seien ausführliche Restaurierungsarbeiten durch Experten nötig, denen hohe Löhne gezahlt werden mußten – zum Beispiel bei einem geschnitzten Kleiderschrank aus der Zeit um 1650, dessen Boden kaputtgeschlagen und dessen Schnitzerei an einer Seite beschädigt sei. Einige weitere Stücke seien in gar keinem so schlechten Zustand – etwa ein Himmelbett, an dem die Längsseite der Himmelstreben abgebrochen sei, aber ersetzt werden könne, und das ein paar Kratzer an den Pfosten aufweise; oder ein enormer barocker Kleiderschrank, in dessen Wand ein paar bleierne Pistolenkugeln steckten. Dann setzte Toby Delphine auseinander, daß die Möbel nach England verschifft werden würden, weshalb sie zuvor in Holzkisten verpackt werden müßten. Das erfordere große Mengen Edelholz und weitere Kosten für fachmännische Arbeiten. Dazu kämen die eigentlichen Frachtkosten und nicht zuletzt die Versicherung. Bis er seine Predigt beendet hätte, so hoffte er, würde sie ihre Hoffnungen über den vermeintlichen Erlös nach unten korrigiert haben. Schließlich nannte er eine Summe in Pfund Sterling.

Am Telefon war er mit Jervis senior übereingekommen, daß sein erstes Angebot ein Fünftel des geschätzten Verkaufspreises nach vollständiger Restaurierung betragen sollte. Aber nach seinem morgendlichen Treffen mit Niccolò Corradini war Toby großzügig gestimmt und bot ihr mehr an – etwa ein Viertel. Fitzroy Dalrymple würde ja nicht von dem Gewinn profitieren, den Corradini durch den Verkauf der Leonardo-Zeichnungen erzielte. Noch würde die Firma etwas aus dem Verkauf des Altarbildes bekommen, das so viele Jahre in dem ausrangierten Kleiderschrank verborgen gelegen hatte. Aber wie schon das Sprichwort sagte: Was man nicht weiß, macht einen nicht heiß.

«Einverstanden!» sagte Delphine und streckte die Hand aus. «Wann kann ich das schriftlich haben?»

«Sofort», sagte Toby, überrascht, daß sie sich so schnell entschlossen hatte.

Aus der dünnen schwarzen Lederdokumentenmappe, die er bei sich trug, zog er einen Briefbogen mit dem Firmenkopf von Fitzroy Dalrymple und fertigte an dem großen Walnuß-Schreibtisch ein verbindliches Angebot der Gesellschaft für 127 Möbelstücke gemäß anliegender Liste aus. Er verfaßte ein zweites, identisches Schriftstück, unterzeichnete beide im Namen von Fitzroy Dalrymple und bat dann Delphine um ihre Unterschrift.

«Wo ist die beigefügte Liste?» sagte sie, als sie zu dem goldenen Füllfederhalter griff, den er ihr hinhielt.

«Die Einzelheiten stehen in meinem Notizbuch», sagte er. «Ich werde eine Liste für jeden von uns anfertigen. Nicht mit einer Beschreibung jeden einzelnen Stücks – das würde mich eine Woche Arbeit kosten –, sondern allgemeiner: 63 Stühle, 19 Tische, 3 Kleiderschränke, 8 Sofas und so weiter. Es sind insgesamt 127 Stücke – glauben Sie mir, ich habe jedes Stück einzeln untersucht.»

Delphine nickte. Sie war mit dem Arrangement zufrieden. Aus purer Neugierde erkundigte sich Toby, ob sie auch nur den blassesten Schimmer habe, warum im Laufe der Jahre so viele Möbel beschädigt worden seien.

«Vom Wiederaufbau des Palazzo nach dem Brand an gerechnet, macht das 127 Möbelstücke in 175 Jahren – fast eines pro Jahr», sagte er.

Delphine schüttelte den Kopf. «Die Malvolios hatten schon immer den Ruf, heißblütig zu sein», erwiderte sie. «Mein guter Rinaldo starb anno 1917 bei Caporetto während eines Einsatzes gegen die Österreicher den Heldentod in seinem Jagdflieger. Sie haben den Lepanto-Raum gesehen, zu Ehren von Markus, der vor Korinth auf See starb, in Verteidigung des Christentums gegen die Türken. Ermengildo Malvolio ließ vor Jahrhunderten sein Leben in den Kriegen gegen Genua, und Sebastiano Malvolio wurde auf dem Vierten Kreuzzug beim Angriff auf Konstantinopel getötet. Viele Malvolios fanden auch bei Auseinandersetzungen und Duellen ein gewaltsames Ende.»

«Und wenn sie zu Hause waren, kühlten diese Männer ihr Mütchen an den Möbeln?» sagte Toby lachend.

«An ihrer Familie und ihren Freunden», korrigierte Delphine ihn.

«Nun, ich werde jetzt gehen und die Liste für Sie anfangen», sagte Toby, «und wenn das Postamt nach der Siesta wieder öffnet, werde ich in London anrufen und berichten, daß wir handelseinig geworden sind. Ich werde darum bitten, daß der Meister unserer Werkstatt heute abend in den Nachtzug nach Paris gesetzt wird, damit er morgen hier ist. Dann kann er gleich das Verpacken beaufsichtigen.»

Er erhob sich, erfreut darüber, wie die Dinge sich entwikkelt hatten. Auch Delphine sah erfreut aus: Offenbar hatte sie nicht erwartet, soviel für die kaputten Möbel zu bekommen. Bei der Tür hielt er inne und schaute zurück. Er meinte, sie bei einem sehnsüchtigen Blick auf die Regale mit den ledergebundenen Büchern zu ertappen.

13. KAPITEL

Der nächste Morgen brachte eine Überraschung – eine handgeschriebene Einladung von Contessa Flagranti zum Lunch. Zu diesem Anlaß zog Toby seinen weißen Leinenanzug und die rosa Schleifenkrawatte an, die er für sein Rendezvous in der Gondel mit Gilda Borlano gekauft hatte. Im Hinblick auf das, was ihm über den Klatsch der Dienerschaft im Palazzo Malvolio berichtet worden war, hielt er es für das beste, um Santo Stefano herum und zurück zum Canal Grande zu gehen, um ein Wassertaxi zum Palazzo Flagranti zu nehmen.

Auf der Einladung stand zwischen zwölf Uhr fünfzehn und dreizehn Uhr, was nach einer Gesellschaft klang. Eine diskrete Befragung des Majordomus der Malvolios ergab, daß Contessa Marina und Mrs. Tandy beide zu Hause speisen würden. Keine von beiden war also eingeladen.

Die massive Tür zum Palazzo Flagranti oberhalb des steinernen Quais wurde von einem Bediensteten in grün gestreifter Weste unter dem schwarzen Rock geöffnet. Zumindest hoffte Toby nach dem unglücklichen Fehler mit dem Grafen bei seinem letzten Besuch, daß es ein Bediensteter war.

Diesmal wurde er erwartet – der Diener winkte ihn unter Verbeugungen in eine Empfangshalle, die derjenigen auf der landwärts gelegenen Seite des Palasts sehr ähnlich war. Sie gingen eine restaurierte schmiedeeiserne Treppe hinauf und passierten einen Durchgang mit in beigefarbener Seide ausgeschlagenen Wänden zu dem Art déco-Salon, in dem er die Contessa bei seinem letzten Besuch überrumpelt hatte. Er war so losgegangen, daß er um zwölf Uhr dreißig eintraf, damit andere vor ihm kommen und Gespräche in Gang bringen konnten.

Verdammt, ich bin der erste, dachte er, als er sah, daß die einzige Person im Raum die Contessa selbst war, *ich hätte wissen sollen, daß Italiener eine halbe Stunde nach der angegebenen Zeit eintreffen!*

Contessa Sally saß auf einem der unmöglich-modischen breiten Sofas. Sie sah sehr schick aus in ihrem Kleid, einem eleganten schlichten dunkelbraunen Hänger aus Shantungseide mit Smokarbeit an den Schultern. Ihr gefärbter Blondschopf lag dicht am Kopf an, und sie hielt ein langstieliges Glas in der linken Hand. Toby küßte ihre Rechte und machte ihr ein Kompliment zu ihrem Aussehen. Sie schenkte ihm ein leeres Lächeln, als versuche sie sich zu erinnern, wer um alles in der Welt er war, dann klopfte sie auf das Seidenkissen neben sich, damit er sich setze. Ein weiterer Bediensteter im schwarzen Anzug goß ihm ein Glas Champagner ein und erhielt Instruktionen auf italienisch. Toby verstand kein Wort, aber er bemerkte, daß der Mann, bevor er den Salon verließ, die Flasche brachte und sie auf einen achteckigen Beistelltisch aus Atlasholz stellte, der beim Sofa stand. Er schloß leise, aber fest die Doppeltür hinter sich.

«Ich bin froh, daß Sie gekommen sind, Toby», sagte Sally, der offenbar endlich sein Name wieder eingefallen war. «Was haben Sie so getrieben, seit wir uns das letzte Mal gesehen haben?»

Auf die Schnelle fiel Toby nichts ein, was er ihr von seinen Aktivitäten hätte erzählen wollen. Lustbarkeiten mit Marina und Delphine, Lustbarkeiten mit dem Mädchen aus Padua in der Gondel, heimliche Geschäfte mit Corradini ... reichlich geschäftige Tage, aber nichts für die gepflegte Konversation. Er lächelte und begann über die Schönheit Venedigs zu sprechen, über die Gebäude, Kanäle und Kirchen.

Sally schien seinem unsinnigen Geschnatter aufmerksam zuzuhören, aber es war schwer zu sagen, ob sie ihren Verstand nicht einfach abgeschaltet hatte. Sie lehnte sich zurück und schlug die Beine übereinander, worauf der kurze Hänger hochrutschte und den Blick auf zwei in feine Seide gehüllte lange, schlanke Schenkel freigab.

Wäre sie eine andere gewesen, hätte Toby sofort angenommen, sie sei darauf aus, ihn zu verführen. Aber nicht Sally, dachte er, sie hat keinen wahrnehmbaren eigenen Willen und reagiert selbst auf äußere Anregungen nur mit Verzögerung. Da noch andere Gäste erwartet wurden, war es sogar noch unwahrscheinlicher, daß sie mit der Entblößung ihrer Schenkel einen besonderen Zweck verfolgte. Und in der Tat hob sie jetzt den Arm, um auf eine winzige, diamantenbesetzte Uhr zu schauen.

«Stimmt es, daß Sie Venedig verlassen?» unterbrach sie seinen Wortschwall. «Warum? Haben Sie Probleme?»

«Nein, natürlich nicht! Aber jetzt, da meine Arbeit hier beendet ist, muß ich nach London zurück.»

«Arbeit – wie meinen Sie das?»

«Ich bin nach Venedig gekommen, um für Mrs. Tandy antike Möbel zu schätzen. Ich habe Ihnen davon erzählt, als wir uns bei der Prinzessin Zita kennenlernten.»

«Das habe ich wohl vergessen», sagte Sally und hielt ihm ihr leeres Glas hin, damit er ihr aus der Flasche nachgießen konnte. «Sie leben also gar nicht in Venedig, sondern sind nur zu Besuch?»

«Richtig!» sagte er und lachte über ihren außerordentlichen Scharfsinn. Sie fiel in sein Gelächter ein, obgleich keiner von beiden hätte sagen können, warum.

«Ich fände es schön, wenn Sie blieben», sagte sie. «Wie wär's?»

«Großartiger Gedanke», sagte Toby und prostete ihr zu. «In einem Palast zu leben und sich über die nächste Dinnerparty oder den nächsten Ball hinaus keine Sorgen zu machen, aber ich bin leider einer der vielen Unglücklichen, die sich ihren Lebensunterhalt selbst verdienen müssen.»

«Nein, müssen Sie nicht», sagte Sally und schaute wieder auf ihre diamantenbesetzte Armbanduhr. «Sie können sofort einfach hier einziehen und bei mir wohnen, so lange Sie wollen. Mein Palast ist vielleicht nicht so groß wie Delphines bröselnde Ruine, aber dafür sehr viel schöner.»

«Das ist sehr freundlich von Ihnen, Sally. Aber ich muß wirklich nach London zurück – ich bin mitten in einem wichtigen Geschäft und muß es zu Ende führen. Ich könnte im September für ein oder zwei Wochen wiederkommen, wenn Sie mich dann zu Gast haben wollen.»

Es entstand eine Pause, in der Sallys Verstand diese Informationen sorgfältig verarbeitete. Toby wartete geduldig und war überrascht, als sie zu sprechen begann.

«Sie sollen nicht mein Gast sein», sagte sie. «Ich meine etwas Regelmäßigeres.»

«Und das wäre?»

«Ich habe Zita oft darum beneidet, wie sie die jungen Männer in ihrem Haus ein und aus gehen läßt», erklärte Sally. «Nachdem Sie hier vorige Woche hereinstürmten und alles mögliche mit mir anstellten, habe ich mir gedacht, warum eigentlich nicht?»

«Sie bitten mich, hier als Ihr *ragazzo* einzuziehen?» sagte Toby fassungslos.

«Nennen Sie es, wie Sie wollen. Ich werde alle Ihre Rechnungen bezahlen – Kleidung und dergleichen, und ich werde Ihnen Geschenke machen und ein Taschengeld geben. Ich werde Sie überallhin mitnehmen, und ich führe ein ziemlich geschäftiges, gesellschaftliches Leben. Und im Winter, wenn es kalt und regnerisch ist, reise ich gern nach Paris und London.»

Das war, überlegte Toby, ein durchaus interessantes Karriereangebot, aber keines, das man allzu ernst nehmen sollte. Er konnte sich nicht als einen zweiten Marcello sehen, der unter dem Tisch befummelt wird.

«Aber», sagte er, «was wäre dann mit Graf Flagranti?»

Sally zuckte mit den Achseln. «Was soll mit ihm sein?» fragte sie.

«Er wäre doch sicher tödlich beleidigt, wenn ich bei seiner Ehefrau einziehen würde. Oder haben Sie über diesen Aspekt noch nicht nachgedacht?»

«Was gibt es darüber nachzudenken?» konterte sie. «Er tut, was ich will. Ich würde ihn niemals vor seinen Freunden blamieren, indem ich einen jungen italienischen Spielgefährten aufnehme – da würde er das Gesicht verlieren. Aber ein Brite mit guten Manieren, das wäre in Ordnung.»

«Wir sollten jetzt nicht darüber reden», sagte Toby, um nicht gleich rundheraus ablehnen zu müssen. «Ihre anderen Gäste werden bestimmt bald hier sein.»

«Welche anderen Gäste? Es sind nur Sie und ich da, also können wir die Sache durchsprechen und verabreden.»

«Dann sollten wir vielleicht zum Lunch hineingehen», schlug Toby vor. «Es muß schon nach eins sein, und Küchenchefs werden leicht nervös.»

Sallys Speisesaal unterschied sich sehr von dem schäbigen, aber gemütlichen kleinen Speisesaal im Palazzo Malvolio, und sogar noch mehr von dem großen mit den Tiepolo-Gemälden an Wänden und Decke. Die Wände hier waren mit Lapislazuli-Stukko dekoriert und mit hohen, schmalen Spiegeln vollgehängt, während auf dem Fußboden Paneele aus heller Eiche und dunkler Esche seltsame geometrische Muster bildeten. Der lange Tisch bestand aus dickem Glas mit eingelassenem Blumendekor und ruhte auf einem Chromstahlrahmen. Ein Dutzend Schalensessel ringsum waren elegant mit grauer Seide ausgekleidet. Toby stand einen Moment lang staunend da, bevor er auf dem Stuhl neben Sally Platz nahm, den ein Bediensteter für ihn bereithielt.

«Es ist wirklich verblüffend», sagte er, «wie Sie die venezianische Gotik des Palasts mit Ihrer modernen Innendekoration verbinden.»

«Warum nicht?» sagte sie. «Ich mag es so.»

War schon das Dekor dem Palazzo Malvolio unähnlich, so war es die Küche um so mehr. An Stelle der sechs oder sieben Gänge mit mindestens drei verschiedenen Weinsorten gab es in dem wunderschönen Speisesaal des Palazzo Flagranti eine kleine Portion Salat mit gewürfeltem Chicorée, gefolgt von zwei dünnen Scheiben Hühnerbrust mit einem Klecks Rosinensauce. Dazu wurde Vichy-Wasser serviert. Toby machte ein so enttäuschtes Gesicht, daß Sally einen Diener anwies, ihm ein Glas Soave zu bringen. Es war nun offenkundig, wie sie ihre schlanke Figur so lange hatte behalten können.

Zum Nachtisch gab es frische grüne Feigen in einer großen Lalique-Kristallschale. Toby wurde zusehends unbehaglicher zumute. Diese magere Kost nach zweieinhalb Wochen überschwenglicher Gastlichkeit war einfach unerträglich. Er musterte nachdenklich den Diener, der hinter Sallys Stuhl stand, und den anderen, der neben der Tür zur Küche postiert war.

«Sally», sagte er mit gedämpfter Stimme, «schicken Sie die Diener fort.»

«Was?» sagte sie, abwesend an einer Feige kauend.

Er legte seine Hand unter dem Tisch auf ihr Knie und tastete sich an der Innenseite ihres Schenkels hoch. Glücklicherweise war die Glasplatte wegen des Blumenmusters undurchsichtig.

«Schicken Sie die Diener weg – ich werde jetzt über Sie herfallen.»

«Nicht im Speisesaal, Sie Perverser!»

«Rasch, oder ich besorge es Ihnen vor aller Augen», sagte er und preßte das schlanke Fleisch ihres Schenkels über den Strumpfrändern.

Eine Weile dachte sie über seine Drohung nach, dann wechselte sie ein paar Worte mit den Dienern. Diese verneigten sich, gingen hinaus und schlossen leise die Türen hinter sich.

Toby ließ seine Hand unter Sallys Rock nach oben gleiten und streichelte nacktes Fleisch, bis er die Seide ihrer Unterwäsche berührte. Ihr Kleid rutschte hoch, während sie die Beine spreizte und ihn mit einem leicht verwirrten Ausdruck ansah.

«Heißt das, Sie nehmen mein Angebot an?» fragte sie.

«Das hat nichts mit Ihrem Angebot zu tun», sagte Toby. «Aber da Ihr Koch so knauserig mit der Nahrung ist, verhelfe ich mir jetzt zu einem vierten Gang.»

Während er sprach, fanden seine Finger den Weg in das lose Unterhöschen, berührten das spärliche Kraushaar und die weichen Falten zwischen ihren Schenkeln. Sie starrte ihn mit einem leeren Blick an; ihr Mund stand ein wenig offen, ihre hellen Augen verrieten keine Regung.

«Also los!» sagte er und stand auf, um sie hochzuziehen. Im nächsten Augenblick umschlang er sie an den Hüften und hob sie vom Boden hoch, wobei ihr Stuhl umfiel. In drei langen Schritten trug er sie ans andere Ende des langen Tischs, wo nicht gedeckt war. Er setzte sie auf die dicke Glasplatte und legte sie auf den Rücken, so daß ihre Beine über den Tischrand baumelten. Er schob ihr das braune Seidenkleid über den schmalen Bauch hoch – und enthüllte einen rosafarbenen, beinahe durchsichtigen Unterrock aus Crêpe de Chine.

Sie lag ganz still und starrte zur Decke hinauf, während Toby mit ihr machte, was er wollte. Er entblößte sie von den Lenden bis zum Hals und legte seine Handflächen auf die blasse, warme Haut ihres Bauchs, um seine Weichheit zu fühlen. Inzwischen war sein *cazzo* zu voller Größe angeschwollen, und um ihm Platz zu schaffen, riß er seine Hose auf und zog ihn heraus. Er massierte ihn leicht, während seine freie Hand über Sallys Bauch und dann aufwärts zu den kaum sichtbaren Schwellungen ihrer Brüste strich, um die vorstehenden rosa Knospen dort zu streicheln.

Er hörte sie vor sich hin murmeln, bemühte sich aber nicht, zu verstehen, was sie sagte. Der Himmel allein wußte, was in ihrem seltsamen Hirn in einem solchen Moment vor sich ging. In einem Anfall von Lust drängte er sich zwischen ihre Knie, bis er seinen zuckenden Prügel an ihrer hübschen Unterhose reiben konnte. Sie war aus dem gleichen Crêpe de Chine wie ihr Unterkleid, ein delikater Rosaton mit Spitzeneinsatz und jeder Menge Stickereien. Er rieb seinen Schwengel langsam an der Seide und seufzte über das pure Entzükken, das ihn durchflutete.

Aber es war gefährlich, das zu tun – bald würde er sein aufgestautes Verlangen auf ihr seidenes Unterhöschen ergießen. Er trat zurück, hakte die Finger in den Gummizug des Höschens und zog es an ihren langen, schlanken Schenkeln herab. Nun hatte sie keine Geheimnisse mehr vor ihm. Er stand zwischen ihren Beinen, sein Steifer ragte aus der Hose und er starrte die scharfen Hüften, die fast unbehaarten Lippen ihrer Spalte an. Er legte die hohle Hand darüber, hielt alles einen Augenblick lang und schob ihr dann seinen Daumen hinein.

«*O mein Gott*», flüsterte sie. Sie war so schlank und geschmeidig, sah so nach *Vogue* aus, so völlig anders als die fleischigen Tantchen, auf deren plumpen Bäuchen er unlängst noch geritten war. Marina am frühen Morgen, nackt in seinem Bett, Delphine am Nachmittag, als er ihr die Liste der Möbel gebracht hatte und in ihr monumentales Himmelbett eingeladen worden war, und zur Schlafenszeit erneut Marina.

Toby schaute lustvoll auf Sallys schlanken Körper hinab und beugte sich über sie. Er dirigierte seinen pulsierenden Steifen zwischen ihre Schamlippen, wobei er sie an den Hüften hielt, als wären es Handgriffe, und dann versenkte er ihn mit einem langen, harten Stoß tief in ihrer Möse. Sally hob die langen, schlanken Beine und hakte sie über seine Schultern, damit er noch tiefer in sie eindringen konnte. So fickte er sie eine ganze Weile, während sie unter der Kraft seiner Stöße auf der Glasplatte hin und her rutschte.

«Ich esse niemals Dessert», sagte sie plötzlich im Konversationston, als ob nichts Außergewöhnliches stattfände.

Toby fand keine Gelegenheit mehr zu antworten, denn sein Höhepunkt war gekommen. Mit einer Reihe von kurzen, schnellen Stößen entleerte er sich in sie, während ihr schlanker Bauch seinen Schwanz mit rhythmischen Kontraktionen auszusaugen schien.

Als sie sich vom Sinnesrausch erholt hatten, half er ihr vom Tisch und zog seine Hose hoch, während sie sich das zerwühlte Haar glattstrich, ihre Seidenstrümpfe richtete und ihr Kleid hinunterzog. Toby hob ihr rosarotes Unterhöschen vom Fußboden auf, aber sie schüttelte den Kopf und zog es nicht wieder an.

«Kaffee im Salon?» sagte er lächelnd.

«Ich habe Ihnen mein Schlafzimmer noch gar nicht gezeigt», erwiderte sie. Der Weg dahin war nicht so weit wie im Palazzo Malvolio, aber immer noch weit genug. Es entpuppte sich als großer Raum mit Blick auf den Canal Grande, licht und luftig, die Wände mit beiger Rohseide tapeziert, der Fußboden mit silbergrauen Spannteppichen ausgelegt. Die Möbel – Bett, Toilettentisch, Chaiselongue und Sessel – waren aus Esche und Maulbeerholz. Die Bettdecke hatte ein geometrisches Webmuster von sich überschneidenden Kreisen und Quadraten. Toby mußte sie nicht anfassen, um zu wissen, daß sie aus schwerer Seide war.

«Superb», sagte er zu Sally, während er sich umschaute. «Haben Sie den ganzen Palast in diesem Stil eingerichtet?»

«Alles, mit Ausnahme der Gemächer meines Mannes», antwortete sie. «Er wollte sie im alten venezianischen Stil behalten. Also habe ich sie in Ruhe gelassen. Er hat ein Himmelbett mit dem Familienwappen darauf und einen Schreibtisch so groß wie ein Automobil. Nicht daß irgend jemand in dieser Stadt wüßte, wie ein Auto aussieht.»

«Und wenn ich Ihr *ragazzo* wäre, was für ein Zimmer würde ich haben?»

«Sie schlafen hier bei mir», sagte Sally, «und bei Tag sind wir zusammen im Salon, oder wir gehen aus, um Besuche zu machen. Ich habe zwei Schnellboote für Ausfahrten draußen, mit den besten Bootsleuten in Venedig. Und eine Gondel für besondere Gelegenheiten.»

Während sie ihm das erzählte, zog sie sich eilig aus. Fort flog das wunderschöne braune Kleid, das Crêpe de Chine-Unterkleid, die Seidenstrümpfe, alles beiläufig auf den silbergrauen Teppich geworfen. Und als ihr schlanker, heller Körper nackt war, zog sie Toby aus – den weißen Leinenanzug, die rosa Schleifenkrawatte, das Hemd und die Shorts, die schwarzen Seidensocken. Ihre plötzlichen Anzeichen von Interesse, so ganz gegen ihre normale passive Hingabe, gefielen Toby. Dann fiel ihm ein, daß ihr Interesse ja sozusagen eine geschäftliche Ursache haben mochte – sie wollte sichergehen, daß er sein Geld wert war, bevor sie das Angebot, ihn einzustellen, festmachte.

Bei diesem Gedanken mußte er lächeln. Indessen ließ sie den Blick und dann ihre Hände über seinen nackten Körper streifen, vermutlich, um festzustellen, ob alles vorhanden und in funktionstüchtigem Zustand war. Zwei von jeder Sorte, ein rechtes und ein linkes, mit Ausnahme des wichtigen Stücks, das sie jetzt fest in die Hand nahm und zu reiben begann, um es wieder zum Stehen zu bringen.

«Sie riechen nach Lavendelwasser», bemerkte sie, vom Gegenstand ihres Interesses aufschauend. «Gebrauchen Sie das nach dem Rasieren?»

Toby sagte, daß er sich nach dem Duschen und Rasieren stets ziemlich verschwenderisch mit Yardleys Old English einsprühe.

«Ich mag es», sagte sie, obwohl ihm nicht klar war, ob sie den Lavendelduft meinte oder sein bestes Stück, das jetzt in voller Größe in ihrem Griff stand.

Mit einer Hand an seiner Schulter schob sie ihn zu dem niedrigen Bett. Er streckte sich rücklings darauf aus, so daß seine nackten Füße noch auf dem dicken grauen Teppich standen. Sally kniete sich rittlings über seine Hüften. Ihre geöffneten Schenkel boten ihm einen ungehinderten Blick auf ihre spärlich behaarte *fica*. Dann hielt sie seine geschwollene Schwanzspitze an ihren Schlitz und pfählte sich darauf.

«Ich tue das gewöhnlich nicht, für keinen Mann», sagte sie und klang kein bißchen erregt, obwohl sie achtzehn Zentimeter pulsierenden Fleischs im Unterleib hatte.

«Ich gehe gewöhnlich auch nicht zum Vorturnen», gab Toby grinsend zurück.

Er schaute von Sallys gespreizten Schenkeln zu ihrem Gesicht auf und sah, daß sie ihn mit einem seltsamen Ausdruck anstarrte – das heißt, mit einem Ausdruck intensiver Neugier. Sie beugte sich vor, legte die Hände flach auf seine Brust und begann sich stetig vor und zurück zu wiegen, was ihm Schauer des Entzückens durch den Körper jagte.

«Dies ist kein Vorturnen», sagte sie, «es ist eine Kostümprobe, bevor diese Show auf Tournee geht.»

Jäh wechselte sie vom gemütlichen Trab in einen raschen Galopp, worauf Toby sich zwischen ihren ausgebreiteten Schenkeln in wachsendem Entzücken wand und zuckte.

«O mein Gott», rief Sally aus, «kommen Sie noch nicht!»

Aber sie hatte ihn zu heftig gereizt, um ihn jetzt noch zurückhalten zu können. Seine Hände umschlossen ihre schlanken Schenkel und packten so fest zu, daß er in ihrem hellen, cremefarbenen Fleisch rote Fingerabdrücke hinterließ. Dann schwanden ihm die Sinne und die Ekstase überflutete ihn in langen, anhaltenden Wellen. Sally fiel vornüber auf seine Brust, eng mit ihm verbunden durch seinen hüpfenden *cazzo*, der sie aufspießte.

Während des gesamten Höhepunkts gab sie keinen Schrei, kein Wimmern von sich, und als Toby die Außenwelt wieder wahrnahm, ging ihr Atem regelmäßig und ruhig, als ob nichts geschehen wäre. Statt dessen erneuerte sie ihr Angebot.

«Fünfzehntausend im Monat zu Ihrer Verfügung, dazu Ihre Kleider und ein eigenes Zimmer», sagte sie. «Wollen Sie morgen einziehen, hm?»

«Fünfzehntausend was? Dollars?»

«Lire», sagte sie, «massivgoldene Armbanduhr, Zigarettenetui – lauter solche Dinge. Benutzung eines der Schnellboote, wann immer Sie wollen. Was sagen Sie dazu?»

Toby lächelte; er wußte kaum, ob er sich von ihrem Vorschlag geschmeichelt fühlen sollte oder nicht. Der Geldbetrag ergab umgerechnet über einhundert englische Pfund im

Monat, und zwölfhundert Pfund im Jahr waren auch in London ein gutes Einkommen. Und keine Unkosten – freier Unterhalt in einem Palast als Zugabe. Es würde schwierig sein, Contessa Flagranti davon zu überzeugen, daß er nicht annehmen konnte. Und wenn man bedachte, wie langsam ihr Gehirn arbeitete, erschien es noch schwieriger.

Doch nach langem Hin und Her sah sie schließlich ein, daß er nicht zu mieten war. Als sie sich verabschiedeten, war es nach sechs. Sie bestand darauf, ihm ein Paar schwere goldene, mit je einem glitzernden Diamanten versehene Manschettenknöpfe zu schenken. Sie meinte, die Manschettenknöpfe seien als Willkommensgabe für ihn gedacht gewesen, aber nun müßten sie statt dessen ein Abschiedsgeschenk sein.

Nach dem Dinner im Palazzo Malvolio fuhr er in einem der Motorboote zum Bahnhof, um Mr. Briggs vom Zug aus Paris abzuholen. Briggs war ein kleiner Mann mit einem wilden schwarzen Schnurrbart, ein ehemaliger Infanterie-Sergeant, der den Ersten Weltkrieg überlebt hatte: ein gestrenger Vorgesetzter in der Werkstatt und ein loyaler, verläßlicher Angestellter der Firma. Da der Vertrag mit Delphine nun abgeschlossen war, wurde Toby nicht länger in Venedig benötigt – Briggs war der beste Mann, um die vor Ort noch nötigen Arbeiten zu organisieren.

Während das Motorboot durch den lebhaften Verkehr auf dem Canal Grande glitt und die Lichter der Gebäude sich auf dem dunklen Wasser spiegelten, sah Briggs sich in schweigender Verwunderung um. Es war offenkundig, daß er diese Ausländer und ihre Sitten merkwürdig fand. Was für eine närrische Idee, Flüsse als Straßen zu benutzen! Toby gab Briggs die fürs erste nötigen Informationen, schenkte ihm seinen Stadtplan und brachte ihn in einer bescheidenen, aber sauberen *pensione* nahe Santo Stefano unter, in bequemer Laufentfernung vom Palazzo Malvolio.

Um drei Uhr nachmittags des nächsten Tages, mitten in der Siesta, war Toby reisefertig. Er hatte Mr. Briggs Delphine vorgestellt, ihm den Weg hinauf zum Dachboden gezeigt und ihm die Liste der 127 Möbelstücke übergeben. Per Telex von Fitzroy Dalrymple war Delphine bestätigt worden, daß die vereinbarte Kaufsumme auf ihr Londoner Bankkonto einbezahlt worden sei. Toby hatte sich in unterschiedlichen Graden der Freundschaftlichkeit von ihr, Marina, Adalbert und Padre Pio, Niccolò Corradini und der zufällig vorbeigekommenen Anna-Louisa Ziani verabschiedet.

Höchst unerwarteterweise machte Delphine ihm ein Abschiedsgeschenk. Es sollte, wie sie sagte, ein Zeichen ihrer Dankbarkeit sein – für was, war nicht ganz klar, aber vielleicht für seinen Anteil an der erneuten Verflüssigung ihrer zusammengeschmolzenen Finanzen. Vielleicht auch für etwas anderes. Es war ein Porträt auf einer Kamee, die man an ihrem ovalen schwarzen Rahmen an die Wand hängen konnte. Das Porträt stellte eine Dame mit hoch aufgetürmtem Haar und keckem Gesichtsausdruck dar. Delphine meinte, es handle sich um eine Molvolio aus dem 19. Jahrhundert, aber niemand wisse genau, wer sie sei.

Auch Marina gab ihm ein Geschenk, eine große, gerahmte Fotografie von sich. Es war eine künstlerische Aktstudie, und sie steckte in einem versiegelten Umschlag, den sie ihm mit der Anordnung gab, ihn nicht zu öffnen, bis er Venedig verlassen hatte. Wofür Marina dankbar war, darüber bestand kein Zweifel. Als sie beim Abschied ankündigte, sie werde ihn möglichst bald in London besuchen, tat Toby entsprechend erfreut.

So viele Geschenke, dachte er, so viel Dankbarkeit. Sein Aufenthalt in Venedig schien Freude und Glück ins Leben dieser Leute gebracht zu haben, vom Profit gar nicht zu reden. Auf eine lächerliche Art und Weise war es ziemlich rührend.

Seine Koffer waren gepackt, und in einem von ihnen, sorgfältig eingewickelt, war das wunderschöne Tryptichon von der Madonna mit den Heiligen, das er gefunden und als herrenloses Gut an sich genommen hatte. Dazu zwei kleine Glasgondeln, eine leuchtendrot, die andere strahlendblau, als Requisiten für seinen geplanten Zollbetrug. Ein Bootsmann war instruiert worden, ihn zum Bahnhof zu bringen, und stand murrend unten am Landeplatz, weil er während der geheiligten Mittagszeit arbeiten sollte.

Toby ging in sein Zimmer hinauf, um seinen Hut und seinen Burberry zu holen – letzteres ein sehr britisches Kleidungsstück, für das er in Venedig keine Verwendung gehabt hatte. Sein Gepäck war bereits von einem Bediensteten zum Boot hinuntergebracht worden, aber Maria, das Hausmädchen, war da und tat so, als räumte sie auf. Trinkgelder waren wichtig, wenn man zurechtkommen wollte, und da Toby die örtlichen Gepflogenheiten auf diesem Gebiet nicht kannte, hatte er sich bei Gmund erkundigt, und der hatte gemeint, fünfhundert Lire seien genug für ein Zimmermädchen. Toby kam diese Summe in Anbetracht ihrer besonderen Leistungen zu gering vor, also gab er ihr einen Tausend-Lire-Schein. Das waren etwas mehr als sieben Pfund. Maria freute sich so darüber, daß er schon dachte, er könnte es mit der Großzügigkeit übertrieben haben. Ihr Lohn betrug vielleicht ein Pfund die Woche plus Unterhalt, dachte er, und in dem Zustand, in dem sich Delphine Tandys Finanzen befanden, mochte es sein, daß die Diener in letzter Zeit überhaupt keinen Lohn bekommen hatten.

In der Tat war sie so erfreut, daß sie ihm ein verschmitztes Lächeln schenkte und ihre Faust suggestiv in Höhe seiner Taille auf und ab bewegte.

«Nun gut», sagte Toby amüsiert und ebenfalls lächelnd, «soll ich das als ein weiteres Abschiedsgeschenk verstehen?»

Sie verstand zwar die englischen Worte nicht, wohl aber ihre Bedeutung. Sie faltete die Banknote und steckte sie in eine Tasche, die unter ihrer weißen Schürze verborgen war. Dann knöpfte sie Toby die Hose auf, holte seinen Schwanz heraus und begann heftig daran zu reiben.

«Leg dich mit mir hin», sagte Toby, der dachte, sie würde sich vielleicht doch noch vögeln lassen. Er legte ihr die Hände um die Taille und schob sie in Richtung Himmelbett.

«No, Signor – solamente così», erwiderte sie. Sie ging in die Knie und legte mit beiden Händen los: Reiben mit Handflächen und Fingerspitzen, lange Striche, kurze Striche, Drücken, Kitzeln, Kneifen, sanfte Schläge, Schmetterlingsberührungen auf der empfindlichen Kuppe. Toby stand mit halbgeschlossenen Augen da, vollkommen versunken. Es war, als sei sein Wille einfach abgeschaltet; er konnte nur zitternd und seufzend auf das Unvermeidliche warten.

«Ja, ja», wimmerte er, «o ja, ja.»

Maria massierte ihn mit beiden Händen zum Höhepunkt. *«Ecco!»* rief sie fröhlich aus, als es ihm kam.

Sein erster Strahl spritzte heftig auf ihre Wange. Sie neigte sich ein wenig zurück, fuhr aber mit ihrer rhythmischen Behandlung fort, und der Rest fiel auf ihre weiße Schürze.

Zwanzig Minuten später war er auf dem Weg den Canal Grande hinauf zum Bahnhof. Die Nachmittagssonne brannte angenehm, das Wasser reflektierte gleißend das Licht und die Paläste an beiden Ufern zeigten sich auf ihre altersschwache Art von der besten Seite. Toby fühlte sich ungeheuer behaglich, während er sich, kaum auf den wenig erfreuten Bootsmann am Steuer achtend, auf den Kissen rekelte. Ein paar hundert Lire würden den Burschen schon in bessere Stimmung versetzen.

Die Nachrichten über Ottorino Pavese, die er von Marina am Tag zuvor beim Dinner gehört hatte, waren gut und schlecht. Gut für Tobys Pläne hinsichtlich der Leonardo-Zeichnungen und schlecht für Ottorino. Wie es schien, hatte er einen ernsten Schwächeanfall erlitten, und sein Arzt hatte darauf bestanden, daß er eine lange Ruhepause einlegte. Um ihn von Marina wegzubekommen, hatte der listige Medikus ihn per Boot, Zug und Ambulanz in eine Privatklinik in der Schweiz befördern lassen.

Bis Ottorino wieder auf den Beinen war, dachte Toby jetzt grinsend, würde der Schrank mit dem Geheimfach längst verkauft sein. Ottorino würde alles mögliche unternehmen, um den neuen Besitzer aufzuspüren. Doch selbst wenn er ihn fände, würde das nichts helfen, denn der Deckel zu dem Geheimfach würde zugeleimt und verschraubt sein. Dafür hatte Toby gesorgt.

Das Motorboot passierte die Rialto-Brücke und bog in die scharfe Kurve des Canal Grande ein. Dort oben auf der Brücke war die gute Marina des Nachts mit einem Dozenten von der Londoner Universität umhergetollt. Das war eine seltsame Erinnerung an Venedig. Wenn Toby im September wiederkam, um einen Monat mit der Contessa Flagranti zu verbringen, wie er es ihr halb versprochen hatte, dann würde er sich vielleicht selbst einen Abend lang Ausgang nehmen, mit Marina zur Brücke gehen und sich dort eine kleine Lustbarkeit gönnen.

Inzwischen jedoch lag ein ganz anderes Vergnügen vor ihm. Er hatte nämlich nicht die Absicht, den Nachtzug nach Paris zu nehmen, wie alle im Palazzo Malvolio glaubten. Statt dessen würde er sich in den Nahverkehrszug nach Padua setzen, wo Gilda Bolano auf ihn wartete. Toby hatte das Gefühl, daß Fitzroy Dalrymple ihm für seine erfolgreiche Arbeit in Venedig einen Urlaub schuldete.

Und eine Gratifikation. Heute abend plante er, sie sich von der hübschen Nymphe zu holen, die er in der Gondel nach Murano mitgenommen hatte. Sie würde im besten Hotel von Padua auf ihn warten, in schwarzseidenen Strümpfen und gerüschten Strapsen. Und morgen würde er sie für eine Woche Spaß und Lustbarkeiten nach Paris mitnehmen.